柔肠一寸愁千缕

庐隐 ◎ 著

北京理工大学出版社

版权专有 侵权必究

图书在版编目（CIP）数据

柔肠一寸愁千缕 / 庐隐著. —北京：北京理工大学出版社，2012.7（2023.2重印）

（花开尘埃·蔓生苍华：民国才女经典书系）

ISBN 978-7-5640-6081-7

Ⅰ.①柔… Ⅱ.①庐… Ⅲ.①散文集–中国–现代 Ⅳ.①I266

中国版本图书馆CIP数据核字（2012）第129424号

出版发行 / 北京理工大学出版社
社　　址 / 北京市海淀区中关村南大街5号
邮　　编 / 100081
电　　话 /（010）68914775（办公室）68944990（批销中心）68911084（读者服务部）
网　　址 / http://www.bitpress.com.cn
经　　销 / 全国各地新华书店
印　　刷 / 三河市嵩川印刷有限公司
开　　本 / 660毫米×960毫米　　1/16
印　　张 / 19.25
字　　数 / 245千字
版　　次 / 2012年7月第1版　2023年2月第2次印刷　　责任校对 / 周瑞红
定　　价 / 48.00元　　责任印制 / 边心超

图书出现印装质量问题，本社负责调换

CONTENTS

一段春愁 …………………… 1	我愿秋常驻人间 …………… 91
何处是归程 ………………… 8	愁情一缕付征鸿 …………… 93
余泪 ………………………… 15	房东 ………………………… 97
豆腐店的老板 ……………… 23	秋风秋雨愁煞人 …………… 106
亡命 ………………………… 33	飘泊的女儿 ………………… 111
恋史 ………………………… 40	寄燕北故人 ………………… 116
狂风里 ……………………… 46	东京小品 …………………… 121
邮差 ………………………… 51	星夜 ………………………… 159
傍晚的来客 ………………… 54	丁玲之死 …………………… 160
一个快乐的村庄 …………… 57	花瓶时代 …………………… 162
红玫瑰 ……………………… 62	男人和女人 ………………… 164
最后的命运 ………………… 68	父亲 ………………………… 166
夜的奇迹 …………………… 70	归雁 ………………………… 193
异国秋思 …………………… 72	乞丐 ………………………… 271
秋光中的西湖 ……………… 75	前途 ………………………… 275
月夜孤舟 …………………… 83	憔悴梨花 …………………… 281
夏的歌颂 …………………… 86	西窗风雨 …………………… 287
吹牛的妙用 ………………… 88	一个女教员 ………………… 290

I

一段春愁

梅丽揽着镜子仔细的扑着粉,又涂了胭脂和口红,一丝得意的微笑,从她的嘴角浮起,懒懒的扬起那一双充溢着热情的媚眼,向旁边站着的同伴问道:"你们看我美吗?年轻吗?"

"又年轻又美丽,来让我吻一下吧!"正在改学生英文卷子的幼芬,放下红铅笔,一面说一面笑嘻嘻的跑了过来。

"不,不,幼芬真丑死了,当着这许多人,要作这样的坏事。"梅丽用手挡住幼芬扑过来的脸,但是正在幼芬低下头去的时候,梅丽竟冷不防的在她额上死劲的吻了一下,就在那一阵清脆的吻声中,全屋里的人都哈哈的笑起来了。

下课铃响了,梅丽已经打扮得停当,她袅袅娜娜的走到挂衣服的架子旁,拿下那件新大衣,往身上一披,一手拉着门环,回过头来向同伴说了一声"bye bye"才姗姗的去了。

"喂!你们知道她到什么地方去吧?"爱玉在梅丽走出去时,冷冷的向同伴们问。

"不晓得,"美玲说,"你也不知道吗?"

"我怎么就该知道呢?"爱玉的脸上罩了一层红潮。

"不是你该知道，是我以为你必知道。"美玲冷冷地说。

"算了，算了，你们这个也不知道，那个也不知道，只有我一个人知道。"阿憨突然接着说。

"你知道什么，快些滚开！"爱玉趁机解自己的围。

"这有什么希奇，她到静安寺一百八十号去看情人罢了，你们都不好意思说出来，就让我这个大炮手把这闷住的一炮放了吧！"

"你这个小鬼倒痛快！"幼芬说，"可是你的炮还有半截没完。"

"唉，我是君子忠厚待人，不然当面戳穿未免煞风景。"

同伴们不约而同的，都把视线集在爱玉的身上，哈哈的起着哄。

"奇怪，你们为什么都看着我笑？"爱玉红着脸说。

"那里，我们的眼睛东溜西转是没有一定的，怎么是一定在看你，大约你是神经过敏吧！"阿憨若无其事的发挥着。

"小鬼你不要促狭，当心人家恨得咬掉你的肉。"幼芬笑着说。

"该死，该死，你们这些东西，真是狗嘴里吐不出象牙来！"爱玉一面拖住阿憨一面这样说。

"喂！爱玉我要问你一句话，你不许骗我。"阿憨笑嘻嘻的说。

"什么话？"

"很简单的一句话，就是你同梅丽是不是在搞一个甜心。"

"什么甜心，我不懂。"

"不懂吗？那么让我也权且摩登一下学说一句洋话，就是Sweet heart。"

"没有……我从来不爱任何男人，更不致同人家抢了……你听谁说的？"

"谁也不曾说，不过是我的直觉。"

"不相信，一定是你听到什么话来的。"

"不相信由你，只是我问你的话，你凭良心来答复我……不然我又要替你去宣传了。"

"那种怪话有什么可宣传的，我老实告诉你吧，那个密司特王我在一年前就认得他，假使我真要同梅丽抢也不见得抢不过她，不过我觉得一个女孩子同男子交际，不一定就要结婚……而且听说密司特王已经有一个女子了……但是我知道梅丽一定疑心我在和她暗斗，这真太可笑了。"

"其实也没有什么关系，这年头什么东西都是实行抢的主义，那么两个女人抢一个情人又算什么？而且又是近代最时髦的三角恋爱呀！"

"小鬼？你真是个小鬼，专门把人家拿来开心！"

"死罪死罪，小鬼从不敢有此异心，不过是阿憨的脾气心直口快而已，小姐多多原谅吧！"

爱玉用劲的拧了阿憨一把，阿憨叫着逃到隔壁房里去了。

当阿憨同爱玉开心的时刻，梅丽已到了静安寺一百八十号了，她站在洋房的门口，从新的打开小粉盒，把脸上又扑了些香粉，然后把大衣往里一掩，这才举手揿动门上的电铃，在这个时候她努力装成电影明星的风骚姿势。

不久门开了，一个年轻而穿着得极漂亮的男人，含笑出现于门前的石阶上……这正合了梅丽的心愿，因此她不就走进去，故意的站在门口，慢慢转动着柔若柳枝的腰杆，使那种曲线分明妙曼的丰姿深深印入那男人的心目中。

那满面笑意的男人，敏捷的走了过来说道："欢迎，欢迎！"一面伸手接过梅丽的小提包。

"怎么样，好吗？密司特王！"梅丽含着深醇的微笑，柔声的说。

"谢谢，一切都照旧，你呢，小姐！"男人像一只鸟儿般的活泼的说。

"我吗？唉，不久就要到天国去了!"梅丽吃吃的笑着说。

"你真会说笑话,小姐青春正富,离到天国还远着呢!"男人说着把仆人送来的茶接过来,放在梅丽面前说:"吃茶吧!"他依旧坐到位子上去。

　　"青春!青春!"梅丽感触的叫道,"我那里还有什么青春,你简直是故意的取笑我!"

　　"没有的话!"男人脸上装出十三分的真诚说道:"现在正是小姐的青春时代,真的,在你的脸上浮着青春的笑;在你的举动上,也是充满了青春的活泼精神……"

　　梅丽看着他微笑——深心里都欢喜得几乎涌出感激的眼泪来。

　　"喂!王,你的话我也相信是真的,我们学校里的同事,样子都比我老得多,前几天我遇见密司柳!她也称赞我年轻,并且还说我的眼睛和别人不同……王,你看出我的眼睛有什么不同吗?"

　　"对了,你的眼睛比无论什么人都美,而且含着一种深情……"王含笑说。

　　"真是的,你也这样说……你欢喜我的眼睛吗?"梅丽含羞的望着他。

　　男人挨近她身旁,低声说道:"你应许我吻你的眼睛吗?"

　　梅丽整个的颊上,罩了一阵红潮,半推半就的接受了那又温又香的一吻,于是沉默而迷醉的气氛把一双男女包围了。

　　"铛啷啷!"电话铃响了,男人连忙跑去取下电话机来。"喂……我是王新甫……怎么样……哦好,可以,但是要稍微迟些……好,再会。"

　　"哪个的电话,不是爱玉的吗?"梅丽娇痴痴的说。

　　"不是,不是,"王有些惊惶的说道,"是一个男朋友约我去谈谈,有一点事务上的交涉!"

　　"哦,那就真不巧了,我想今晚同你去吃饭,并且看《卡门》

去。"

"真是讨厌，"男人皱着眉头说，"我要不是为了一些事务上必须接洽的事，我就辞掉他了……这样吧，我明天陪你去如何？"

"也好吧……那么我现在去了，省的耽搁你的正事！"

"何必那样说！"他说，"这更使我抱歉了！"

"算了吧，这又有什么歉可以抱呢，只要你不忘记你还有我这么一个朋友就行了。"梅丽站了起来，王把大衣替她披上，一直送她到了电车站，他才又回转来，从新洗了脸，头上抹了一些香油，兴冲冲的出去了。

梅丽上了电车回到家里时，心里像是被寂寞所戳伤，简直坐也不是站也不是，她想找爱玉去看电影——同时她心里有些疑决不下的秘密，也想借此探探虚实。她从新披上大衣，叫了一辆人力车，到了爱玉的家门口，只见她家的张妈站在门口，迎着笑道："小姐才出去了。"

"哦，也出去了，你知道她到什么地方去吗？"

"那我不大清楚，是王少爷来接她去。"

"王少爷？哪一个王少爷？"

"就是住在静安寺的。"

"哦……回头小姐来时，你不必多说什么，只说我来看她就足了。"

"晓得了。"张妈说着，不住的向梅丽懊丧的面色打量，梅丽无精打采的仍坐了原车回家去了。

次日绝早，梅丽独自坐在办公室里，呆呆的出神，不久美玲推门进来了：

"喂，梅丽，你今天怎么来得这么早！"

"昨晚睡不着，所以老早就起来了。"

"为什么睡不着？莫非有什么心事吗？……你昨天一定有点什么秘

密，说真话，成时请我们吃喜酒。"

"你真是会说梦话，我这一生再不嫁人的，哪来的喜酒请你吃呢？我告诉你吧，这个世上的男人都坏透了，嘴里甜蜜蜜的，心里可辣得很呢！"

"这是什么意思，你发这些牢骚？"

"哪个又在发牢骚呀！"爱玉神采飞跃的跑了进来插言说道。

"你今天什么事这样高兴呀？"美玲回头向爱玉说。

"我天天都是这样，也没有高兴，也没有不高兴。"

"你到底是个深心人，喜怒哀乐不形于色！"阿憨又放起大炮来。

"哼，什么话到了你这小鬼嘴里就这样毫无遮拦！"梅丽笑着拧着阿憨的嘴巴子说，大家都不禁望着阿憨发笑。

第一课的钟声打过了，爱玉、梅丽都去上课，办公室里只剩下美玲、幼芬和阿憨。这时美玲望着她俩的影子去远了，便悄悄的笑道："这两个都是傻瓜，王简直就是拿她们耍着玩，在梅丽面前，就说梅丽好，在爱玉面前就说爱玉好，背了他们俩和老伍他们就说：'这些老处女，我可不敢领教，不过她们迫得紧，不得不应付应付。'你说这种话叫梅丽和爱玉听见了要不要活活气死！"

"这些男人真不是好东西，我们叫梅丽她们不要睬他吧，免得他烂嚼舌根！"幼芬天真地说。

"那你简直比我老憨还憨，她俩可会相信你的话？没得惹她们两边都骂你！"阿憨很有经验似的说。

幼芬点头笑道："你的话不错，我们不管他们三七廿一，冷眼看热闹好了。"

中午吃饭的时候，梅丽拿着一封信，满脸怒气的骂道："什么该死的东西，他竟骗了我好几个月，现在他的情人找得来，他倒也撇得清，竟替我介绍起别人来，谁希罕他，难道我家里就没有男人们，他们就没有朋友可介绍，一定要他这死不了的东西多管闲事！"

"喂！这算什么，哪个又得罪了你呀！"阿憨找着碰钉子，梅丽睬都不睬她，便饭也不吃的走了。

爱玉却镇静得若无其事般的说道："美玲，密司特王要订婚了，你知道吗？他的爱人已经从美国回来了。"

"哦，这个我倒没有听说……这就难怪梅丽刚才那么痛心了。"

"本来是自己傻瓜嘛……所以我再也不上他的当。"爱玉装出得意的样子说。

阿憨向着幼芬微笑，她简直又要放大炮了，幸喜幼芬拦住她道："你不要又发神经病呀，"阿憨点点头，到底伏着她的耳朵说道，"她是哑子吃黄连，有苦不能言罢了。"一阵咯咯的大笑后，阿憨便扬长而去。

梅丽这几天是意外的沉默，爱玉悄悄的议论道，"你们看梅丽正害 love sick，你们快替她想个法子吧。"

"夫子莫非知道吗？"阿憨又憨头憨脑的钉上这么一句，使爱玉笑不得哭不得，只听见不约而同几声"小鬼，小鬼"向着阿憨，阿憨依然笑嘻嘻的对付她们。

时间把一切的纠纷解决了，在王先生结婚后的两个月，梅丽和爱玉也都有了新前途，这一段春愁也就告了结束。

何处是归程

在纷歧的人生路上，沙侣也是一个怯生的旅行者。她现在虽然已是一个妻子和母亲了，但仍不时的徘徊歧路，悄问何处是归程。

这一天她预备请一个远方的归客，天色才朦胧已经辗转不成梦了。她呆呆的望着淡紫色的帐顶——仿佛在那上边展露着紫罗兰的花影，正是四年前的一个春夜吧，微风暗送茉莉的温馨，眉月斜挂松尖寂静的河堤上。她曾同玲素挽臂并肩，踯躅于嫩绿丛中。不过为了玲素出国，黯然的话别，一切的美景都染上离人眼中的血痕。

第二天的清晨，沙侣拿了一束紫罗兰花，到车站上送玲素。沙侣握着玲素的手说道；"素姊珍重吧！……四年后再见，但愿你我都如这含笑的春花，它是希望的象征呵！"那时玲素收了这花，火车已经慢慢的蠕动了——现在整整已经四年。

沙侣正眷怀着往事，不觉环顾自己的四围。忽看见身旁睡着十个月的孩子——绯红着双颊，垂覆着长而黑的睫毛，娇小而圆润的面孔，不由得轻轻在他额上吻了一下。又轻轻坐了起来，披上一件绒布的夹衣，拉开蚊帐，黄金色的日光已由玻璃窗外射了进来。听听楼下已有轻微的脚步声，心想大约是张妈起来了吧。于是走到扶梯口轻轻喊了一声张妈,一个麻脸而微胖的妇人拿着一把铅壶上来了。沙侣扣着衣纽欠伸着道:"今天十点有客来,屋里和客厅的地板都要拖干净些……回头就去买小菜……阿福起来了吗?……叫他吃了早饭就到码头去接三小姐。另外还有一个客人,是和三小姐同轮船来的……她们九点钟到上海。早点去不要误了事!"张妈放下铅壶,答应着去了。

  沙侣走到梳妆台旁,正打算梳头,忽看见镜子里自己的容颜老了许多,和墙上所挂的小照,大不同了。她不免暗惊岁月催人,梳子插在头上,怔怔的出起神来。她不住的想道:"这是怎么一回事呢?结婚,生子,作母亲。……一切平淡的收束了,事业志趣都成了生命史上的陈迹……女人……这原来就是女人的天职。但谁能死心塌地相信女人是这么简单的动物呢?……整理家务,抚养孩子,哦!侍候丈夫,这些琐碎的事情真够消磨人了。社会事业——由于个人的意志所发生的活动,只好不提吧。……唉,真惭愧对今天远道的归客!——一别四年的玲素呵!她现在学成归国,正好施展她平生的抱负。她仿佛是光芒闪烁的北辰,可以为黑暗沉沉的夜景放一线的光明,为一切迷路者指引前程。哦,这是怎样的伟大和有意义!唉,我真太怯弱,为什么要结婚?妹妹一向抱独身主义,她的见识要比我高超呢!现在只有看人家奋飞,我已是时代的落伍者。十余年来所求知识,现在只好分付波臣,把一切都深埋海底吧。希望的花,随流光而枯萎,永远成为我灵宫里的一个残影呵!……"沙侣无论如何排解不开这忧愁的秘结,禁不住悄悄地拭泪。忽听见前屋丈夫的咳嗽声,知道他已醒了,赶忙喊张妈端上面汤,预备点心,自己又跑过去替他拿替换的裤褂,一面又吩咐车夫吃早饭,把车子拉出去预备着。乱了一阵子,才想去洗脸,床上的小乖乖又醒了,连忙放下面巾,抱起小乖,喂奶换尿布,壁上的钟已当当的敲了九下。客人就要来了,一切都还不曾预备好,沙侣顾不得了,如走马灯似的忙着。

9

沙侣走到院子里，采了几枝紫色的丁香插在白瓷瓶里，放在客厅的圆桌上。怅然坐在靠窗的沙发上，静静的等候玲素和她的三妹妹，在这沉寂而温馨的空气里，沙侣复重温她的旧梦，眼睫上不知何时又沾濡上泪液，仿佛晨露浸秋草。

　　不久门上的电铃琅琅的响了。张妈呀的一声开了大门，一个年轻漂亮的女子，手里提了一个小皮包，含笑走了进来。沙侣忙上前握住她的手，似喜似怅的说道："你们回来了。玲素呢……""来了！沙侣！你好吗？想不到在这里看见你，听说你已经作了母亲，快让我看看我们的外甥……"沙侣默默的痴立着。玲素仿佛明白她的隐衷，因握着沙侣的手，恳切的说道："歧路百出的人生长途上，你总算找到归宿，不必想那些不如意的事吧！"沙侣蒸郁的热泪，不能勉强的咽下去了。她哽咽着叹道："玲姊，你何必拿这种不由衷的话安慰我，归宿——我真是不敢深想，譬如坑洼里的水，它永远不动，那也算是有了归宿，但是太无聊而浅薄了。如果我但求如此的归宿——如此的归宿便是人生的真义，那么世界还有什么缺陷？"

　　"这是为什么，姊姊。你难道有什么不如意的事吗？"沙侣摇头叹道："妹妹，我敢妄求如意，世界上也有如意的事吗？只求事实与思想不过分的冲突，已经是万分的幸运了！"沙侣凄楚而深痛的语调，使得大家憬然了。三妹妹似不耐此种死一般的冷寂，站了起来，凭着窗子看院子里的蜜蜂，攒进花心采蜜，玲素依然紧握沙侣的手安慰她道："沙侣不要太拘迹吧，有什么难受的呢？世界上所谓的真理，原不是绝对的，什么伟大和不朽，究竟太片面了，何尝能解决整个的人生？——人生原来不是这样简单的，谁能够面面顾到！……如果天地是一个完整的，那么女娲氏倒不必炼石补天了，你也太想不开。"

　　"玲姊的话真不错，人生就仿佛是不知归程的旅行者，走到那里算到那里，只要是已经努力的走了，一切都可以卸责了。……姊姊总喜欢钻牛角尖,越钻越仄……我不怕你笑话,我独身主义的主张,近来有些摇动了。……因为我已觉悟固执是人生滋苦之因,不必拿别人说,只看我们的姑姑吧。"

"姑姑近来怎么样?前些日子听说她患失眠很利害,最近不知好了没有?三妹妹你从故乡来,也听到她的消息吗?"

"姊姊!你自然很仰慕姑姑的努力啰。……人们有的说像她这样才算伟大,但是不幸同时也有人冷笑说她无聊,出风头,姑姑恨起来常常咬着嘴唇道:'龃龉的人类,永远是残酷的呵!'但有谁理会她,隔膜仿佛铁壁铜墙般矗立在人与人的中间。"

玲素听见三妹妹慨然的说着,也不觉有些心烦意乱,但仍勉强保持她深沉的态度,淡淡的说道:"我想世上既没有兼全的事,那末随遇而安自多乐趣,又何必矫俗于名?"

沙侣摇头道:"玲姊!我相信你更比我明白一切,因此我知道你的话还是为安慰我而发的。……究竟你也是替我咽着眼泪,何妨大家痛快些哭一场呢!……我老实的告诉你吧,女孩子们的心,完全迷惑于理想的花园里。——玫瑰是爱情的象征,月光的洁幕下,恋人并肩的坐在花丛里,一切都超越人间,把两个灵魂搅合成一个,世界尽管和死般的沉寂而他和她是息息相通的,是谐和的。唉,这种的诱惑力之下,谁能相信骨子里的真相呢!……简直完全不是这么一回事。——结婚的结果是把他和她从天上摔到人间,他们是为了家务的管理,和欲性的发泄而娶妻,更痛快点说吧,许多女子也是为了吃饭享福而嫁丈夫。——但是做着理想的花园的梦的女子,跑到这种的环境之下……玲姊,这难道不是悲剧吗?……前天芷芬来,她曾问我说:'你现在怎么样?看着杂乱如麻的国事,竟没有一些努力的意思吗?'玲姊!你知道芷芬这话,使我如何的受刺激!但是罪过,我当时竟说出些欺人自欺的话。——我现在一切都不想了,抚养大了这个小孩子也就算了。高兴时写点东西,念点书，消遣消遣。我本是个小人物，且早已看淡了一切的虚荣……芷芬听罢，极不高兴，她用失望的眼光看着我道：'你能安于此也好，不过我也有我的思想。……将军上马各自奔前程吧……'她大概看我是个不堪造就的废物，连坐也不坐便走了。当时我觉得很抱歉，并且再扪扪心我何尝真是没有责任心？……呵，玲姊，怯弱的我只有悔恨我为什么要结婚呢？"沙侣说得十分伤心，不住的用罗巾拭泪。

但是三妹妹总不信，不结婚便可以成全一切，她回过头来看着沙侣和玲素说："让我们再谈谈不结婚的姑姑罢。"

"玲姊和姊姊，你们脑子里都应有姑姑的印象吧？美丽如春花般的面孔，玲珑而窈窕的身材，正仿佛这漂亮而馥郁的丁香花。可是只有这时候，是丁香的青春期，香色均臻浓艳；不过催人的岁月，和不肯为人驻足的春之女神，转眼走了，一切便都改观。如果到了鹃啼嫣红，莺恋残枝，已是春事阑珊，只落得眷念既往的青春，那又是如何的可悲，如何的冷落？……姑姑近来憔悴得多了，据我的观察，她或者正悔不曾及时的结婚呢！"

沙侣虽听了这话，但不敢深信，微笑道，"三妹妹，你不要太把姑姑看弱了。"

三妹妹辩道："你听我讲她一段故事吧。"

"今年中秋月夜，我和她同在鼓山住着，这夜恰是满山的好月色，瀑布和涧流，都闪烁着银色的光。晚饭后，我们沿着石路土阶，慢慢奔北山峰，那里如疏星般列着几块光滑的岩石，我们拣了一块三角形的，并肩坐下。忽从微风里悄送来阵阵的暗香，我们借着月色的皎朗，看见岩石上攀着不少的藤蔓，也有如珊瑚色的圆球，认不出是什么东西。在我们的脚下，凹下去的地方有一道山涧，正潺潺湲湲的流动。我们彼此无言的对坐着，不久忽听见悠扬的歌声，正从对山的礼拜堂里发出来。

姑姑很兴奋的站起来说，'美妙极了，此时此地，倘若说就在这时候死了，岂不……真的到了那一天，或者有许多人要叹道：可惜，可惜她死得太早了，如果不死，前途成就正未可量呢！……我听了这话仿佛得了一种暗示，窥见姑姑心头隆起红肿的伤痕——我因问道：'姑姑，你为什么说这种短气的话，你的前途正远，大家都希望你把成功的消息报告他们呢。……'姑姑抚着我的肩叹道：'三妹，你知道正是为了希望我的人多，我要早死了，只有死才能得最大的同情。……想起两年前在北京为妇女运动奔走，结果只增加我一些惭愧，有些人竟赠了我一个准政客的刻薄名词，后来因为运动宪法修改委员，给我们相当的援助，更不知受了多少嘲笑。末了到底被人造了许多谣言，什么和某人订婚了，最残忍的竟有人说我要给某人作姨太太。并且不止侮辱我一个，他们在酒酣耳热的时候，从他们喷唾沫的口角上，往往流露出轻薄的微笑，跟着，他们必定要求一个结论："这些女子都是拿着妇女运动作招牌，借题出风头。"……你想我怎么受？偏偏我们的同志又不争气，文兰和美真又闹起三角恋爱，一天到晚闹笑话，我不免愤恨终至于灰心。不久政局又发生了大变，国会解散……我们妇女同盟会也就冰消瓦解。在北京住着真觉无聊，更加着不知趣的某处长整天和我夹缠，使我决心离开北京。……还以为回来以后，再想法团结同志以图再举，谁知道这里的环境更是不堪！唉……我的前途茫茫，成败不可必，倘若事业终无希望……倒不如早些作个结束。……'"

"姑姑黯然的站在月光之下，也许是悄悄的垂泪，但我不忍对她逼视。当我在回来的路上，姑姑又对我说：'真的我现在感到各方面都太孤零了。'玲姊，姑姑言外之意便可知了。"沙侣静听着，最后微笑道："那末还是结婚好！"

玲素并不理会她的话，只悄悄的打算盘，怎么办？结婚也不好，不结婚也不好，歧路纷出，到底何处是归程呵？她不觉深深的叹道："好复杂的人生！"

　　沙侣和三妹妹沉默了，大家各自想着心事，四围如死般的寂静，只有树梢头的黄鹂，正宛啭着，巧弄它的珠喉呢。

余　　泪

这时候春天已快完了！尤牧师家里那两棵大白梨树上，已经没有花朵；我隔着窗子望过去，几个和枣一般大的小梨，挂在枝子上；我便问尤老太太道："这梨树种了几年了？结的梨还能吃吗？"尤老太太眯缝着眼，侧着头，向窗外望了望道："那个吗？……还能吃……种的年代已不少了！"说着便又用手指掐算了半天道，"哼！……差不多和比伦一般年纪呢！日子真快呵！比伦已经十三岁了……便是你也不是从前的样子了。"说着又对我望了望。

我听了尤老太太的话，便不由得想起以往许多的陈述来了！我记得十一年前，我不过是十二岁的孩子。因为过于顽皮的缘故，我的母亲便把我送到尤老太太这里来，请她用严厉的方法训练我，这时尤老太太正作着修道院的院长，并且在这修道院里还附属着一个高等小学校，尤老太太便叫我在一年级的课堂里上课。我初到这里来时，很觉得不惯。她们常常用很严厉的眼光，凝视我，每逢我卧在草地上，和那只白毛狮子狗玩耍的时候，没有一次不被尤老太太责罚的；还有一次我为这个过失，被关在一间又黑又阴的地窖里；那个可恨没有怜悯心的黑猫，真把我吓死了！当时我便大声痛哭，喊叫起来，还好慈爱的白教师从这里过，听见我的哭声，便开了地窖，把我领了出来；那时尤老太太也因为听见我哭叫的声音赶来了，见我已经出来，伏在白教师怀里抖颤的可怜形状，便改了她的怒容，露着愁闷的神气，叹了一声道："孩子！你该听话了吧！……这种惩罚是上帝常常驯练他的小羊的。"我当时愤恨极了，嘴里虽不敢说甚么，心里着实的想咒骂她。

　　后来因为起了革命的战事，我全家都移往天津去了，母亲便叫人把我接回来，我临离修道院的时候，白教师亲自送我上了车，还微笑和我说："可爱的孩子！愿上帝保佑你！祝福你！……我们或者还可以再见呢！"我这时不知怎么也会觉得不好过起来，坐在车上，凝视白教师慈爱而微含泪痕的眼波，我又跳下车来，俯在白教师怀里呜呜咽咽哭起来了！这时尤老太太也来到门口送我上车，见我又跳下来，便奇异的叹着道："唉！上帝的小羊，现在应该分别了！……不要悲伤！孩子！上帝可以保佑你，使我们一定有相见的日子，至迟也过不了最后受裁判的时候！……孩子！你舍不得那只狗吗？那实在是你的小伴侣；天父一样的也爱惜那些生物呢！不要悲伤！到处都有你的好伴侣；因为上帝承认一切人都是他的儿子！基督一样的要替他们流血！孩子！你明白吗？去吧！去吧！"我听了尤老太太这些话，心里已觉安慰了许多！又经车夫的催促，没法子又跳上车子，车夫很快的加了两鞭，那马便放开蹄子，向前飞奔去了。没有五分钟已看不见那尤老太太和白教师的影儿了。

　　自从那次分别后，我家里虽然不久又回到北京来，但是我已经改了求学的地点，一直不曾到那里去，现在不觉已是十一年了！

　　尤老太太这时正掀着那《颂主诗歌》看，嘴里也不住的哼哼着，和十一年前的样子似乎没有变更；不过嗓音觉得微弱些，头发更白了，竟和银丝那么白得发亮——因为她正迎着太阳坐着——脸上的皱纹也深了，量起来总有两三分的光景，我看到这里也不禁叹道：

　　"光阴实在快得和马跑一样，我们不见已经十一年了。"

"十一年了吗？可怕的日子。快得竟不容人喘气！像这个样子，甚么事情不都是一瞥就完了吗？"尤老太太说着不住的叹息着，我也没话回答她，只是怔怔地在那里回想，那一句："什么事情不都是一瞥就完了吗？"尤老太太见我不回答她的话，便又说道："你们青年人，大约不明白这个道理；你们高高兴兴在那里度春天的光阴，那里知道，一转眼可怕的秋天和冬天，便追着你们的后边来了！那时你们或者明白，什么事情都是一瞥就过去了！"

"是的！我们很明白事情真正和流水一般，一瞥就完了！过去了！"我随随便便地，这么答应，其实我这时哪有工夫，想到这些上头去呢？我正在回忆她——可亲可爱的白教师呢？她一副纯洁温蔼的眼波，时时流露出诚实和慈悲的表示来；衬着她那时常出现笑容的嘴唇——不厚不薄的嘴唇皮——实在没有一点不适当的样子，她总喜欢穿着一身白衣服，仿佛圣母那般纯洁！那般尊严！她每次跪在神像前祈祷，我听了她那恳挚的声调，我不由得便要大受感动……现在这些事情都已经过去了！我回想她便怎么样呢？我实在很愿意知道一点关于她的消息呢！……这个尤老太太也许知道，我便决定问她了。

"尤老太太！你能告诉点关于白教师的消息吗？……我实在很记念她！"

"呵！孩子！……你现在大了！但是我还是称你孩子吧！孩子是没有罪孽的……你愿意知道白教师的消息吗？……不错！少年人总是有好奇心！"

尤老太太一边说着，一边用手理平那本圣书已经卷叠起来的书角！说到这里，忽然又把话截断，说别的去，用手指着那特别卷叠的书角说："孩子们用东西永不知道爱惜……三角钱原不是很容易的呢！"我还是记挂白教师的消息，见她停住不说，因又提醒她道：

"白教师到底怎么样呵！"

"哦！果然孩子们没有忍耐心，这算什么你便急了！……好！好！你把椅子靠近我些。"我果真把椅子向她挪了一挪。

"好孩子！……到底不和从前那样顽皮了！……上帝要永远保佑你呵！"尤老太太说着话又把眼镜脱了下来，谨谨慎慎把它放在盒子里，用手绢擦了擦眼睛，对我看了看才说道：

"孩子！注意听着呵！……不！当我告诉你她的消息之前，我应当祷告上帝！使她的光荣，永远普照在世界上！"说着她果真跪在神像前，发着诚恳的高声祷告说：

"主呵！我们的天父！你是极慈悲的！你愿意人类都为他们的朋友舍命！爱他们的同伴和自己一样！主呵！时机到了！求你帮助我，能使我的话，深深印在这个少年人的心上，爱她的同伴，和她自己一样！……主呵！我知道你必不拒绝我的请求呵！慈爱的天父！……阿门。"

她诚恳的声调，使我受了极大的感动，不由自主也跪在她的旁边了！

尤老太太祷告完，站了起来，满面露着安宁的微笑说道："孩子！我们这里坐着吧！现在可以开始说这段故事了！"我们就都到靠窗户那边的椅子上坐下。

"孩子！你记得你为什么缘故离开我这里吗？"

"是的！我很记得！就是为了革命的战事！"尤老太太听我这样回答，便点点头叹了一口气道："不错！你记性很不坏！……但是这种深刻的印象，谁都不容易把他忘记呢！……流了多少血呵！唉！上帝！……罪过！差不多成了河了！最可怕的在这修道院门前，大槐树上，挂着那个没有头，脖颈缩在腔子里边去，满了血痕的尸首，我那天真是不舒服！不幸的，残忍的人类，我为他们流泪！我为他们羞辱！为什么自己这样残害自己？"尤老太太说到这里当真的流下泪来，我也不免一阵心酸，觉得他们实在太残忍了！

18

"自从发见那个死尸之后,我在圣母的神像前,为他们祈祷了整整一个礼拜,有一天我正在替他们忏悔,祷告得最痛切的时候,我实在禁不住为他们痛哭!忽然听见一个人很深沉叹息的声音,我这时候真以为圣母显现,便慢慢抬起头来,往神像前面一看,只见一个人穿着洁白的大衣,低着头,垂着眼皮,丝毫不动的站在那里,那种静穆幽深的神情,我一时竟糊涂了,认不出她便是白教师,我用手在我胸前画了十字,又继续祈祷下去,那声调更加诚恳了!等到起来的时候,忽见那个女子,也跪在那神像的面前呢!这时我才认出她来,我便问她:'你也是为那尸首的缘故,来替他们忏悔吗?'她便叹了一声道:'这不过战事的开始呵!比这个残忍不知道还有多少呢!'

'那么我们应当怎么样呢?'我不免怀疑着这么问白教师,她只流着泪说:'这只有求上帝帮助我们,用基督的名义唤醒他们罪恶的梦!……因为基督是吩咐他的门徒,爱他们的朋友,和爱自己一样!'

'好!这个使命要谁去担当呢!……差不多他们的心和铁一样的硬了!他们看流血是一件下酒的美菜呢!'"

尤老太太述到这里,便拍着我的肩膀说:"这些都是已经过去的事情了!……他们流的血都已干得没有痕迹!但是现在怎么样呢?……他们现在不革命了,流的血倒快成了海了!这是为甚么?……唉!怕只有上帝知道吧!"尤老太太这时端起茶杯,咽了一口茶,用手摸了摸她额上那深而且宽的皱纹,又接着往下说道:

"自从我们在神像前,遇见的那一天分手后,我一直五天,没有看见白教师,我很觉得奇怪!平常她不是这样的,我们差不多,每一日在朝晨上查经的时候,都要见面一次……当时我很责怪她!……少年人作事没有一点计算,这种乱哄哄的时代,还敢到街上乱跑去,我问了她同住的朋友,她们也不明白她,究竟到什么地方去,就知道她在前五日的一个下午,她穿上出门旅行的外衣,手里提了一个小皮包,匆匆地出

19

大门去了。她走到院子里的时候,曾遇见那个看门的犹大,她只告诉他,有要紧的事,出去走走,别的她也没多说一句。

"一直过了两礼拜,还不见她回来,大家的确惊慌起来,我更没了主意!便跑到李牧师那里,请他派人去探访探访,李牧师便派了四个美国兵到大街各巷找了几天,也一点踪影都没有!……唉!孩子!你们大约没有尝过这种惊人的风波吧!

"又过了两天,忽然接到她一封信,这封信是在天津发的,她信里说:

在基督的足下,不幸发生了自己残害自己的罪恶来,谁能不为这事伤心和羞耻呢?……在一堆的小羊里,我们看见了一个猛虎,来欺辱他们,我们不能不愤怒的去赶开他,没有爱心的强暴!为这些小羊的保护者!若果我们看见一群羊,他们自己纷争起来了!甚至于大羊咬起小羊的脖颈来!我们怎么样呢?他们原是同类呵!唉,天下最可伤心的事,有过于这个的吗?最羞耻的事,有过于这个吗?不幸的羊群,现在真真自相残害起来了!他们在湖北、武昌设下可怕的枪炮,他们的血已经成了河了!他们还没有明白他们的错误,唉!亲爱的院长呵!我愿意担当上帝的使命,去唤醒他们的迷梦,这是上帝委托我的——是我应尽的责任,我在天津耽搁两天;还要折回来到汉口去,但是我没有机会,和你握别了!我们预备在上帝那里见吧!愿上帝祝福你!

"她这封信到了以后,我们便都到礼拜堂为她祈祷上帝,帮助她早早成功!但从那天以后,我们便不知道她的踪迹了!不久战事终止,共和成功,我们会友正在礼拜堂聚会,感谢基督的恩惠;使人类不再发生拿流血作下酒的菜的残忍心,忽听见一个少年痛哭的声音,我们知道他一定有甚么很伤心的罪恶,所以我们也都替他恳切的忏悔!祷告完了,我们都站起来,同唱《颂主诗歌》……孩子!这种习惯!你应该还记得吧!……我们那时按着这个顺序,聚完会,正要散会的时候,忽见适才痛哭的少年,跑到宣道台上来说:'诸位亲爱的会友呵!唉!慈悲的天父!'他又不禁的流下泪来!我们到会的人没有一个脸上不现出惊奇的神气……孩子!你知道!我那时候也免不了惊奇呢!……我今年活到五十二岁只见过这么一次呢!

"那少年哭了半天,他才又接下去说:'我在上帝面前犯了极大的罪,我的手杀死过许多我的同伴!——为了战争的缘故——他们流的血,可以把我飘起来,送到黑暗深坑里去!但是我还是不明白,我是犯了不可忏悔的罪!有一天,我正在杀戮我的敌军,最出力的时候,——因为我是把他们战败了,所以我心里着实的快意!我觉得我的枪和刀,也非常活泼,和我一样露着笑容,忽然在我身后,发现了很奇异的声音,我不免回过头来一看,只见红十字队的一个队员叫作白吾性的,站在我的身后,眼里满蓄泪水,脸色惨白着,我看了忽然手便软了!不能再去残害我的同类了!因问她说你为什么这个样子?"唉!可怜的熊海夫,你杀了他们觉得什么样?"唉!诸君!我对于白女士所问的这个问题,我从来没有想过,我杀他们一个头,便好像从西瓜梗上,切下一个西瓜来,杀了就完了!我觉得怎么样?但是当时我被她真诚热情激动了,我便不能不想一想,我杀了他们,觉得怎么样了!唉呀!诸君!我尝到了灵魂上的痛苦了!当真我这时觉得满身都是罪恶!和狞鬼一样的残忍!他们的头,和我的头,一样长在脖子上,这是很自然的,我为什么要把他故意的割下来呢?我当时越想越苦痛,我的灵魂真是受了绝大的创,忽然流下泪来,我把手里的枪刀都抛弃了,跪在她——纯洁的天使——面前求她赦免我的罪,求她替我忏悔,她很温和在我额上亲了一下说道:"上帝一定祝福你!……他永远不弃掉迷路能回头的小羊!"我这时心里得了她的洗刷,果然轻松多了!正要和她一齐回营去,谁知敌军乘我们没有防备,冷不防放过一枪来,正射在她的胸口上,唉!可怜她不久便到上帝那里去了!她临死的时候,还微笑说:"熊先生我能使你回到你应该走的正路上去,永远爱你的同伴,这是我最荣幸的纪念!我们再见吧!到上帝那里便可以见着了!""唉!诸君!可敬的上帝的使者,白女士她现在回到上帝那里去了!我们应该继续她的工作,给人类世界开一线的光明,替无数的罪人忏悔呵!'

"我们听了这少年述说完这一段故事,便又接着开了一个追悼白教师的会,这便是她最荣耀的纪念了!孩子!你以为怎么样呢!"

我这时一句话也回答不出来,只有点点头,过了些时,尤老太太又说道:"孩子!我回想起那残忍的把戏,挂在那槐树上……这不过一瞥都完了!但是我余泪还没有干!为这个羞耻和伤心,唉!上帝确能知道呵!"

豆腐店的老板

　　这一间矮小的豆腐店，正开设在一条马路上——这条路却是从上海到吴淞必经的一条路。老板是一个五十岁左右的但是身躯极魁伟的男人。两臂的筋肉如小阜般的隆起，当他每天半夜里起来磨豆子的时候，那隆起的筋肉映着黯淡的灯光，发出异样的光彩，他自己也很骄傲的看着那久经磨炼的健全之臂微笑，仿佛那富翁看见了自己饱藏银钱的保险箱的微笑一样——因为他三十年来的生活全靠着这一双可尊敬的臂的努力，并且他的一个儿子同一个女儿，是由他这一双手臂抚养成人，现在他儿子在附近的军队里作一个小排长，女儿嫁给了邻近作泥水匠的张家。至于他的妻子已经死了整整三年了。

　　他过着寂寞的生活，但是他还舍不得关了他的豆腐店，依然守着三十年来未曾离开过的老地方——虽然他的女儿几次来接他去养老。

　　他的儿子不常回来，因为军队里不自由，同时这样一个寂寞的家庭也难得使他恋念。

　　老人的磨房里，先几年曾养一匹驴子，帮着他拉磨豆子，但新近驴子老了，作不动工，老人把它贱卖了，因此这一座小磨房里里外外只剩下老人独自支撑。

在一天夜里，老人已把泡好的豆子放在磨子里——那时差不多附近的人都睡了，便连那些狂吠的狗也都没有声音了。老人张眼向这清冷的磨房看了一遍，一切都和平常一样，只是今夜不知因为什么，心里陡然感到从来所未有的寂寞，于是他不免想起他的儿子来——一个二十岁的小伙子，按理应当娶亲了，如果他有了一个儿媳妇——或者还有一个孙子，不是要比现在好得多吗？这一个思想搅乱了他一向安定的心情，他含愁磨着豆子，一面计划明早到营里去看他唯一的儿子，并劝他赶快娶个妻子。

　　"是的，娶一个好媳妇来。"他这样沉思着，他转磨子的手渐渐地停住了，最后他站起来走到屋角的床边，由床底下拖出一个箱子来，郑重地揭开箱盖从那堆满了粗布棉夹衣的缝里，摸出一个桑皮纸的包儿来，打开了第一层桑皮纸，里面露出淡黄色的油纸，他又把油纸褪去，如此褪了五层，陡然间眼前闪出一阵亮光，同时发出轻微的铿锵声。一百元又白又亮的洋钱，微斜地睡在那一叠油纸上，好像一个绝色裸体的美女，陡然被发现了。老人用手轻轻地摸弄着，并且发出惊奇的微笑。——呵，这是老人一生辛勤所积蓄下来的，现在要用它替儿子娶个媳妇。

　　远处的鸡群，发出第一声啼叫的时候，把老人从想象的梦中唤醒，他连忙把钱照旧一层一层地包起来放在箱子里，回到磨房把豆子磨完，然后烧旺了火，开始煮起来。天才微明的时候，第一锅的豆腐已经出锅了。磨房前面就听见独脚车轧轧的响着，不久那个推车子的王阿二已站在店门前。

　　"老伯伯，豆汁出锅了吧！请给我一碗！"

　　"阿二吗？你先在那条长凳上坐坐，我立刻就盛给你。"

　　阿二果然坐下，嗅着鲜美的豆汁香，脸上浮着渴望的笑容。等到老人把豆汁放在那张长方形的木桌上时，阿二顾不得烫嘴，端起来就喝，没有多少工夫一碗豆汁已经吞下去了。

"怎么样,再来一碗吧?"老人说。

"好的,再来一碗。并请你给我一张豆腐皮。"阿二说。

老人果然又装了一碗豆汁,另外又拿了一张豆腐皮。阿二把豆腐皮放在汁里泡了吃下去。这时天色已经大亮了,喝豆汁的人,和买豆腐的人已接连不断地来了。

这一天黄昏的时候,老人正从外面买豆子回来,迎头碰见阿二推着独脚车也往这边走,见了老人停了脚说道:

"老伯伯,您今天出去,没听到什么消息吗?"

"我没有听见什么,因为我没到远处去,只在附近老李家里买了些豆子就回来了,因为我还想去看我的儿子。"

"这时候去见得到他吗?……恐怕已经开走了吧?"

"开到那里去?"

"开到闸北去打仗!"

"打仗,同什么人打仗?"

"老伯伯,你还不晓得吗?中国兵同东洋兵打起来了。"

"那又是为了什么?"

"我也不清楚,只是今天我把菜推到闸北去卖,走到半路碰到卖鸡鸭的王大哥。他说前面已经开火了,过不去……当时我就问他为什么开火,他说东洋人因为我们中国人不买他的货物,他急了,便提出条件要市长禁止人民反对东洋人,并且要市长强迫百姓买东洋货,如果不照办的话,他们就要开炮……"

"市长没有答应他们吗?"

"市长听说已经答应了!"

"既然答应了为什么还要打呢?"

"咳!老伯伯,说起来,真正气死人。东洋人真是不知足,他看见我们中国人这样怕他，就越来越凶了。他就要求我们驻在上海的军队都要退出。为什么中国军队要退出——老伯伯，你想上海是中国的地方，为什么中国军队要退出，我们中国要是真依东洋人的话退出去，岂不是中国自认把整个的上海送给东洋人了吗？"

"呀，不错，这无论如何是不能退出的。"老人愤然的说。

"不退出，于是就打起来了！"阿二叹息着说。

"哦，打起来了！好的，把那些东洋鬼都杀尽了才痛快！"老人把他那铁般的拳头敲着木头桌，臂上的筋肉益发高隆了起来。

他们正在谈着，隐隐听见轰轰的炮声。老人睁大着眼睛，向门外远处的树木瞪视着道："你听，这不是炮声吗？"

阿二也站了起来，沉吟了些时道："怎么不是呢？所以你的儿子恐怕已经开出去了！"

"开出去了！开出去了！"老人重复的念着，同时昨夜的梦想重新的浮上他的观念界：儿子已是二十岁的小伙子，正该娶个媳妇，养个孙子；一个又壮又活泼的小孙，抱在手里，喂他吃些新鲜的豆汁，这是多么甜蜜的梦呀！但是现在儿子开出去了……开出去和东洋人打仗，打仗是拿血，拿生命来拼的呵。老人的眼里不知不觉充满了泪水。阿二也很明白老人正担心他的儿子，不好再在这里麻烦他，便告辞走了。阿二走后，老人把店前的豆腐收拾了，下了那一扇柴门，上了锁，茫茫然地走到吴淞镇去，走到他儿子所驻扎的兵营前，果然看见那些兵士都在急急忙忙地挖战壕。老人在那里徘徊了很久。后来看见一个和他儿子相识的兵士。老人便上前去打招呼，并且问道："我的儿子还在这里吗？"

"他吗？今天早晨五点钟已到闸北去了！"

老人的心开始抖战了，他嗫嚅着道："那边打胜了？"

"中国兵胜了！"

"呀！谢天谢地！……"老人心里充满了新希望，但是当他转到原路上往家里走的时候,他忽然觉得那些新希望是靠不住的——打胜仗不见得儿子就是安全的。假使儿子从此永不回来了,娶儿媳妇,抱孙子,将永远是个破碎的梦;那可怕的寂寞,如恶魔般向他瞪目狞笑。老人坚实的双臂,忽然变了常态,软瘫瘫的举不起来,两条腿也棉絮似的一点力气没有,老人只好坐在路旁一块大石头上喘息。正在这时候,忽见前面走过一群逃难的人,他们身上背着包裹,手里领着小孩,脸上布满焦急恐慌的神色,老人高声地向人群中的一个少年问道:

"银哥儿,你们打算逃到什么地方去?"

"我们到上海洋人租界里躲一躲。东洋人虽会欺侮我们中国人,他却不敢惹外国人呢!"

老人听了这话,心里忽然起了一种疑问:为什么外国人东洋鬼子就不敢惹呢?⋯⋯呵,他们的兵厉害,他们的国家强,所以别人不敢欺侮他们。假使我们的中国兵肯拼命和他打一仗,把他们打败了,赶回去,他们以后又敢欺侮我们吗?⋯⋯对,一定要拼命和他们打。老人想到这里,深藏在心头的热血沸腾起来了,我为什么顾惜我的儿子?他是一个排长,他有保卫国家的责任,他不能打仗,他就不是一个兵⋯⋯我应当鼓励他不要怕死,那一个人都得有一回死,他尽了他的责任,死,这是比什么都光荣的。⋯⋯"

老人的心得到安慰了,他全身的精力完全恢复了,慢慢地站起来,走回他的豆腐店去,依然作他的豆腐生涯,但同时他更注意打听前线的消息。

轰轰的炮声越来越密。老人虽照常煮了豆汁,但来喝的人却很少了。附近的杂货店,今天竟不曾开市,只把窗户开了一条缝在那里交易。但是门前经过的逃难的人却接二连三的不曾停止过。中午的时候,天空发现了老鹰般的飞机,一个黑点从那机旁抛射到马路上,不久就听见山崩地裂般一声巨响,马路便陷了一个大洞,一个逃难的妇人的左臂不知飞到什么地方去了，只见她缺了一只臂僵卧在血泊中，其余的两个年轻男人头上也滴着血，但是他们顾不得疼痛连忙飞奔到田里，伏在一座土坟的后面。老人莫明其妙地望着这一出流血惨剧，但同时他却意识到这就是开了火的现象。可是那几个并不是兵士，为什么他们也得不到安全呢？！

老人正在疑思的时候，接着又是轰的一声，震得豆腐房的窗子、门都擞擞地抖了起来，这使老人不得不躲在墙角里。午后晴明的蔚蓝天色，仍从窗缝里露了出来，而老人却不相信他还活在人世，他疑心适才是被可怕的梦魇所戏弄，他伸了伸那健全的两臂，从墙角里站了起来。外面似乎已经安静了，隐隐却听见有人在啼哭。真怪呵，这到底是怎么一回事呢？老人按撩不住他的好奇心，用力把柴门推开，站在门前，天上轧轧的飞机声已完全没有了，仰视天空，云色正非常的鲜洁，在那上面绝对找不到一些可怕的痕迹。于是他把他的视线转到地平线，呀！一个破裂的洞穴，如同张着口的猛虎，上面满染着鲜红的血，两个男人，扯下衣襟互相包裹颈上的伤，同时在田地里挖了一个不很深的土穴，把那个面色惨白缺了一只左臂的妇人的尸体，抬放在土穴里，一面流泪，一面用土掩盖。老人静默的看着他们工作。不久那两个受伤而且疲倦的年轻人，正预备着离开这里。老人好像从梦里醒来，他向天空嘘了一口长气，高声喊道：

"喂，哥儿们，你们不能就这样往前去呀，你们受了伤应当休息呢！来，到我店里，我给些治伤药你们吃，然后再吃些豆汁，再走……唉，你们是不幸呀！"

那两个年轻人，呆看着老人，由老人慈爱的面容神色，把他们从悲伤中疼痛中唤醒了。他们流着泪，走到老人的店里。老人把他们安置在他的木板床上，从箱子里拿出两颗红色的丸药，给他们吞下，同时又把他们浸透血迹的包颈布褪了下来，上了些止血的药粉，找了干净的布，重新包扎好。两个年轻人露着非常感激的眼色望着老人。老人让他们睡下，自己到灶头添了火，把新鲜的豆汁烫热了，叫他们喝。两个年轻人经过老人的救治后，神色安定得多了，于是老人问道：

"你们住在哪里……死的妇人是你们的什么亲属？"

年轻人中的一个回道："我们住在镇上刘家大院，我们听得风声不好，打算把我的嫂子和些要紧的东西先送到上海租界亲戚家那里躲一躲……谁知走到半路却碰见了炸弹……嫂子就这样死了！"年轻人说到这里，两颗如豆子般的泪点又沿颊滚了下来。另一个年轻人——他的哥哥——更禁不住呜咽痛哭。老人这时的脸色火般的热着，一双老眼里满浸着泪水，筋肉隆起的臂和铁般的拳击着木板墙，愤愤地叫道："这是什么世界！……我们这些小百姓过的是什么日子呀！……"

两个年轻人听了老人的话，头便垂下来了，他们这时已被惊恐忧伤所压迫，他们没有勇气去想老人所说的话。——天色已渐近黄昏了，两个年轻人向老人告辞仍回镇上去。"嫂子死了，我们也不想到上海去，家里还有年老的父亲呢！……"年轻人中的一个向老人这样说。

老人依旧紧握着拳头道："喂，你们就不想替你的嫂子报仇吗？……"

"报仇，我们那里有那个力量？国家养着几百万的兵都把东洋人奈何不得，难道我们就能……"

"咄……东洋人，他也是个血肉作的人，他也不是三头六臂，我们如果肯人人和他拼命，我不相信不能报仇雪耻……至于国家虽养了几百万的兵，可是那些人他们只为自己的荣华富贵打算盘，那里顾到我们小百姓的死活……我们要救自己是靠自己去拼命呢！……"老人愤然的说着。

两个年轻人依然只呆望着老人——仿佛老人是在发神经病。当他们离开豆腐店的时候，仍然是满心的莫明其妙。不过他们觉得这个老人对于他们很亲切，倒值得感谢的罢了。

两个年轻人走后，老人一直站在门口望着他们的背影，直到转过那影壁的时候，老人才回身进来。

不久，夜已来临，万点繁星，依然闪烁于蔚蓝的天空，老人每夜晚饭后，泡好豆子，就安然地睡去。但是今夜不知为了什么，老人睡在床上，无论如何不能入梦——当然他记念他唯一的儿子是一件事实，不过老人的心除了不放心儿子之外还纠绞着两种不能相容的意念：老人想起日间所遇见的那两个年轻人，他们对于东洋人打死了自己的妻子、嫂子似乎再不想反抗，老人觉得这是有些可耻的，所以鼓励他们去从军。不过同时他想到自己唯一的儿子，现在开到前线，处在非常危险的境地，又似乎有些懊悔当初不该叫儿子去当兵——那末现在他一定已娶得一房好媳妇养得一个孙子，使他老年的生涯热闹许多……

夜里的炮声更紧了，连接不断的轰响，使老人的心纠成一把。这样一来，老人不能安静地躺着了。他爬了起来，围着小小的磨房打圈子。不久鸡群又开始啼叫了，他勉强的镇住心神，把豆子倒在磨盘里，慢慢推动着那沉重的磨子。好久好久他不看见豆浆流到铅筒里去。这使他惊奇：从来不觉得沉重的工作，今夜如何变了常态。他跑过去挑亮了油灯，把他的粗强而隆起的手臂看了又看，臂依然是坚实的，有力的，但是为什么他推不动那磨子了呢！他的心立刻陷入懊丧的深渊中。他放下豆子不磨了，腰里揣了那历年存蓄的一百元钱，在黎明中开始他的旅途，他真是发狂般的想着他的儿子。他急急的奔上海来，炮声更清晰了，同时还夹着连珠般的机关枪声，这些声音都像针般的刺着他的心，他恨不得立刻飞到闸北，见他儿子一面。他走到上海时，太阳已从林梢移到地上将近午刻了。老人走到将近闸北的铁门边，恰好遇见推独脚车的王阿二。阿二惊奇而带忧伤的看着老人叫道："老伯伯几时来的？"

"今早天才发亮时我就动身，方才到这里……怎么样，你看见我的儿子吗？……他看在……"老人不敢问下去了，他的心跳得非常快，两只疲劳而兴奋的眼，满网着红丝，瞪视着阿二，脸上充满了焦愁和渴望的神色。阿二咳了一声，嗫嚅着道：

"看见的，但是他受了……伤了！"

"呵！天！他受了伤了！你怎么晓得的。"

"我才看见红十字会的救护车载着他到伤兵医院去。"

"伤兵医院在那里？"老人的面色有些惨白了。

"听说在海格路红十字会医院……我陪你老人家去看看吧！"

"好，就走吧！"老人拉着阿二向海格路奔去。

许多的伤兵睡在医院里，有的伤了脚，有的缺臂，还有一个兵被枪弹打伤了眼珠。医生和看护，正替那些伤兵在裹扎。老人同阿二跟着一个看护到一间病房里，见了他的儿子。老人全身战栗地站在他儿子的面前，他嘴里咕噜的道："天呀，好惨！天呀，好惨！"只见他儿子的左腿和左臂都没有了，面色惨白的睡在病床上，不住的呻吟，见了他父亲，从他那惨白的脸上露出胜利的微笑，轻声道："爸爸！我打死了许多东洋人，真痛快！他们真没用！……"

"可是你也受伤了呢！觉得难过吗？"

"不，爸爸，不难过。你知道我们这次打仗，是为中国争光荣的，东洋人想不到中国还有爱国的男儿，这一来也让他知道知道中国还有人呢！……"这一个少年的排长脸上充满了笑容，他忘记了他的腿和臂的痛楚。阿二和护士们不知不觉也都向他微笑。老人把头转向窗外，过了好久，他走近他儿子的床前，抚着他的额说道："好孩子！你真是爸爸的儿子！"老人欣喜的泪滴滚到他儿子的额上，同时他又走到其他受伤的兵士面前，用亲切尊敬的眼光遍视了他们。当他出门的时候，他把腰里带着的一百元大洋，郑重的递给护士道："请您把这钱收下，给那些勇敢爱国的兄弟们买些应用的物品吧！"护士接过这一百元钱，不禁滴下泪来。

　　阿二拍着老人的肩道："唉！这真痛快！……"

　　访问的时候停止了，老人和阿二从人丛中离开了病院。

亡　命

　　夜半听见藤萝架上沙沙的雨滴声，我曾掀开帐幔向窗外张望，藤萝叶子在黑暗里摆动，仿佛幢幢的鬼影。天容如墨，四境寂寥，心里有些惊然，连忙放下帐幔，翻身向里面睡，床头的挂钟滴答滴答响个不住。心绪如怒潮般的涌掀。从新翻转身来，窗外的雨滴声越发凄紧，依然睡不着。头部微微有些涨闷，眼睛发酸，心里烦躁极了。只得起来，拧亮了电灯，枕旁有临时放的一本《三侠五义》，翻起来看了，但见一行行如黑点般的闪过，一点没有领会到书里的意思。

　　忽听门外有人走路的脚步声，心房由不得怦怦乱跳，莫非是来逮捕我的吗？……今午庚曾告诉我：市党部有十五起人，告我是反革命，将要逮捕我，承庚的好意叫我出去躲一躲。这真仿佛青天里一个霹雳，不过我又仔细地想了一想，似乎像我这么一个微小的人儿，值不得加上这么一个尊严的罪名，所以我对庚说："也许是人们开玩笑吧？我想不要紧，因为我从没有作过这种活动。……"

　　但是庚很诚挚的对我说："现在正是一切都在摇动的时候，我看还是走一步好，只当出去玩一趟。"

　　我说："也好吧！就出去走一趟……不过真冤！"

庚叹息道:"好汉不吃眼前亏……况且熬到有被逮捕的资格也就不错。"

庚这种解嘲的话,使得我们都不自然地惨笑了。当时我就决定第二天早晨到天津去,夜里收拾了一个小藤箱,但是心乱如麻,不知带些什么东西才好,直弄到十二点钟才睡下,正蒙眬间,就被雨点惊醒。

真是门外的声音,越来越大,还似乎有人在窃窃耳语。我这时连忙起来,悄悄的把小藤箱提在手里,只要听见打门,我就从后门逃到我舅舅家里去暂避,我按定乱跳的心,把耳朵向外静静的听着。过了些时,还没有人叫门,而且说话的声音似乎远了,我的心渐渐的平定了,吁了一口气,把小藤箱仍然放在地下,拧了电灯,打算再睡,可是东方已经发白了。要赶六点半的那一趟车,自然睡不成,因轻轻开了房门,把老妈子叫了起来,替我预备脸水,我一面洗脸,一面盘算,我到天津去住在什么地方呢?那里虽也有朋友,但是预先没有写信去通知他们,怎好贸然去搅扰人家?住旅馆?一个人孤孤凄凄……想到这里心绪更乱,怔怔的站了许久,这时候已五点半了。没有办法,到天津再说罢!提着藤箱无精打采的走吧!回头看见罗纱帐里小宝儿,正睡得浓酣,不忍去惊醒她,只悄悄在她额上吻了一吻,心里不由得一阵怅惘,虽然只是暂别,但是她醒来时不见了妈妈……今夜又不见妈妈回来,和她同睡,她弱小的灵魂,一定要受重大的打击了。我不禁流泪了,同时我诅咒人类的偏狭,在互相排挤的中间,不知发生多少悲惨的事实。唉!我真愤恨!不由得把藤箱向地下一摔,似乎这样一来,我也总算得了胜利:因为我至少也欺负死几个蚂蚁吧!

车子已经叫来了,我把藤箱放在车上,我年老的姑妈对于这严重亡命,更感觉得情形紧张,她握住我的手,含着眼泪说:"这实在是想不到的祸事!但愿你此去平安……并且多方请人疏通,得早些回来!……都要留心!……"我点了点头,要想说话觉得喉头哽咽,连忙跳上车子，不敢抬头向姑妈看，幸喜车夫已经拉起车子如飞地走了。这时候只有五点三刻，街上的行人很少，清凉寂静，我一夜不曾睡的困倦，这时都被晨气驱散了，脑子里种种思想，又都一幕一幕地涌出来。车子走到十字路口的时候，我忽然转了一念，亡命为什么一定要到天津去，北京地方大得很，谁又谁知道我住在那里？于是我决定无论如何我不离开北京，因告诉车夫，叫他拉我到西长安街去，不久我就在西长安街一家医院门口下车了。——这医院的院长，是我的乡亲，那里房屋相多——我到医院里，因为时间尚早，我那乡亲还没有来，我只得在会客厅里等着。九点钟的时候，他才来了。我将一切情形和盘托出，请他借我一间房子暂住，从此我就充起病人来了！

　　这个医院，是临街的三层高楼，在楼上窗子里，可以看见大马路的车马奔驰，并且可以听见隆隆呜呜的车轮和汽笛声。我生性最怕热闹，因在西北角上，选了一间离街较远的屋子，但是推开后窗，依然可以看见大马路上的一切，并且这窗子是朝东的，早晨的太阳正耀人眼目地照射着。天气又非常闷热，我忙把这面窗关上，又加上黑色的帐幔，屋子里的光线立刻微弱了，心神的压迫也似乎轻松些。我坐在一张椅子上，看医院里的佣人，替我换床上的褥单和枕头布，他走后我便睡下了。头顶上的白云一朵朵的向西北飘去，形状变化离奇：有时候像一头伏虎，有时像一条卧龙。……

　　我因昨夜失眠，今天精神极坏，本想在这隔绝一切的屋子里用一功，或者写一篇稿子，谁知躺下后，就瘫软得无法起来。而且头昏目眩，似睡非睡地迷沉了一天，到夜晚的时候，街上的声音比较少点，我起来把前后的窗门都开了，屋里的空气，立刻流通起来，一阵阵的温风，吹拂在我的脸上，神思清楚多了。仰头看见头顶上的天空，好像经海水洗过似的，非常碧清，在那上面缀着成千万万钻石般的星星，我在那繁星之中，找到其中最小的一个，代表我自己，但是同时我又觉得我不止那么一点。我虽然不愿意，但是这黑夜中最光芒，最惹人注意的一颗星……但是事实上，我也不是那最无光，最小的一颗，因为藏在井底的一群蛙，它们都张着阔口向我呱呱地叫，似乎说："你防备着吧！我们都在注意你呢！……你虽然在千万的繁星之中，是最不足轻重的一个，但是我们不敢希冀那第一等的大星的地位，只要我们能取得你的地位，我们已经很够了！"……于是乎我明白了，在这种世界上，我应当由一颗最小而弱的星的地位，悄悄逃出，去作一朵轻巧的云，来去无心，到毫不着迹的时候，便是我得救的时候了。

　　这思想真太渺茫，不知不觉已走入梦境，梦中觉得我已真是一朵轻巧的云了。我飘然停在半天空，下面是一片大海，这时一点风都没有，海面上的波纹，轻轻地漾着，清凉的月光，照在这波浪上，闪出奇异的银花，我正想低下（头）来，吻着那可爱的海的时候，忽然从海底跳出一条鳄鱼来，立时鼓起海浪，仿佛山崩地塌般的掀动，澎湃起来，我吓极了。幸喜我这时已是不着迹的行云了！我轻轻浮起，无心的歇在一座山上，那山上正开着五色灿烂的山花，一阵的清香，又引诱我要去和它们接近。忽砰的一声，一个猎人的枪弹，直射在树梢头，那股凶猛的烟焰，把我冲散了。渐渐不是白云了。睁眼一看，依然是个着迹的人类，无精打采地睡在病院的钢丝床上。唉！我明白了！到如今我还只是一个着迹而微弱的人类哟！

　　我怅惘，我暗暗撕碎了不值一笑的雄心，我捣碎了希望的花蕊，眼前的一切，只是烦闷可怜！

　　马路上隆隆轧轧的车声，人声，又将我从天空拖到地狱似的人间，在这时候，我没有办法安慰我自己，只想睡去，或者梦里，还有不可捉摸的乐园，任我休养我的沉疴。无奈辗转反侧，再也不能入梦。正在苦闷万分的时候，听见有人敲门，我应道："谁？请进来吧！"门呀的一声开了，我的朋友莉走了进来，她一看见我的脸色，不禁惊叫道：

"呵！隐，怎么你病了吧？……脸色青黄得好不怕人！"

"也许是要病了，但是我知道不是身体上的病，你知道我的心上是伤上加伤……我如何支持得住呢？……"

"唉！何必呢？什么事看开点就好了，莫非你作了亡命，就使你这样伤心吗？……其实呢，这正足以骄傲，至少你是被人注意了，我们昨天和庚说笑话说你真熬出来，居然成了时代的大人物了。"

莉说完笑了笑，我呢，也只得报之以苦笑："真的，我不明白，我为什么这样脆弱？常常觉得这个世界上的阴霾太浓重了，如果再压下去，我将要在浓重的阴霾下咽气了。"我这样对莉说。

莉听了我的话也不由得叹了一口气，一时竟想不出说什么话来安慰我才好，那神气彷徨得使我也不忍。我转过脸去，看着窗外，好久好久莉才找到一些话，一些使人咽着眼泪苦笑的话了。她说："这年头可不就是那回事吗？咱们看戏吧，有的是呢，将来也许反叛又成英雄……好好地挣扎着干吧！……"

"看吧……自然有的是毁裂破碎的悲剧呢！……不过我已经觉得倦了……"实在的情形，我近来对于什么事，都觉得非常的无聊。在我心里最大的痛苦，是我猜不透人类的心，我所想望的光明，永远只是我自己的想望，不能在第二个人心里，掘出和我同样的想望。本来浅薄的人类，谁不愿意作个被人尊敬爱慕的英雄呢？于是不惜使千万人的枯骨，堆积起来，作成一个高台，将自己高高举起，使万众瞻仰。唉！我没有人们那种魄力，只有深藏在幽秘的芦苇里，听那些磷火悲切的申诉，将我伤了又伤的心，重新一刀刀地宰割了。

今天莉也很不快活，大概是受了我的影响，我们在没话可说的时候，彼此只有对坐默视着，其实呢，我们的悲苦，早已充满了我们的心灵，但是我们不愿意说什么，为了这浅近的语言，实在形容不出我们心头的痛苦。黄昏将近了，莉替我掩上了西边的窗，因为斜阳正射在我的眼上。她走了，屋里格外冷寂，几次走下床来，想在露台上看一看，但是刚走到露台口时，心里一惊，又忙退了回来，仿佛街上来来往往的行人，都将不存善意的眼光投射着我，要拿我开心呢。我忙退回，坐在一张藤椅上，我真感到人们对我太冷酷了，我仿佛是孤岛上一只失群的羊，任我咩咩地喊破了喉咙，也没有一个人给我一个同情的应和，并且沿着孤岛的四围的怒浪正伸着巨爪，想伺隙将我拖下海去。

我心里又凄楚，又愤恨，为什么我永远是被摧残的呢？……但是我同时要咒诅我自己太无能了，既是没有人来同情你就该痛快地离开社会，去寻找较好的社会。现在呢，是又不满意这个社会，却又要留恋着这个社会，多么没出息呵！唉，好愚钝的人类！人类都在酣睡的时候，只有你一个人唱着神曲有什么用呢？你应当大胆敲响他们的门，使他们由恶梦中清醒，然后你的神曲唱得才有意义啊！

我想到这里，我不知不觉流起泪来，这眼泪有忏悔，有彻悟，还有惭愧，种种的意味呢！最后我感谢颠簸的命运……这不值一笑的亡命，使我发现了应走的新道路。

我深切地祝福使人下次的亡命，比这次有意义，便是绑到天桥吃枪了，也要值得。这一次真是太可耻了，简直不明白为什么，要从家里逃出来，唉，天呵，太滑稽了！

不知不觉在医院又过了一夜，外面一无消息，中午时莉又来看我，她笑道："没事了，回去吧！原来他们所以要逮捕你，是为了要你的地盘，现在你既经退出，他们也就不注意你的个人了，这正是匹夫无罪，怀璧其罪……"

在傍晚的时候，我收拾了桌上乱堆的书籍，重新提起我的小藤箱，惘然地走出医院的大门。我站在石阶上看来往不绝的行人，我好像和他们隔绝了许久。正在了望的时候，远远两个穿西装的青年，向我站的地方走来，举手含笑向我招呼道："隐！你上什么地方？……昨天听人说你到天津去了呵！"

"是的。"我想接下去说今天才回来，但是脸上有些发热，莉又在旁边向我笑，我只得赶忙跳上洋车走了。到了家里，走进我那小别三天的屋子，有说不出来的一种情绪兜上心来……

恋　史

　　傍晚的时候，她们都聚拢在葡萄架下，东拉西扯的闲谈。今天早晨曾落过微雨，午后才放晴，云朵渐渐散尽了，青天一片，极目千里，靠西北边的天空，有一道彩桥似的长虹。风微微的吹着，葡萄叶子格外翠碧，真是清冷满目，景致幽雅极了。

　　她们谈些学校的近况，谈来谈去，都觉得平淡无奇，谁也鼓不起兴致来，小良忽然提议报告各个人初恋的历史。

　　这确是新颖的题目，惹得在座的人都眉开眼笑的期待着——仿佛期待名角出台的情形。可是谁不愿意先说，你推我让的，最后仍是无结果。小良她是提议的人，理应她自己先说，可是她最是有名的小鬼头，当大家拥着她的时候，她两只眼不住的东瞧西看，远远的看见徽笙往这边走呢，她高声叫道："徽笙快来！"又回头轻轻对她们说，"你们不要作声，我知道徽笙有很好的恋史，回头我们大家要求她说……"果然大家的注意点，立刻转到徽笙身上去。

　　"你们作什么呢？"徽笙含笑说。

　　"快来吧！我们知道你有很美妙的恋史，正预备请你来说给我们听呢，可巧你就来了！"她们一边说一边将徽笙围在坎心，然后大家都在四下里的石头上坐下了。

徽笙也就坐在一张小石桌上，看见人家都凝神息声的期待她的讲述呢。笑道："你们真要听恋史吗？……可是我说完了我的，你们亦得说你们的。"

"那是当然的。你就说你的吧？"竹韵挤着眼含笑说。

"好吧！我就说……这是一段很神秘的恋史呢！"徽笙说完，稍微顿了一顿，便开始讲述她的恋史了！

"大约是前年吧！在一个冬天的早晨，正降着鹅毛片似的大雪，我从家里到学校去，这一段路程比较得远，我坐在四面用篷布幔罩的车子里，不时听见呼呼的北风卷着雪片，打在车篷上，一阵阵作响。车夫拖着车子，踏着雪沙沙的前进。我觉得气闷极了。就从书包里拿出一本新买的杂志来，任意的翻翻，忽看到上面有几首恋歌，写得十分美丽；字里行间，充满了燃烧的热情，我由不得沉沉如醉，拿着那本书思想起来。

"我记得我念过一篇西洋小说——写一个贵夫人和一个诗人作邻居；她开了窗户，就可以看见那诗人所住的屋子。白天的时候，她不好意思去看，每到晚上，那位诗人就伏在他的书案上写诗，他的面影正好映在淡绿色的窗幔上，很直的鼻梁，倩笑似的嘴角，颀长的眉梢，蜷曲的头发，都很清楚的表现出来，那贵夫人就坐在墙角下的一张沙发上，尽量的欣赏，不知不觉心头暗暗生了爱苗，非常热烈的爱上那位诗人了。于是她背着她的丈夫，为那位诗人写了不少的恋歌，真仿佛但丁和比特丽斯的故事——那诗人始终没有知道这回事，虽有时偶然看见贵夫人，凭窗遥盼，但觉得她那一种尊严的神色，那里还敢存丝毫非分之想呢？

"有一天晚上，贵夫人依然开了那扇窗，坐在墙角的沙发上，等待那美丽的倩影，然而终至于杳无消息。贵夫人心里很感到怅惘，一夜失却心似的过了。第二天早晨，细细打听，才知道那位诗人已搬走了。贵夫人不禁哭了。

"我同想到这里。不知不觉又把那本杂志上的恋歌念了两遍。觉得这恋歌里的情节，和那篇小说差不多，并且情感似乎比较得更热烈些。我细看作者的署名是寒星——这个名字我似乎在别的杂志上也曾见过，不知道他到底是男性还是女性，可是我知觉里总想她是女人。

"后来我到学校图书馆里，打算再找一两篇寒星的东西看，可是我因为功课太忙，也就没有看成。过了一个多月，有一天我同两个朋友，到陶然亭去看雪景，我们站在小山阜上，忽见远处有一个穿棕色呢西服的青年，低着头在一坐新坟旁边徘徊：那是一座西式的坟茔。四面植着苍松翠柏，绿色枝叶上，满缀着银色雪花。那少年就倚在一株小松树傍，默默的站着，有时仰起头，对着那彤云凝闭的天空，仿佛在祷告似的。不禁惹起我们的好奇心来，不久那少年走了，我们就跑到那坟旁去看，只见坟前立着一座石碑，正面题着潄泉女士之墓，背面题着两句诗，旁边署名寒星——那诗句正是恋歌里择下来的。

"这时候我心里发生一种不可名言的情绪，似乎惊喜，又似乎悲凉，我怔怔的站在白雪地上。默想适才那个青年的行动，奇怪他的印象，竟是很深刻的印在我心膜上了。

"但是从那一次见面以后：又经过半年，我虽整天来往于十字街头，而总没有遇见他的机会。我曾暗暗打听他的来历，可惜朋友里没人认识他，我也只得算了。

"然而这莫名其妙的恋感，仍然逢到机会便向我侵击，我每次独自坐在院子里，听草虫唧唧的叫唤，或看清幽的月光的时候，他便上了我的心头。有时我散步在夜来香的花丛里，我更是如迷如醉的恋念着他——这样美妙的星光：温馨的气味，最适合情人低语密诉的环境；然而我是孤独着数遍星点，望穿了银河，他在那里？——又怎能使他知道我是在热烈的恋念着他？但是我又设想他若果真知道，这宇宙里，有一个女儿是真诚的爱着他，不知他心里作何感想？也许他因已有情人了，他要拒绝我的爱，那时我的痛苦必致不克支持，因之我又怕他知道我的心；还是不要戳破这个谜，让我独自参详吧？

"可是有一天——大约是四五月天气吧？风是温馨得使人迷醉：窗前满挂着紫色藤花，拂动着丝丝的柳条；情景是特别的美妙，精神也格外松散，热烈的情流，好像决了口的黄河：滔滔奔赴，心里一阵阵怅惘，如同失掉了什么东西般——真正良辰美景奈何天——最后我找到一张淡红色的花笺，写了一封不想投递的信：

'寒星！美妙的寒星！你曾经捣碎我青春的心。你曾经扰乱了我安甜的梦境！寒星啊！这宇宙里有了你，我将永远如饮酿醴般的迷醉了。这地界上有了你，我将被情感之火焚炙成了灰烬，我若再能看见你——就是一分钟也好，但是……"

"我的信只写到这里便不能再往下写了，将信看了两遍，叹着气把它又烧了。正在十分懊恼的时候，吟春来找我去逛公园，这时公园里，到处是开遍了锦绣灿烂的花，仿佛是艳装的美女。阵阵微风吹来各种温香，更使人懒洋洋抬不起头来。我们在两株海棠树下的铁椅上坐了。彼此沉默着，两眼不住的送往迎来，有时看见美丽的少女，我们也就与那些轻薄儿般品头评足的乱说取笑。

"远远来了两个少年，有一个穿着咖啡色的哔叽洋服。非常面熟，我陡然想起正是陶然亭畔曾经一面的那个寒星。——也就是我天天恋念的爱人，我的心不住的狂跳，两颊如火般的灼炙起来。吟春很诧异我的神态，她一直问我为什么。我如失了灵魂似的，怔怔望着从我们面前走过去寒星的背影，好久好久我才恢复了知觉。吟春说：你到底有什么心事？何妨告诉我呢，我想想这种神秘的恋史不能随便告诉人，恐怕闹得对方知道了，究竟不好意思，所以我始终掩饰不肯对她说。当夜从公园回家以后，我独自怔怔的坐了一整晚，有时我流泪，有时我微笑，有时我愤恨,心绪复杂极了,我自己都不知是什么滋味!

"天气是渐渐热了。人本来就比平日懒倦,再加着心头焚着情感的火,更觉得无精打采,精神一天坏似一天。渐渐弄到爬不起来,请了医生来看说是忧思过甚,肝气不顺——病相虽有些说着,可是他那里晓得这是心病,不是药品可以医治的呢?

"病里天天记日记,写上许多热情的伤感的话。每次写完了,心里好像是松快些,有时也写小诗,其中有一首我还记得是:

'美妙神奇的碧火之焰,从它闪烁的火舌里毁灭了愁情,炙销了爱念:只有一点无力的残灰,任他沉于海底:飘到天心!唉!吾爱!可怜我没有勇气向你泄满这秘密!'

'好吧!爱人!让我悄悄的迷醉,好像蔷薇醉于骄阳,永远沉默,永远美丽!'

'吾爱!我感谢你,在你深邃的眼瞳里,我认识了爱,了解了神秘!'

'吾爱!世界如果有多情的英雄,那英雄便是你!'

'吾爱!我愿变一只蝴蝶,飞到你的身边,我更愿变一阵清风,直扑向你的心里。'

"我病后的第七天,吟春来看我,她送我一束白茶花,另外还替我带了新出版的杂志,我翻开第一页看见一行大字写道:'艺术家寒星逝世!'下面登着他的遗像,我如同失了魂似的怔住了。半天我才回过气来,我便伏在枕上痛哭。吟春似乎也猜到几分,她一面安慰我,一面追问我的经过,我不能再隐瞒了,就把这事情的原末,告诉她了。吟春虽觉得这段恋史太神秘了,然而她也觉得有些怅惘,怔了半天她没有说什么,临回去的时候她是叹着气。

"理想的情人，好像昙花一现即逝，我经过极痛苦之后，才渐渐清醒了，觉得这种迷恋，实在太无味。这样一想心倒宽了，病也渐渐好了，我的恋史也就算告一段落，不过还有一些余波，就是在我病好后的一天绝早，霞光正满布于东方的天空时，我曾作了一首哀悼的诗，并拿了一束鲜花，到陶然亭的鹦鹉坟畔的高坡上，祭奠了一番并且放怀痛哭了一次。于是这一段事实，便永远成了过去的历史了。"

　　徽笙述说完，在座的听众，虽然很满意。但同时大家心情也有点怅惘，东山上新月的淡光，照在她们的素颊上，更觉得黯淡，各人都惹起自己的心事，于是都悄悄的散了。

　　寂寞的葡萄架，依然悄悄站在月影下。

　　繁星满布了天空，

　　一切都沉入夜的幽寂！

狂 风 里

"你为什么每次见我,都是不高兴呢?……既然这样不如……"

"不如怎样?……大约你近来有点讨厌我吧!"

"哼!……何苦来!"她没有再往下说,眼圈有点发红,她掉过脸看着窗外的秃柳条儿,在狂风里左右摆动,那黄色的飞沙打在玻璃上,发出沙沙的声音,凌碧小姐和她的朋友钟文只是沉默着,屋内屋外的空气都特别的紧张。

这是一间很精致的小卧房,正是凌碧小姐的香闺,随便的朋友是很不容易进来的,只有钟文来的时候,他可以得特别的优遇,坐在这温馨香闺中谈话,因此一般朋友有的羡慕钟文,有的忌恨他,最后他们起了猜疑,用他们最丰富的想像力,捏造许多关于他俩的恋爱事迹!在远道的朋友,听了这个消息,尽有写信来贺喜的,凌碧也曾知道这些谣言,但她并不觉得怎样刺心或是暗暗欢喜,她很冷静的对付这些谣言。

凌碧小姐是一个富于神经质,忧郁性的女子,但是她和一般朋友交际的时候她很浪漫,她喜欢和任何男人女人笑谑,她的词锋常常可以压倒一屋子的人,使人们感觉得她有点辣,朋友们给她起了一个绰号叫辣子鸡——她可以使人辣得流泪,同时又使人觉得颇可亲近。

但是在一次,她赴朋友的宴会,她喝了不少的酒,她醉了,钟文雇了汽车送她回来,她流着泪对他诉说她掩饰的苦痛,她说:"朋友!你们只看见我笑,只看见我疯,你们也曾知道,我是常常流泪的吗?哎!我对什么都是游戏……爱情更是游戏……"

她越说越伤心,她竟呜咽的哭起来!

钟文是第一次接近女人,第一次看见和他没有关系的女人哭。他感到一种新趣味,他不知不觉挨近她坐着,从衣袋里掏出自己的手巾替她擦着眼泪,忽然一股兰麝的香气,冲进他的鼻观。他觉得心神有些摇摇无主,他更向她接近,她懒惰惰的靠在汽车角落里,这时车走到一个胡同里,那街道高低不平,车颠簸得很厉害,把她从那角落里颠出来,她软得抬不起的头就枕在他的身上了。他伸出右臂来,轻轻的将她揽着,一股温香,从她的衣领那里透出来;他的心跳得更厉害了,悄悄的吻着她的头发,路旁的电灯如疏星般闪烁着,他竟恍惚如梦。但是不久车已停了,车夫开了车门,一股冰冷的寒气吹过来,凌碧小姐如同梦中醒来,看看自己睡在钟文的臂上,觉得太忘情,心里一阵狂跳,脸上觉得热烘烘的,只好装醉,歪歪斜斜的向里走。钟文怕她摔倒,连忙过来扶着她,一直送她到这所精致的卧房,才说了一声:"再会!"然后含着甜蜜的迷醉走了。自从这一天以后,钟文便常常来找凌碧,并且是在这所精致卧房里会聚。

这一天下午的时候,天色忽然阴沉起来,不久就听到窗棂上的纸弗弗发发的响,院子里的枯树枝,也发出瑟瑟的悲声。凌碧小姐独自在房里闲坐,忽见钟文冒着狂风跑了进来,凌碧站起来笑道:"怪道刮这么大的西北风,原来是要把你刮了来!"

钟文淡漠的笑了一笑,一声不响的坐在靠炉子的椅上。好像有满怀心事般。凌碧小姐很觉得奇怪,曾经几次为这事,两人几乎闹翻了脸!

他们沉默了好久,凌碧小姐才叹了一口气道:"朋友是为了彼此安慰，才需要的，若果见面总是这么愁眉不展的，有什么意思呢？……与其这样还不如独自沉默若好！"

钟文抬头看了凌碧一眼，哎了一声道："叫我也真没话说……自然我是抓不住你的心的。"

凌碧小姐听了这话，似乎受了什么感触，她觉得自己曾无心中作错了一件事，不应该向初次和女人接触的青年男人，讲到恋爱。因为她自己很清楚，她是不能很郑重的爱一个男人，她觉得爱情这个神秘的玩意，越玩得神秘越有劲——可是一个纯洁的青年男人，他是不懂得这秘密的，他爱上了一个女人，他就要使这个女人成为他的禁脔，不用说不许别人动一下，连看一眼，也是对他的精神有了大伤害的。老实说钟文是死心塌地爱凌碧，凌碧也瞧着钟文很可爱，只可惜他俩的见解不同，因此在他们中间，常常有一层阴翳，使得他俩不见面时，却想见面，见了面却往往不欢而散。

今天他俩之间又有些不调协，凌碧小姐一时觉得自己对于钟文简直是一个罪人，把他的美满的爱情梦点破了，使他苦闷消沉，一时她又觉得钟文太跋扈了，使她失却许多自由，又觉得自己太不值。因此气愤愤的责备钟文。但是钟文一说到"她不爱他了"，她又觉得伤心！

凌碧小姐含着眼泪说道："你怎么到现在还不了解我呢？……我就是这么一个奇怪的女人，我并非不需要爱，但我不是时时刻刻都需要它，我最喜欢有淡雾的早晨，我隔着淡雾看朝阳，我隔着淡雾看美丽的荼蘼花，在那时我整个的心，都充满着欢喜；我的精神是异常的活跃。唉！钟文这话我不只说过一次，为什么你总不相信我呵！"

钟文依然现着很犹疑的样子，对于凌碧小姐的话似解似不解——其实呢，他是似信似不信，他总觉得凌碧小姐另外还爱着别的男人。

其实凌碧小姐除钟文以外虽然还爱过许多男人，玩弄过许多男人，但是自从认识钟文以后，她倒是只爱他呢，不过钟文是第一次尝到爱，自然滋味特别浓，也特别认真；而凌碧小姐，因为从爱中认识了许多虚伪和其他的滑稽事迹，她对于神圣的爱存了玩视的心，她总不肯钻在自己织就的情网里，但是事实也不尽然，她有时比什么人都迷醉，不过她的迷醉比别人醒得快而剪绝，她竟能有放下屠刀立地成佛的本领。

　　钟文永远为抓不住她心而烦恼！这时他听了凌碧小姐似可信似不可信的话，他有点支不住了，他低下头，悄悄的用手帕拭泪。凌碧小姐望着他叹了一口气，彼此又都沉默了。

　　窗外的风好像飞马奔腾，好像惊涛骇浪，天色变成昏黄，口鼻间时时嗅到土味，吃到灰尘；凌碧小姐走到窗前，将窗幔放下来，屋子里立刻昏暗，对面不见人，后来开了电灯，钟文的眼睛有点发红，凌碧小姐不由得走近身旁，抚着他的肩说道：

　　"不要难过吧！……我永远爱你！"

　　钟文似乎不相信，摇头说道："你不用骗我吧！……但是我相信我永远爱你！"

　　"哦！钟文！你这话才是骗我的！……我瞧你近来真变了，你从前比现在待我好的多，因为从前总没有见你和我生过气——现在不然了，你总是像不高兴我。"凌碧小姐一面似笑非笑的瞧着他，钟文"咳"了一声也由不得笑了，紧紧的握住凌碧小姐的手说道："你真够利害的！"

　　"我！我就算利害了？……你真是个小雏儿，你还没遇见那利害的女人呢！"凌碧小姐回答说。

　　"自然！我是比较少接近女人，不过对于女人那种操纵人的手段，我也算领教了！"钟文说着，不住对凌碧小姐挤眼笑，凌碧小姐忽然变了面容，一种忧疑悲愤的表情，使得钟文震惊了。他不知不觉松了手，怔怔的望着凌碧发呆。停了些时，凌碧小姐深深的叹了一口气遭："钟文……我在你心目中，不知还是个什么狐狸精，或是魔鬼吧！"

钟文知道自己把话说错了，真不知怎样才好！急得脸色发青，在屋里踱来踱去。

凌碧小姐也触动心事，想着人生真没多大意思，谁对谁也不能以真心相见；整天口袋中藏着各种面具，时刻变换着敷衍对付。觉得自己这样掩饰挣扎，茫茫大地就没有一个人了解，真是太伤惨了！她想到这里也由不得悄悄落泪。

这时狂风已渐渐住了，钟文拿起帽子，一声不响的走了。

凌碧小姐望着他的后影，点头叹道："又是不欢而散！"

邮　　差

　　热烈的阳光，已渐渐向西斜了；残阳映着一角红楼，闪闪放着五彩的光芒；疲倦的精神，重新清醒过来，我坐在靠窗子边一张活动椅上，看《世界文明史》，此时觉得眼皮有些酸痛，因放下书，俯在窗子上向四面看望，远远的白烟从棉纱厂的高烟囱里冒出来，起初如一卷棉絮，十分浓厚，把苍碧的天空遮住了。但没有多大时候，便渐渐散开，渐渐稀薄，以至于不可再见。

　　"铛啷啷"一阵脚踏车的铃响，一个穿绿色制服的邮差，身上披着放信的皮袋，上面写着"上海邮局"字样，一直向重庆路进发，向着我家的路线走来。

　　呀！亲爱的朋友，他们和平的声音，甜美的笑容，都蕴藏在文字里，跟着邮差送到我这里来；流畅的歌声，充满了空气；他活泼的眼光、清脆的嗓音也都涌现出来；更有他们无限的爱和同情，浸醉了我的心苗；又把宇宙完全浸醉了。现在我心里充满了愉快和希望，邮差不久就将甜美的感情、和平的消息带到我这里来。我想到这里，顿觉得满屋子都充满清净平和的空气，两只眼不住向邮差盼着，但是他却停在东边的一家门口了。

铛铛几声，壁上的钟正指六点，我的眼光不免随着那钟的响音转动；呵——我的心忽怦怦的跳动起来；忽然间只见墙上挂的那一面"公理战胜"的旗上边那个"战"字特别大了起来；从这战字上竟露出几个凶酷残忍的兵士，瞪着眼竖着眉，杀气腾腾的向着洪沟那边望着，一阵白烟从对岸滚了过来，一个兵士头上的血，冒了出来，晃了两晃，倒在地下；鲜红的热血，溅在他同伴灰色军衣上；他们很深沉的叹了一声，把他拉在一边；不能更顾甚么，只是把枪对准敌人，不住地击射燃放；对岸的敌人，也照样的倒下；空气中满了烟气和血腥；遍地上卧着灰白僵硬的尸体，和残折带血的肢体；远远三四个野狗，在那里收拾他们的血肉，几根白骨不再沾着甚么！

呀！现在又换了一种景象，只见他们的老娘，和他们的妻子，哭丧着脸，倚在篱笆墙上，遥遥地引望，遇着败逃回来的兵士，他们都很留心辨认；但是没有他们的儿子和丈夫；他们的泪水不住滴满了衣襟；他们知道他们的儿子丈夫必无坏事，但是他们仍不绝望，站在那里不住地盼望着。

一个军队上的邮差，到他们的门口，带来他们儿子丈夫的恶消息；他们的老娘心碎了！失去知觉，倒在地下，嘴里不住地流白沫；他们的妻，惨白的面孔上，更带了灰土色；他们床上的幼子，看着他们的娘和祖母的惨状，也随着宛转哀啼——门外洋槐树上的鸟，振着翅膀，也哀喉一声，飞到别处去了！

可怕的印象去了。一座华丽辉煌的洋楼，立在空气中；楼房前面，绿色窗户旁边，一个身着白色衣裙的女郎，倚在那里；脸上露着微微的笑容，但是两只眼满了清泪，不时转过脸去用罗帕偷拭。

街上站满了人，男的，女的，老的，少的，都有。五色的鲜花，雪白的手帕，在空气中旋转飘荡；一队整齐英武的少年兵士，列着队伍停的这里，一个年约二十一二的步年兵官，不住向红楼的绿窗那边呆望，对着那少女玫瑰色的两颊，和清莹含水的双眼看个不住；似乎说这是末次了，不能不使这甜美的印象，深深吸入脑中，真和他的灵魂渗而为一。

军乐响了；动员令下了；街上的人，不住喝彩，祝他们的胜利。少年军官对着他亲爱的女友，颤巍巍地说了一声"再会"；两人的眼圈立刻都红了！然而她甜美的笑容仍流露了出来，祝他的前途幸福，并将一束鲜红色的玫瑰花，携在他身上；他接了放在唇边作很亲密的接吻后，就插在左襟上；回到头来看他的女友，虽仍露着如醉的笑容，但两只眼却红肿起来，他的心忽如被万把利剑贯了似的，全身的汗毛竖了起来；不敢再看她，一直向前走去。她忍不住眼泪落了满襟，但仍含笑，拿着手帕，高高扬起，对着他的背影点头，表示欢送的意思。

砰砰砰——叩门的声音刺进我的耳壳里，把我的注意点更换了，眼前一切奇异的现象全不见了。我转过脸，往窗子下看，正是那个邮差送信来了。这时候我心里充满了恐惧和愁疑的感情；我不盼望看邮差送来的信，因为这世界上恶消息太多！但是他急促的叩门声越发利害；我的心惊得碎了！我的灵魂失了知觉，一切愉快美满的感情，完全不知道到哪里去了！满宇宙的空气中，都被"战"字充满了，好似一层浓厚阴沉的烟雾，遮住了和煦甜美的大地。呀！这是甚么情景！……

傍晚的来客

东边淡白色的天，渐渐灰上来了；西边鲜红色的晚霞回光照在窗子前面一道小河上，兀自闪闪地放光。碧绿的清流，映射着两排枝叶茂盛的柳树，垂枝受了风，东西的飘舞，自然优美充满在这一刹那的空气里，我倚在窗栏上出神地望着。

铛啷啷，一阵电铃声——告诉我有客来的消息。

我将要预备说甚么？……握手问好吗？张开我的唇吻，振动我的声带，使它发出一种欢迎和赞美我的朋友的言词吗？……这来的是谁？上月十五日傍晚的来客是岫云呵！……哦！对了，她还告诉一件新闻——

她家里的张妈，那天正在廊下洗衣服，忽然脸上一阵红——无限懊丧的表示，跟着一声沉痛的长叹，眼泪滴在洗衣盆里；她恰好从窗子里望过来……好奇心按捺不住，她就走出来向张妈很婉转的说了。

"你衣裳洗完了吗？……要是差不多就歇歇吧！"张妈抬起头来看见她，好像受了甚么刺激，中了魔似的，瞪着眼叫道，"你死得冤！……你饶了我罢！"

她吓住了，怔怔地站在那里，心里不住上下跳动，嘴里的红色全退成青白色。停了一刻，张妈清醒过来了，细细看着她不觉叫道——"哎哟小姐……"

她被张妈一叫，也恢复了她的灵性，看看张妈仍旧和平常一样——温和沉默地在那里作她的工作，就是她那永远颦蹙的眉也没改分毫的样子。

"你刚才到底为了甚么？险些儿吓死人！"

张妈见岫云问她——诚恳的真情激发了她的良心，不容她再秘密了！

"小姐！……我是个罪人呵！前五年一天，我把她推进井里去了！……但是我现在后悔……也没法啦！"张妈说到这里呜咽着哭起来了。

"你到底把谁推进井里呵！"

"谁呵！我婆家的妹子松姑！可怜她真死得冤呵！"

"你和她有甚么仇，把她害死呢？"

"小姐，你问我为甚么？哎！我妈作的事！我现在不敢再恨松姑了；但是当时，我只认定松姑是我的锁链子，捆着我不能动弹；我要求我自己的命，怎能不想法除去这条锁链呢？其实她也不过是个被支使，而没有能力反抗的小羔羊呵！小姐！我错了！唉！

"她怎么阻碍你呢？你到是为了甚么呵？"

张妈低了头，不再说甚么，好久好久她才抬起头，露着凄切的愁容，无限的怨意，哀声说道：

"可怜的刘福，他是我幼年的小伴侣，当春天播种的时候，我妈我爹他们忙着撒种；我和刘福坐在草堆上替他们拾豆苗，有时沙子眯了我的眼，刘福急得哭了……一天一天我们都在一处玩耍和工作，日子很快的过去了。刘福到东庄贾大户家里作活去，我们就分开了；但是我们两人谁也忘不了谁——刘福的妈也待我好。当时十六岁的时候，刘福的妈，到我家和我妈求亲，我妈嫌人家地少，抵死不答应。过了一年，我妈就把我嫁给南村张家。——呵！小姐！他不止是一个聋子，还是一个跛子呢！凶狠的眼珠，多疑的贼心，天天疑东惑西，和我吵闹！唉，小姐！……"

张妈说到这里，忽咽住了，用衣擦了眼泪，才又接着再往下说：

"松姑，她是天真烂漫的小孩子，听了她哥哥的支使，天天跟着我，一步不离。我嫁后的三个月，刘福病了，我不能不去看看他；但是松姑阻碍着我，我又急又气，不禁把恨张大——我丈夫——的心，变成恨松姑的心了。就计算我要自由，一定要先除掉松姑。有一天我和松姑走到贾家的后花园，松姑说渴了；我们就到那灌花的井边找水喝——一阵情欲指使我，教我糊涂了，心里一恨，用力一推，可怜扑通一声淹死了！……"

岫云说到这里，忽然她家的电话来催她回去，底下的结局，她还没说完呢！今天也许是她来了吧！……

"铛嘟嘟，铃声越发响得利害，我的心也越发跳得利害，不知道她带来的是不是张妈的消息？"

电灯亮了，黑暗立刻变成光明，水绿的电灯泡放出清碧的光，好似天空的月色，张妈暗淡灰死的脸，好象在那粉白的壁上，一隐一现的动摇，呀！奇怪！……原来不是张妈，是一张曼陀画的水彩画像——被弃的少妇。

砰的一声，门开了，进来一个西装少年——傍晚的来客，我的二哥哥。

一个快乐的村庄

两岸嫩绿的柳树，夹着含蕊欲吐的刺梅花，被夕阳照得灿烂可爱。中间一道小河弯弯曲曲，从北向西流去，岸旁拴着两只渔船，五个少年唱着歌，向河边渔船走来，把渔船解下，一齐都上了船，解缆摇向河中。到了河中忽有一块笔直削尖的石头，拦住去路，大家把船停住，下了锚，张起网，上好钓钩向河里扔去。不到五分钟，就见那渔网动了两动，一个少年就把网扯起，里边网住两条活脱脱的大鱼，忘忧笑向无愁道："今天的鱼比昨天怎么样？"只见那靠船头坐的那个少年插嘴笑道，"一天是一天的事，比他作甚么！要比可就比不完了，须知天下的东西，同是一样，什么好坏是非都是比较出来的；因有比较才有你我之分；有你的不是我的、我的不是你的之别；因此就生出争夺的结果来，你看现在世界争攘不清，不都是因为你的不是我的，我就想要你的；我的不是你的，你就想要我的？所以闹得同室操戈，互相残杀。其实天地生物，原不过供人的需用，谁缺甚么就拿甚么，既不是你的，也不是我的；也可以说既是你的，又是我的。因为这不过是时间空间的关系，不是永久存的；即如你说这房子是你的，不过是你现在在这时间占据了这个空间，等你死了，时间是已过去，空间的占据也就随着取消了，那时候还说这房子是你的，也就没意思了。并且我们人生在世，时间空间的占据都是暂时的，因为人没有不死的。那么有限时间、空间的占据，其求他够暂时的需用就完了，又何必多费精力谋子孙帝王万世之业呢？"这少年只顾侃侃而谈，大家也都听得出神。忽砰的一声把众人都吓了一跳，宁神一看，原来他们只顾高谈阔论，没留心那个渔网，被浪头一冲，冲倒了。于是大家又重新把这网子系起，忘忧笑道："寄尘君的话，说得倒十分透彻。只是因为我闻那么一句话，惹起你一大车话；未免小题大作了。"怡生道："他要不借题发挥，这一肚皮牢骚怎么打发呢？笑奴君为甚么沉默无言？莫不是又悟出甚么道理在那里自家领略吗？这也不妨公开叫我们也听一听，参悟参悟啊！"

笑奴忽把双桨一扔，溅得满船的水花，狂笑道："你们都想参悟，只是不去参悟，就是由今生想到再生也参悟不了——就如现在有一般人，不是镇天价要想作改革家、发明家吗？但想尽管想，作可不作呢！究竟有甚么益处呢？你们今日想参悟而不去参悟，大类于此了。"寄尘说道："你说我们想参悟而不去参悟，所以不能参悟，请问我们便要参悟，却怎么才能参悟呢？"笑奴道："那个却要你自己理会去，我不能告诉你，就告诉你也是没用，天已不早，回去罢，晚上的工作就要开始了。"于是大家就把船向西一转，向一带芦苇深处走去。芦苇尽处，露出一片草地；有五间茅屋，屋外垂杨丝丝，随风拂荡，地上山花滴翠，蜂蝶徘徊；有三个女孩子坐在草地上编花篮，忽有一个翠色蝴蝶飞过来，一个女郎站起，蹑手蹑脚的直追到河边。那个蝴蝶飞过河去，女郎还站着发怔，恰巧他们五人已经把船摆拢了岸，提着鱼筐奔向草地上来，女郎迎上前去笑道："寄尘叔叔，今天钓了多少鱼，这一筐满了没有？"寄生摩着她的头道："满了满了，天真，你说够了罢？"天真沉思了半天说："我们这村子里一共五十个人，每两人吃一条整是二十五条……有二十五条吗？"

"铛铛铛，远远的铃声大振，天真道："吃晚饭了。"回头招呼了那两个女孩子，大家一齐往东边一条马路走去。马路东头有架木桥，过了木桥，是两排瓦屋，中间一间大饭堂，排着四张长方桌，桌上放着四盆鲜花，清香扑鼻；两排放着匙箸茶饭，是每人一份，大家走到饭堂，自己到自己的位子上坐好了吃饭。饭完都到靠左边的一间茶厅盥漱喝茶，彼此谈说一天里工作的心得。

这时候天已经渐黑下来，各处的灯也都亮了。到了八点钟的时候，铃声又作，大家都一齐去上课了。过了两点钟的光景铃声又响，只见大家都从课堂里出来，向西密林一带走去，走到林子西头忽现出一个村子来，里面约有二十余家，就是村人的住处，各人到了家里休息了一会，睡觉的钟声响了，所有的电灯都灭了，大家都鼻息沉沉游黑甜乡去了。

旭日初升，树林上的飞鸟都起来振翅伸头，离开他们的窝巢，去觅饭食，村中的晓钟也就咽咽响起来了。大家忙忙收拾起来，背着锄头拿着镰刀到田里去作工了。有的人到工厂里去，纺纱的纺纱，织布的织布。树林中无论大小男女都按各人的能力去作他们的工作。很快的已到了十一点半了。大家停住工作，结群成队的离了工厂，各寻快活去。

寄尘和他的女友兰真携手在松林里一条石凳谈天。忽然一个白兔跑到他们面前，寄尘把它捉住，撩在膝上笑向兰真道："你看它白毛如雪，眼光炯炯，不但活泼而且纯洁，真是可爱啊！"兰真听了这说话，怔怔的向着那兔子看了一会，又四面瞧瞧，叹了一声道；"像这混浊世界，除了这些天然物纯洁活泼以外，那一件不是矫揉造作、诡诈百出的呢？不过我们也就比较的返朴归真了！""现在所处的境地比那桃花源怎么样？"兰真道："桃花源只是一种寓意的文章，何能和我们这个相提并论呢？我们的生活，只不过人的生活，并没有甚么神秘存乎其中，并且不是独善其身的意思，所以也不是桃花源的'别有天地非人间'的意思，不过作个世人的引导者，从黑暗的非人生活，引到人的生活里头去罢了。"

　　两人正在高谈阔论，忽听见后面笑声大作，把两人吓了一跳。回头一看，只见笑奴连跑带笑奔这边来，到了两人面前，向寄尘道："你们在这里指手画脚议论些甚么，我远远看着你们好像作电影似的。"说得大家都笑。停了一会，笑奴道："今天村中第五十次会议，你们有甚么案要提吗？我想着那个游戏场，还得想法扩张些，打算要提出来大家商量个具体办法，你们觉得赞成吗？"兰真道："那个游戏场果然太小，你提议扩张很好，我也来附议。"因又问寄尘道："寄尘君，你也能附议吗？"寄尘点头道："我很赞成，就请笑奴君把我们的名字填在你那议案上附议项下好了。呀！中饭钟点到了，我们吃饭去罢。"于是三人并肩缓缓向饭厅走来。路中兰真道："今午的消夏会大家不要忘记，回头见着他们都提醒他们一声，并且叫他们把笙箫带来。"说着已到了饭厅，吃饭去了。

　　这日午后，天气清朗，微风拂面，暑气都消，更加着芦苇为屏，树荫为盖，尤觉得清凉爽快，在这个所在，放着一条石桌，旁边一张藤椅，一个女郎身着缟素坐在椅上，手里拿着一本《社会主义史》在那里出神。忽然自言自语道："这是那里来的音乐笙箫之声？"不禁把书放下，宁神细听，里边还夹着歌声唱道："万紫千红的花，已零落了一半；一片片的残英飘流水面；鱼儿逐花影，蝶儿恋余香；这已经凋谢的花魂，还不得清闻，忙碌——忙碌——谁说年华常驻——只是逝水底流，一刹那底风光，我辈只消，及时行乐，过人的生活，更何必千方百计为子孙打算？"女郎听到这里，歌声已止，才要站起来去看到底是什么人唱？而歌声又作，复又坐下听他唱道："清朗的天气，静悄的境地，水绕山环，一片芦苇为墙，与三五同志，放舟中流，畅谈细论；拿笙箫寄幽怀，人间天下，我不羡仙——玉皇何尝强似世上的魔王？分等级，奴隶，我们，朋友，那及得我们，休也是王，我也是王，大家一样，谋人的幸福，过人的生活，乐趣无疆！"

　　女郎听到这里，忽若想起什么似的，低下头看她身傍卧着的那个纯白色的兔子，停一会蹲下去抚摸着那个兔子作耍，冷不防这兔子一跳，跳出二尺多远去，把女郎吓了一跳，追上前去；一直追到河边；看见远远停着一只渔船，也有一个女郎倚在船头眺望。女郎定睛细看，原来是兰真，女郎就高声喊了两声，兰真回头一看，拍手笑道："伴竹——伴竹——你一个人躲在那里作甚么？叫我们好找呵！"只见那个伴竹对兰真怔了一会道："你问我到这里作甚么？我只是作我的事情来了！你们找我找不着那可怪了！我又不会成仙，也不会为神；也不会隐身术，你们怎么会找不着我啊？只怕这话有点靠不住罢！"兰真道："你们听听，尖嘴利舌的好不厉害——得啦，不用说了，等我把船拢了岸，我们再细谈罢。"伴竹道："你且站住，我问你，刚才那个歌可是你编的？"兰真笑道："你听见就完了，何必追问这么清楚呢？"笑奴道："我们二位不要唇枪舌剑的只管争了——请伴竹君等一等，把船拢了岸，请伴竹君也过来，我们还要钓几尾才回去呢？"伴竹果然跳上那只小船去，寄尘又摇起双桨，把船开向河中去；又流连了半天，直等到夕阳西下，暮色苍茫，才兴尽而归。

　　晚上村事会议第五十次开会，大家就把议案整理清楚。到了开会的时候，全村的人都聚齐在会议厅等候，铃声振后，由大家共推一位临时主席，于是大家都依次提议，讨论得了结果，已是下午十点钟，于是主席宣布散会，没有议决的，下次续议。……

　　闭会后大家都散在院子里，坐在草地上乘凉。兰真对笑奴道："这种议会制度，我不想到居然能实行了——我想到这里反以为是梦境。"伴竹道："只怕这个梦要蔓延到全国，全世界，全人类，人人都要梦见呢！"笑奴听到这里，哈哈大笑，大家都笑起来道："一个快乐的村庄，人的生活呵。……"

61

红 玫 瑰

伊拿着一朵红玫瑰,含笑倚在那淡绿栏杆旁边站着,灵敏的眼神全注视在这朵小花儿上,含着无限神秘的趣味;远远地只见伊肩膀微微地上下颤动着——极细弱呼吸的表示。

穿过玻璃窗的斜阳正射在我的眼睛上,立时金星四散,金花缭乱起来,伊手里的红玫瑰看过去,似乎放大了几倍,又好似两三朵合在一处,很急速又分开一样,红灼灼的颜色,比胭脂和血还要感着刺耳,我差不多昏眩了。"呵!奇怪的红玫瑰。"或者是拿着红玫瑰的伊,运用着魔术使我觉得方才"迷离"的变化吗?……是呵!美丽的女郎,或美丽的花儿,神经过敏的青年接触了,都很容易发生心理上剧烈的变态呢?有一个医生他曾告诉我这是一种病——叫作"男女性癫痫"。我想到这里,忽觉心里一动,他的一件故事不由得我不想起来了。

当那天夜里,天上布满着阴云,星和月儿的光都遮得严严的,宇宙上只是一片黑,不能辨出甚么,到了半夜竟淅淅沥沥地下起雨来,直到了第二天早起,阴云才渐渐地稀薄,收起那惨淡的面孔,露出东方美人鲜明娇艳的面庞来,她的光彩更穿过坚厚透明的玻璃窗,射在他——一个面带青黄色的少年脸上。"呀!红玫瑰……可爱的伊!"他轻轻地自言自语的说着，抬起头看着碧蓝的天，忽然他想起一件事情——使他日夜颠倒的事情，从床上急速的爬了起来，用手稍稍整理他那如刺猬般的乱发，便急急走出房门，向东边一个园子里去。他两只脚陷在泥泞的土里，但他不顾这些没要紧的事，便是那柳枝头的积雨，渗着泥滴在他的头上脸上，他也不觉得。

园中山石上的兰草，被夜间的雨水浇了，益发苍翠青郁，那兰花蕊儿，也微微开着笑口，吐出澈骨的幽香来；但他走过这里也似乎没有这么一回事，竟像那好色的蜂蝶儿，一直奔向那一丛艳丽的玫瑰花去。

那红玫瑰娇盈盈地长在那个四面白石砌成的花栏里，衬着碧绿的叶子，好似倚在白玉栏杆旁边的倩妆美人——无限的娇艳。他怔怔地向那花儿望着，全身如受了软化，无气力的向那花栏旁边一块石头上坐下了。

过了一刻，他忽然站起来，很肃敬向着那颜色像胭脂的玫瑰怔怔的望了半天，后来深深的叹了一声道："——为什么我要爱伊……丧失知觉的心，唉！"

他灰白的面孔上，此刻满了模糊的泪痕，昏迷的眼光里，更带着猜疑忧惧的色采，他不住的想着伊，现在他觉得他自己是好像在一个波浪掀天的海洋里，渺渺茫茫不知什么地方是归着，这海洋四面又都是黑沉沉地看不见什么，只有那远远一个海洋里照路的红灯，隐隐约约在他眼前摆动，他现在不能路过伊了——因为伊正是那路灯，他前途的一线希望——但是伊并不明白这些，时时或隐或现竟摆布得他几次遇到危脸——精神的破产。

他感到这十分苦痛，但他决不责怪伊，只是深深地恋着伊，现在他从园子里回来了，推开门，壁上那张水彩画——一束红艳刺眼的红玫瑰，又使他怔住了。扶着椅背站着，不转眼对着那画儿微笑，似乎这画儿能给他不少的安慰。后来他拿着一支未用的白毛羊毫笔，蘸在胭脂里润湿了，又抽出一张雪白的信笺在上面写道：

"我是很有志气的青年，一个美丽的女郎必愿意和我交结……我天天对着你笑，哦！不是！不是！他们都说那是一种花——红玫瑰——但是他们不明白你是喜欢红玫瑰的，所以我说红玫瑰就是你，我天天当真是对着你笑，有时倚在我们学校园的白石栏里，有时候就在我卧室的白粉壁上，呵！多么娇艳！……但是你明白我的身世吗？……我是堂堂男子，七尺丈夫呵！世界上谁不知道大名鼎鼎的顾颖明呢？可是我却是个可怜人呢！你知道我亲爱的父母当我才三四岁的时候，便撒下我走了……他们真是不爱我……所以我总没尝过爱的滋味呀！错了！错了！我说谎了！那天黄昏的时候，你不是在中央公园的水榭旁，对着那碧清的流水叹息吗？……我那时候便尝到爱的滋味了。

"你那天不是对我表示很委曲的样子吗？……他们都不相信这事——因为他们都没有天真的爱情——他们常常对我说他们对于什么女子他们都不爱。这话是假的，他们是骗人呵！我知道青年男子——无处寄托爱情，他必定要丧失生趣呢……"

他写完很得意的念了又念，念到第三次的时候，他脸上忽一阵红紫，头筋也暴涨起来，狂笑着唱道：

"她两颊的绯红恰似花的色！

她品格的清贵，恰似花的香！

哈哈！她竟爱我了！

柳荫底下，

大街上头，

我和她并着肩儿走，

拉着手儿笑，

唉！谁不羡慕我？"

他笑着唱，唱了又笑，后来他竟笑得眼泪鼻涕一齐流出来了，昏昏迷迷出了屋子，跑到大街上，依旧不住声的唱和笑，行路的人，受了示唆，都不约而同的围起他来。他从人丛中把一个二十余岁的青年——过路的人拉住对着人家嘻嘻的笑。忽然他又瞪大了眼睛，对着那人狠狠的望着，大声的叫道："你认得我吗？……是的，你比我强，你戴着帽子……我，我却光着头。但是伊总是爱我呢！我告诉你们，我是很有志气的人，我父母虽没有给我好教育，哼！他们真是不负责任！你们不是看见伊倚在栏杆上吗？……"哎呀！坏了！坏了！"

　　他大哭起来了！竟不顾满地的尘土，睡到泥土中，不住声的哀哭，一行行的血泪，湿透了他的衣襟。他的知觉益发麻木了，两只木呆的眼睛，竟睁得像铜铃一般大，大家都吓住了，彼此对看着，警察从人丛中挤进来，把他搀扶起来，他忽如受了什么恐怖似的，突然立起来，推开警察的手，从人丛里不顾命的跑了出来；有许多好事的人，也追了他去；有几个只怔怔地望着他的背影，轻轻的叹道："可怜！他怎么狂了！"说着也就各自散去。

　　他努力向前飞奔，迷漫的尘烟，尾随着他，好似"千军万马"来到一般，他渐渐的支持不住了，头上的汗像急雨般往下流，急促的呼吸——他实在疲倦了，两腿一软，便倒在东城那条胡同口里。

　　这个消息传开了。大家都在纷纷的议论着，但是伊依旧拿着红玫瑰倚着栏杆出神，伊的同学对着伊，含着隐秘的冷笑，但是伊总不觉得，伊心里总是想着：这暗淡的世界，没有真情的人类——只有这干净的红玫瑰可以安慰伊，伊觉得舍了红玫瑰没有更可以使伊注意的事，便是他一心的爱恋，伊从没梦见过呢！

　　他睡在病院里，昏昏沉沉。有一天的功夫，他什么都不明白，他的朋友去望他，他只怔怔地和人家说："伊爱我了！"有一个好戏谑的少年，忍着笑，板着面孔和他说："你爱伊吗？……但是很怕见你这两道好像扫帚的眉，结婚的时候，因此要减去许多美观呢！"他跳了起来，往门外奔走，衰软无力的腿不住的抖颤，无力的喘息，他的面孔涨红了。"剃头匠你要注意——十分的注意，我要结婚了，这两道宽散的眉毛，你替我修整齐！咦！咦！伊微微的笑着——笑着欢迎我，许多来宾也都对着我这眉毛不住的称美……伊永远不会再讨厌我了！哈哈！"他说着笑着俯在地上不能动转。他们把他慢慢地仍搀扶到床上，他渐渐睡着了。

过了一刻钟，他忽然从梦中惊醒，拉着看护生的白布围裙的一角，哀声的哭道："可恶的狡鬼，恶魔！不久要和伊结婚了……他叫作陈菉……你替我把那把又尖又利的刀子拿来，哼！用力的刺着他的咽咙，他便不能再拿媚语甘言去诱惑伊了！……伊仍要爱着我，和我结婚……呵！呵！你快去吧……迟了他和伊手拉着手，出了礼拜堂便完了。"说到这里，他心里十分的焦愁苦痛，抓着那药瓶向地上用力的摔去，狠狠的骂道："恶魔！……你还敢来夺掉我的灵魂吗？"

他闭着眼睛流泪，一滴滴的泪痕都湿透了枕芯，一朵娇艳的红玫瑰，也被眼泪渲染成愁惨憔悴，斑斑点点，隐约着失望的血泪。他勉强的又坐了起来，在枕上对着看护生叩了一个头，哀求道："救命的菩萨，你快去告诉伊，千万不要和那狡恶的魔鬼——陈菉结婚，我已经把所有生命的权都交给伊了；等着伊来了，便给我带回来，交还我！……千万不要忘记呢！"

看护生用怜悯的眼光对着他看："呵！青黄且带淡灰色的面孔，深陷的眼窝，突起的颧骨，从前活泼泼的精彩那里去了？坚强韧固的筋肉也都消失了——颠倒迷离的情状，唉！为甚么一个青年的男子，竟弄成差不多像一个坟墓里的骷髅了！……人类真危险呵！一举一动都要受情的支配——他便是一个榜样呢！"他想到这，也禁不住落下两滴泪来。只是他仍不住声的催他去告诉伊。看护生便走出来，稍避些时，才又进去，安慰他说："先生！你放心养病吧！……伊一定不和别人结婚，伊已经应许你的要求,这不是可喜的一件事吗?他点点头,微微地笑道:"是呵!你真是明白人,伊除了和我结婚,谁更能享受这种幸福呢?"

他昏乱的脑子,过敏的神经,竟使他枯瘦得像一根竹竿子。他的朋友们只有对着他叹息,谁也没法子能帮助他呵!

日子过得很快,他进病院已是一个星期了。星期六下午的时候,天上忽然阴沉起来,东南风吹得槐树叶子,刷刷价刺着耳朵响个不休,跟着一阵倾盆大雨从半天空倒了下来;砰澎,刷拉,好似怒涛狂浪。他从梦中惊醒了,脆弱的神经,受了这个打激,他无限的惊慌惨凄,呜呜的哭声,益发增加了天地的暗淡。

"唉呀!完了!完了!伊怎经得起空上摧残?……伊绯红的双颊,你看不是都消失了吗?血泪从伊眼睛里流出来啦,看呵!……唉唉!"

"看呵!……看呵!"我此时心里忽觉一跳,仰起头来,只见伊仍是静悄悄地站在那里,对着我微微地笑,"伊的双颊何尝消失了绯红的色呢?"我不觉自言自语的这么说,但是那原是他的狂话,神经过敏的表示呵!嗳!人类真迷惑的可怜!……

最后的命运

突如其来的怅惘,不知何时潜踪,来到她的心房。她默默无语,她凄凄似悲,那时正是微雨晴后,斜阳正艳,葡萄叶上滚着圆珠,荼䕷花儿含着余泪,凉飔呜咽正苦,好似和她表深刻的同情!

碧草舒齐的铺着,松荫沉沉的覆着;她含羞凝眸,望着他低声说:"这就是最后的命运吗?"

他看看她微笑道:"这命运不好吗?"她沉默不答。

松涛慷慨激烈的唱着,似祝她和他婚事的成功。

这深刻的印象,永远留在她和他的脑里,有时变成温柔的安琪儿,安慰她干枯的生命,有时变成幽闷的微菌,满布在她的血管里,使她怅惘!使她烦闷!

她想:人们驾着一叶扁舟,来到世上,东边漂泊,西边流荡,没有着落困难是苦,但有了结束,也何尝不感到平庸的无聊呢?

爱情如幻灯,远望时光华灿烂,使人沉醉,使人迷恋。一旦着迷,便觉味同嚼蜡,但是她不解,当他求婚时,为什么不由得就答应了他呢?

她深憾自己的情弱,易动!回想到独立苍溟的晨光里,东望滔滔江流，觉得此心赤裸裸毫无牵扯。呵！这是如何的壮美呵！

现在呢！柔韧的密网缠着，如饮醇醪，沉醉着，迷惘着！上帝呵！这便是人们最后的命运吗？

她凄楚着，沉思着，不觉得把雨后的美景轻轻放过，黄昏的灰色幕，罩住世界的万有，一切都消沉在寂寞里，她不久就被睡魔引入胜境了！

夜的奇迹

宇宙僵卧在夜的暗影之下，我悄悄的逃到这黑黑的林丛——群星无言，孤月沉默，只有山隙中的流泉潺潺溅溅的悲鸣，仿佛孤独的夜莺在哀泣。

山巅古寺危立在白云间，刺心的钟磬，断续的穿过寒林，我如受弹伤的猛虎，奋力的跃起，由山麓窜到山巅，我追寻完整的生命，我追寻自由的灵魂，但是夜的暗影，如厚幔般围裹住，一切都显示着不可挽救的悲哀。吁！我何爱惜这被苦难剥蚀将尽的尸骸，我发狂似的奔回林丛，脱去身上血迹斑斓的征衣，我向群星忏悔。

我向悲涛哭诉！

这时流云停止了前进，群星忘记了闪烁，山泉也住了呜咽，一切一切都沉入死寂！

我绕过丛林，不期来到碧海之滨。呵！神秘的宇宙，在这里我发现了夜的奇迹！

黑黑的夜幔轻轻的拉开，群星吐着清幽的亮光，孤月也踯躅于云间，白色的海浪吻着翡翠的岛屿，五彩缤纷的花丛中隐约见美丽的仙女在歌舞，她们显示着生命的活跃与神妙！

我惊奇，我迷惘，夜的暗影下，何来如此的奇迹！

我怔立海滨，注视那岛屿上的美景，忽然从海里涌起一股凶浪，将岛屿全个淹没，一切一切又都沉入在死寂！

我依然回到黝黑的林丛——群星无言，孤月沉默，只有山隙中的流泉潺潺溅溅的悲鸣，仿佛孤独的夜莺在哀泣。

吁！宇宙布满了罗网，任我百般挣扎，努力的追寻，而完整的生命只如昙花一现，最后依然消逝于恶浪，埋葬于尘海之心，自由的灵魂，永远是夜的奇迹！——在色相的人间，只有污秽与残酷，吁！我何爱惜这被苦难剥蚀将尽的尸骸——总有一天，我将焚毁于自己忧怒的灵焰，抛这不值一钱的脓血之躯，因此而释放我可怜的灵魂！

这时我将摘下北斗，抛向阴霾满布的尘海。

我将永远歌颂这夜的奇迹！

异国秋思

　　自从我们搬到郊外以来，天气渐渐清凉了。那短篱边牵延着的毛豆叶子，已露出枯黄的颜色来，白色的小野菊，一丛丛由草堆里钻出头来，还有小朵的黄花在凉劲的秋风中抖颤。这一些景象，最容易勾起人们的秋思，况且身在异国呢！低声吟着"帘卷西风，人比黄花瘦"之句，这个小小的灵宫，是弥漫了怅惘的情绪。

　　书房里格外显得清寂，那窗外蔚蓝如碧海似的青天，和淡金色的阳光。还有挟着桂花香的阵风，都含了极强烈的，挑拨人类心弦的力量，在这种刺激之下，我们不能继续那死板的读书工作了。在那一天午饭后，波便提议到附近吉祥寺去看秋景，三点多钟我们乘了市外电车前去——这路程太近了，我们的身体刚刚坐稳便到了。

　　走出长甬道的车站，绕过火车轨道，就看见一座高耸的木牌坊，在横额上有几个汉字写着"井之头恩赐公园"。我们走进牌坊，便见马路两旁树木葱茏，绿荫匝地，一种幽妙的意趣，萦缭脑际，我们怔怔地站在树影下，好像身入深山古林了。在那枝柯掩映中，一道金黄色的柔光正荡漾着。使我想象到一个披着金绿柔发的仙女，正赤着足，踏着白云，从这里经过的情景。再向西方看，一抹彩霞，正横在那迭翠的峰峦上，如黑点的飞鸦，穿林翩翩，我一缕的愁心真不知如何安派，我要吩咐征鸿把它带回故国吧！无奈它是那样不着迹的去了。

我们徘徊在这浓绿深翠的帷幔下，竟忘记前进了。一个身穿和服的中年男人，脚上穿着木屐，提塔提塔的来了。他向我们打量着，我们为避免他的觑视，只好加快脚步走向前去。经过这一带森林，前面有一条鹅卵石堆成的斜坡路，两旁种着整齐的冬青树，只有肩膀高，一阵阵的青草香，从微风里荡过来，我们慢步的走着，陡觉神气清爽，一尘不染。下了斜坡，面前立着一所小巧的东洋式茶馆，里面设了几张小矮几和坐褥，两旁列着柜台，红的蜜桔，青的苹果，五色的杂糖，错杂地罗列着。

"呀！好眼熟的地方！"我不禁失声地喊了出来。于是潜藏在心底的印象，陡然一幕幕地重映出来。唉！我的心有些抖颤了，我是被一种感怀已往的情绪所激动，我的双眼怔住，胸膈间充塞着悲凉，心弦凄紧地搏动着。自然是回忆到那些曾被流年蹂躏过的往事。"唉！往事，只是不堪回首的往事呢！"我悄悄地独自叹息着。

但是我目前仍然有一幅逼真的图画再现出来……一群骄傲于幸福的少女们，她们孕育着玫瑰色的希望，当她们将由学校毕业的那一年，曾随了她们德高望重的教师，带着欢乐的心情，渡过日本海来访蓬莱的名胜。在她们登岸的时候，正是暮春三月樱花乱飞的天气。那些缀锦点翠的花树，都是使她们乐游忘倦。她们从天色才黎明，便由东京的旅舍出发；先到上野公园看过樱花的残装后，又换车到井之头公园来。这时疲倦袭击着她们，非立刻找个地点休息不可。最后她们发现了这个位置清幽的茶馆；便立刻决定进去吃些东西。大家团团围着矮凳坐下，点了两壶龙井茶，和一些奇甜的东洋点心，她们吃着喝着，高声谈笑着，她们真像是才出谷的雏莺；只觉眼前的东西，件件新鲜。处处都富有生趣。

当然她们是被搂在幸福之神的怀抱里了。青春的爱娇，活泼快乐的心情，她们是多么可艳羡的人生呢！

但是流年把一切都毁坏了！谁能相信今天在这里低徊追怀往事的我，也正是当年幸福者之一呢！哦！流年，残刻的流年呵！它带走了人间的爱娇，它蹂躏英雄的壮志，使我站在这似曾相识的树下，只有咽泪，我有什么方法，使年光倒流呢！

唉！这仅仅是九年后的今天。呀，这短短的九年中，我走的是崎岖的世路，我攀缘过陡削的崖壁，我由死的绝谷里逃命，使我尝着忍受由心头淌血的痛苦，命运要我喝干自己的血汁，如同喝玫瑰酒一般……唉！这一切的刺心回忆，我忍不住流下辛酸的泪滴，连忙离开这容易激动感情的地方吧！我们便向前面野草漫径的小路上走去，忽然听见一阵悲恻的唏嘘声，我仿佛看见张着灰色翅翼的秋神，正躲在那厚密枝叶背后。立时那些枝叶都窸窸窣窣地颤抖起来。草底下的秋虫，发出连续的唧唧声，我的心感到一阵阵的凄冷；不敢向前去，找到路旁一张长木凳坐下。我用滞呆的眼光，向那一片阴阴森森的丛林里睁视，当微风分开枝柯时，我望见那小河里潺潺碧水了。水上绉起一层波纹，一只小划子，从波纹上溜过。两个少女摇着桨，低声唱着歌儿。我看到这里，又无端感触起来，觉得喉头梗塞，不知不觉叹道：

"故国不堪回首"，同时那北海的红漪清波浮现眼前，那些手携情侣的男男女女，恐怕也正摇着画桨，指点着眼前清丽秋景，低语款款吧！况且又是菊茂蟹肥时候，料想长安市上，车水马龙，正不少欢乐的宴聚，这飘泊异国、秋思凄凉的我们当然是无人想起的。不过，我们却深深地眷怀着祖国，渴望得些好消息呢！况且我们又是神经过敏的，揣想到树叶凋落的北平，凄风吹着，冷雨洒着的这些穷苦的同胞，也许正向茫茫的苍天悲诉呢！唉，破碎紊乱的祖国呵！北海的风光不能粉饰你的寒伧！今雨轩的灯红酒绿，不能安慰忧患的人生，深深眷念祖国的我们，这一颗因热望而颤抖的心，最后是被秋风吹冷了。

秋光中的西湖

我像是负重的骆驼般,终日不知所谓的向前奔走着。突然心血来潮,觉得这种不能喘气的生涯,不容再继续了,因此便决定到西湖去,略事休息。

在匆忙中上了沪杭甬的火车,同行的有朱、王二女士和建,我们相对默然的坐着。不久车身蠕蠕而动了,我不禁叹了一口气道:"居然离开了上海。"

"这有什么奇怪,想去便去了!"建似乎不以我多感慨的态度为然。

查票的人来了,建从洋服的小袋里掏出了四张来回票,同时还带出一张小纸头来,我捡起来,看见上面写着:"到杭州:第一大吃而特吃,大玩而特玩……"真滑稽,这种大计划也值得大书而特书,我这样说着递给朱、王二女士看,她们也不禁哈哈大笑了。

来到嘉兴时,天已大黑。我们肚子都有些饿了,但火车上的大菜既贵又不好吃,我便提议吃茶叶蛋,便想叫茶房去买,他好像觉得我们太吝啬,坐二等车至少应当吃一碗火腿炒饭,所以他冷笑道:"要到三等车里才买得到。"说着他便一溜烟跑了。

"这家伙真可恶！"建愤怒的说着，最后他只得自己跑到三等车去买了来。吃茶叶蛋我是拿手，一口气吃了四个半，还觉得肚子里空无所在，不过当我伸手拿第五个蛋时，被建一把夺了去，一面埋怨道："你这个人真不懂事，吃那么许多，等些时又要闹胃痛了。"

这一来只好咽一口唾沫算了。王女士却向我笑道："看你个子很瘦小，吃起东西来倒很凶！"其实我只能吃茶叶蛋，别的东西倒不可一概而论呢！——我很想这样辩护，但一转念，到底觉得无谓，所以也只有淡淡的一笑，算是我默认了。

车子进杭州城站时，已经十一点半了，街上的店铺多半都关了门，几盏黯淡的电灯，放出微弱的黄光，但从火车上下来的人，却吵成一片，挤成一堆，此外还有那些客栈的招揽生意的茶房，把我们围得水泄不通，不知化了多少力气，才打出重围叫了黄包车到湖滨去。

车子走过那石砌的马路时，一些熟习的记忆浮上我的观念里来。一年前我同建曾在这幽秀的湖山中作过寓公，转眼之间早又是一年多了，人事只管不停的变化，而湖山呢，依然如故，清澈的湖波，和笼雾的峰峦似笑我奔波无谓吧！

我们本决意住清泰第二旅馆，但是到那里一问，已经没有房间了，只好到湖滨旅馆去。

深夜时我独自凭着望湖的碧栏，看夜幕沉沉中的西湖。天上堆叠着不少的雨云，星点像怕羞的女郎，踯躅于流云间，其光隐约可辨。十二点敲过许久了，我才回到房里睡下。

晨光从白色的窗幔中射进来，我连忙叫醒建，同时我披了大衣开了房门。一阵沁肌透骨的秋风，从桐叶梢头穿过，飒飒的响声中落下了几片枯叶，天空高旷清碧，昨夜的雨云早躲得无影无踪了。秋光中的西湖，是那样冷静，幽默，湖上的青山，如同深纽的玉色，桂花的残香，充溢于清晨的气流中。这时我忘记我是一只骆驼，我身上负有人生的重担。我这时是一只紫燕，我翱翔在清隆的天空中，我听见神祇的赞美歌，我觉到灵魂的所在地……这样的，被释放不知多少时候，总之我觉得被释放的那一霎那，我是从灵宫的深处流出最惊喜的泪滴了。

建悄悄的走到我的身后，低声说道："快些洗了脸，去访我们的故居吧！"

多怅惘呵，他惊破了我的幻梦，但同时又被他引起了怀旧的情绪，连忙洗了脸，等不得吃早点便向湖滨路崇仁里的故居走去。到了弄堂门口，看见新建的一间白木的汽车房，这是我们走后唯一的新鲜东西。此外一切都不曾改变，墙上贴着一张招租的帖子，一看是四号吉房招租……"呀！这正是我们的故居，刚好又空起来了，喂，隐！我们再搬回来住吧！"

"事实办不到……除非我们发了一笔财……"我说。

这时我们已到那半开着的门前了，建轻轻推门进去。小小的院落，依然是石缝里长着几根青草，几扇红色的木门半掩着。我们在客厅里站了些时，便又到楼上去看了一遍，这虽然只是最后几间空房，但那里面的气氛，引起我们既往的种种情绪，最使我们觉到怅然的是陈君的死。那时他每星期六多半来找我们玩，有时也打小牌，他总是摸着光头懊恼的说道："又打错了！"这一切影像仍逼真地现在目前，但是陈君已作了古人，我们在这空洞的房子里，沉默了约有三分钟，才怅然的离去。走到弄堂门的时候，正遇到一个面熟的娘姨——那正是我们邻居刘君的女仆，她很殷勤的要我们到刘家坐坐。我们难却她的盛意，随她进去。刘君才起床，他的夫人替小孩子穿衣服。我们这两个不速之客够使她们惊诧了。谈了一些别后的事情，抽过一支烟后，我们告辞出来。到了旅馆里，吃过鸡丝面，王、朱两位女士已在湖滨叫小划子，我们讲定今天一天玩水，所以和船夫讲定到夜给他一块钱，他居然很高兴的答应了。我们买了一些菱角和瓜子带到划子上去吃。船夫是一个五十多岁的忠厚老头子，他洒然的划着。温和的秋阳照着我——使全身的筋肉都变成松缓，懒洋洋的靠在长方形有藤椅背上。看着划桨所激起的波纹，好像万道银蛇蜿蜒不息。这时船已在三潭印月前面，白云庵那里停住了。我们上了岸，走进那座香烟阒然的古庙，一个老和尚坐在那里向阳。菩萨案前摆了一个签筒，我先抱起来摇了一阵，得了一个上上签，于是朱、王二女士同建也都每人摇出一根来。我们大家拿了签条嘻嘻哈哈笑了一阵，便拜别了那四个怒目咧嘴的大金刚，仍旧坐上船向前泛去。

　　船身微微的撼动，仿佛睡在儿时的摇篮里，而我们的同伴朱女士，她不住的叫头疼。建像是天真般的同情地道："对了，我也最喜欢头疼，随便到那里去，一吃力就头疼，尤其是昨夜太劳碌了不曾睡好。"

　　"就是这话了，"朱女士说："并且，我会晕车！"

　　"晕车真难过……真的呢！"建故作正经的同情她，我同王女士禁不住大笑，建只低着头，强忍住他的笑容，这使我更要大笑。船泛到湖心亭，我们在那里站了些时，有些感到疲倦了，王女士提议去吃饭。建讲："到了实行我'大吃而特吃'的计划的时候了。"

　　我说："如要大吃特吃，就到'楼外楼'去吧，那是这西湖上有名的饭馆，去年我们曾在这里遇到宋美龄呢！"

　　"哦，原来如此，那我们就去吧！"王女士说。

　　果然名不虚传，门外停了不少辆的汽车，还有几个丘八先生点缀这永不带有战争气氛的湖边。幸喜我们运气好，仅有唯一的一张空桌，我们四个人各霸一方，但是我们为了大家吃得痛快，互不牵掣起见，各人叫各人的菜，同时也各人出各人的钱，结果我同建叫了五只湖蟹，一尾湖鱼，一碗鸭掌汤，一盘虾子冬笋；她们二位女士所叫的菜也和我们大同小异。但其中要推王女士是个吃喝能手，她吃起湖蟹来，起码四五只，而且吃得又快又干净。再衬着她那位最不会吃湖蟹的朋友朱女士，才吃到一个的时候，便叫起头疼来。

"那么你不要吃了，让我包办吧！"王女士笑嘻嘻的说。

"好吗！你就包办……我想吃些辣椒，不然我简直吃不下饭去。"朱女士说。

"对了，我也这样，我们两人真是事事相同，可以说百分之九九一样，只有一分不一样……"建一本正经的说。

"究竟不同是哪一分呢！"王女士问。

"你真笨，这点都不知道，一个是男人，一个是女人呵！"建说。

这时朱女士正捧着一碗饭待吃，听了这话笑得几乎把饭碗摔到地上去。

"简直是一群疯子，"我心里悄悄的想着，但是我很骄傲，我们到现在还有疯的兴趣。于是把我们久已抛置的童年心情，从坟墓里重新复活，这不能说这不是奇迹罢！

黄昏的时候，我们的船荡到艺术学院的门口，我同建去找一个朋友，但是他已到上海去了。我们嗅了一阵桂花的香风后，依然上船。这时凉风阵阵的拂着我们的肌肤，朱女士最怕冷，裹紧大衣，仍然不觉得暖，同时东方的天边已变成灰黯的色彩，虽然西方还漾着几道火色的红霞，而落日已堕到山边，只在我们一霎眼的工夫，已经滚下山去了。远山被烟雾整个的掩蔽着，一望苍茫。小划子轻泛着平静的秋波，我们好像驾着云雾，冉冉的已来到湖滨。上岸时，湖滨已是灯火明耀，我们的灵魂跳出模糊的梦境。虽说这马路上依然是可以漫步无碍，但心情却已变了。回到旅馆吃了晚饭后，我们便商量玩山的计划：上山一定要坐山兜，所以叫了轿班的头老，说定游玩的地点和价目。这本是小问题，但是我们却充分讨论了很久：第一因为山兜的价钱太贵，我同朱女士有些犹疑；可是建同王女士坚持要坐，结果是我们失败了，只得让他们得意扬扬的吩咐轿班第二天早晨七点钟来。

今日是十月九日——正是阴历重九后一日，所以登高的人很多，我们上了山兜，出涌金门，先到净慈观去看浮木井——那是济颠和尚的灵迹。但是在我看来不过一口平凡的井而已，所闻木头浮在当中的话，始终是半信半疑。

出了净慈观又往前走，路渐荒芜，虽然满地不少黄色的野花，半红的枫叶，但那透骨的秋风，唱出飒飒瑟瑟的悲调，不禁使我又悲又喜。像我这样劳碌的生命，居然能够抽出空闲的时间来听秋蝉最后的哀调，看枫叶鲜艳的色彩，领略丹桂清绝的残香——灵魂绝对的解放，这真是万千之喜。但是再一深念，国家危难，人生如寄，此景此色只是增加人们的哀痛，又不禁悲从中来了……我尽管思绪如麻，而那抬山兜的伕子，不断的向前进行，渐渐的已来到半山之中。这时我从兜子后面往下一看，但见层崖叠壁，山径崎岖，不敢胡思乱想了。捏着一把汗，好容易来到山顶，才吁了一口长气，在一座古庙里歇下了。

同时有一队小学生也兴致勃勃的奔上山来，他们每人手里拿了一包水果一点吃的东西，都在庙堂前面院子里的雕栏上坐着边唱边吃。我们上了楼，坐在回廊上的藤椅上，和尚泡了上好的龙井茶来，又端了一碟瓜子。我们坐在藤椅上，东望西湖，漾着滟滟光波；南望钱塘，孤帆飞逝，激起白沫般的银浪。把四围无限的景色，都收罗眼底。我们正在默然出神的时候，忽听朱女士说道："适才上山我真吓死了，若果摔下去简直骨头都要碎的，等会儿我情愿走下去。"

"对了，我也是害怕，回头我们两人走下去罢，让她们俩坐轿！"建说。

"好的。"朱女士欣然的说。

我知道建又在使促狭，我不禁望着他好笑。他格外装得活像说道："真的，我越想越可怕，那样陡削的石级，而且又很滑，万一伕子脚一软那还了得……"建补充的话和他那种强装正经的神气，只惹得我同王女士笑得流泪。一个四十多岁的和尚，他悄然坐在大殿里，看见我们这一群疯子，不知他作何感想，但见他默默无言只光着眼睛望着前面的山景。也许他也正忍俊不禁，所以只好用他那眼观鼻，鼻观心的苦功罢！我们笑了一阵，喝了两遍茶才又乘山兜下山。朱女士果然实行她步行的计划，但是和她表同情的建，却趁朱女士回头看山景的一刹那，悄悄躲在轿子里去了。

"喂！你怎么又坐上去了？"朱女士说。

"呀！我这时忽然想开了，所以就不怕摔……并且我还有一首诗奉劝朱女士不要怕，也坐上去罢！"

"到底是诗人……快些念来我们听听罢！"我打趣他。

"当然，当然，"他说着便高声念道，"坐轿上高山，头后脚在先。请君莫要怕，不会成神仙。"

这首诗又使得我们哄然大笑。但是朱女士却因此一劝，她才不怕摔，又坐上山兜了。中午的时候我们在龙井的前面斋堂里吃了一顿素菜。那个和尚说得一口漂亮的北京话，我因问他是不是北方人。他说："是的，才从北方游方驻扎此地。"这和尚似乎还文雅，他的庙堂里挂了不少名人的字画，同时他还问我在什么地方读书，我对他说家里蹲大学，他似解似不解的诺诺连声的应着，而建的一口茶已喷了一地。

这简直是太大煞风景，我连忙给了他三块钱的香火资，跑下楼去。这时日影已经西斜了，不能再流连风景。不过黄昏的山色特别富丽，彩霞如垂幔般的垂在西方的天际，青翠的岗峦笼罩着一层干绡似的烟雾，新月已从东山冉冉上升，远远如弓形的白堤和明净的西湖都笼在沉沉暮霭中。我们的心灵浸醉于自然的美景里，永远不想回到热闹的城市去。但是轿夫们不懂得我们的心事，只顾奔他们的归程。

"唷咿"一声山兜停了下来，我们翱翔着的灵魂，重新被摔到满是陷阱的人间。于是疲乏无聊，一切的情感围困了我们。

晚饭后草草收拾了行装，预备第二天回上海。这秋光中的西湖又成了灵魂上的一点印痕，生命的一页残史了。

可怜被解放的灵魂眼看着它垂头丧气的又进了牢囚。

月夜孤舟

发发弗弗的飘风，午后吹得更起劲，游人都带着倦意寻觅归程。马路上人迹寥落，但黄昏时风已渐息，柳枝轻轻款摆，翠碧的景山巅上，斜辉散霞，紫罗兰的云幔，横铺在西方的天际。他们在松阴下，迈上轻舟，慢摇兰桨，荡向碧玉似的河心去。

全船的人都悄默地看远山群岫，轻吐云烟，听舟底的细水潺湲，渐渐的四境包溶于模糊的轮廓里，这景地更清幽了。

他们的小舟，沿着河岸慢慢地前进。这时淡蓝的云幕上，满缀着金星，皎月盈盈下窥，河上没有第二只游船，只剩下他们那一叶的孤舟，吻着碧流，悄悄地前进。

这孤舟上的人们——有寻春的骄子，有飘泊的归客，在咿呀的桨声中，夹杂着欢情的低吟和凄意的叹息。把舵的阮君在清辉下，辨认着孤舟的方向，森帮着摇桨，这时他们的确负有伟大的使命，可以使人们得到安全，也可以使人们沉溺于死的深渊。森努力拨开牵绊的水藻，舟已到河心。这时月白光清，银波雪浪动了沙的豪兴，她扣着船舷唱道：

十里银河堆雪浪，

四顾何茫茫?
这一叶孤舟轻荡,

荡向那天河深处;
只恐玉宇琼楼高处不胜寒!
……
我欲叩苍穹,
问何处是隔绝人天的离恨官?
奈雾锁云封!
奈雾锁云封!
绵绵恨……几时终!

　　这凄凉的歌声使独坐船尾的罄黯然了,她呆望天涯,悄数陨堕的生命之花;而今呵,不敢对冷月逼视,不敢向苍天申诉。这深抑的幽怨,使得她低默饮泣。

　　自然,在这展布无底缺限的人间,谁曾看见过不谢的好花?只要在静默中掀起心幕,摧毁和焚炙的伤痕斑斑可认。这时全船的人,都觉灵弦凄紧,虞斜倚船舷,仿佛万千愁恨,都要向清流洗涤,都要向河底深埋。

　　天真的丽,他神经更脆弱,他凝视着含泪的罄,狂痴的沙,仿佛将有不可思议的暴风雨来临,要摧毁世间的一切:尤其要捣碎雨后憔悴的梨花,他颤抖着稚弱的心,他发愁,他叹息,这时的四境实在太凄凉了!

　　沙呢,她原是飘泊的归客,并且归来后依旧飘泊,她对着这凉云淡雾中的月影波光,只觉幽怨凄楚,她几次问青天,但苍天冥冥依旧无言!这孤舟夜泛,这冷月只影,都似曾相识——但细听没有灵隐深处的钟磬声，细认也没有雷峰塔痕，在她毁灭而不曾毁灭尽的生命中，这的确是一个深深的伤痕。

八年前的一个月夜，是她悄送掉童心的纯洁，接受人间的绮情柔意，她和青在月影下，双影厮并，她那时如依人的小鸟，如迷醉的荼蘼，她傲视冷月，她窃笑行云。

但今夜呵！一样的月影波光，然而她和青已隔绝人天，让月儿蹂躏这寞落的心。她扎挣残喘，要向月姊问青的消息，但月姊只是阴森的惨笑，只是傲然的凌视——指示她的孤独。唉！她在将凄音冲破行云，枉将哀调深渗海底——天意永远是不可思议！

沙低声默泣，全船的人都罩在绮丽的哀愁中。这时船已穿过玉桥，两岸灯光，映射波中，似乎万蛇舞动，金彩飞腾。沙凄然道："这到底是梦境，还是人间？"

颦道："人间便是梦境，何必问哪一件是梦，哪一件非梦！"

"呵！人间便是梦境，但不幸的人类，为什么永远没有快活的梦……这惨愁，为什么没有焚化的可能？"

大家都默然无言，只有阮君依然努力把舵，森不住地摇桨，这船又从河心荡向河岸，"夜深了，归去罢！"森仿佛有些倦了，于是将船儿泊在岸旁，他们都离开这美妙的月影波光，在黑夜中摸索他们的归程。

月儿斜倚翡翠云屏，柳丝细拂这归去的人们——这月夜孤舟又是一番梦痕！

夏的歌颂

　　出汗不见得是很坏的生活吧,全身感到一种特别的轻松。尤其是出了汗去洗澡,更有无穷的舒畅,仅仅为了这一点,我也要歌颂夏天,其久被压迫,而要挣扎过——而且要很坦然的过去,这也不是毫无意义的生活吧——春天是使人柔困,四肢瘫软,好像受了酒精的毒,再无法振作;秋天呢,又太高爽,轻松使人忘记了世界上有骆驼——说到骆驼,谁也不忘了它那高峰凹谷之间的重载,和那慢腾腾,不尤不怨的往前走的姿势吧!冬天虽然是风雪严厉,但头脑尚不受压扎。只有夏天,它是无隙不入的压迫你,你每一个毛孔,每一根神经,都受着重大的压扎;同时还有臭虫蚊子苍蝇助虐的四面夹攻,这种极度紧张的夏日生活,正是训练人类变成更坚强而有力量的生物。因此我又不得不歌颂夏天!

　　二十世纪的人类,正度着夏天的生活——纵然有少数阶级,他们是超越天然,而过着四季如春享乐的生活,但这太暂时了,时代的轮子,不久就要把这特殊的阶级碎为齑粉——夏天的生活是极度紧张而严重,人类必要努力的挣扎过,尤其是我们中国不论士农工商军,哪一个是喘着气,出着汗,与紧张压迫的生活拼命呢?

　　脆弱的人群中,也许有诅咒,但我却以为只有虔敬的承受,我们尽量的出汗，我们尽量的发泄我们生命之力，最后我们的汗液，便是甘霖的源泉，这炎威逼人的夏天，将被这无尽的甘霖所毁灭，世界变成清明爽朗。

夏天是人类生活中，最雄伟壮烈的一个阶段，因此，我永远的歌颂它。

吹牛的妙用

　　吹牛是一种夸大狂，在道德家看来，也许认为是缺点，可是在处事接物上却是一种刮刮叫的妙用。假使你这一生缺少了吹牛的本领，别说好饭碗找不到，便连黄包车夫也不放你在眼里的。

　　西洋人究竟近乎白痴，什么事都只讲究脚踏实地去做，这样费力气的勾当，我们聪明的中国人，简直连牙齿都要笑掉了。西洋人什么事都讲究按部就班的慢慢来，从来没有平地登天的捷径，而我们中国人专门走捷径，而走捷径的第一个法门，就是善吹牛。

　　吹牛是一件不可轻看的艺术，就如《修辞学》上不可缺少"张喻"一类的东西一样，像李白什么"黄河之水天上来"，又是什么"白发三千丈"，这在《修辞学》上就叫作'张喻'，而在不懂《修辞学》的人看来就觉得李太白在吹牛了。

　　而且实际上说来，吹牛对于一个人的确有极大的妙用。人类这个东西，就有这么奇怪，无论什么事，你若老老实实的把实话告诉他，不但不能激起他共鸣的情绪，而且还要轻蔑你冷笑你，假使你见了那摸不清你根底的人，你不管你家里早饭的米是当了被褥换来的，你只要大言不惭的说"某部长是我父亲的好朋友，某政客是我拜把子的叔公，我认得某某某巨商，我的太太同某军阀的第五位太太是干姊妹"，吹起这一套法螺来，那摸不清你的人，便帖帖服服的向你合十顶礼，说不定碰得巧还恭而且敬的请你大吃一顿蒸菜席呢！

吹牛有了如许的好处，于是无论哪一类的人，都各尽其力的大吹其牛了。但是且慢！吹牛也要认清对方的，不然的话，必难打动他或她的心弦，那么就失掉吹牛的功效了。比如说你见了一个仰慕文人的无名作家或学生时，而你自己要自充老前辈时，你不用说别的，只要说胡适是我极熟的朋友，郁达夫是我最好的知己，最好你再转弯抹角的去探听一些关于胡适、郁达夫琐碎的软事，比如说胡适最喜听什么，郁达夫最讨厌什么，于是便可以亲亲切切的叫着"适之怎样怎样，达夫怎样怎样"，这样一来，你便也就成了胡适、郁达夫同等的人物，而被人所尊敬了。

如果你遇见一个好虚荣的女子呢，你就可以说你周游过列国，到过士耳其、南非洲！并且还是自费去的，这样一来就可以证明你不但学识、阅历丰富，而且还是个资产阶级。于是乎你的恋爱便立刻成功了。

你如遇见商贾、官僚、政客、军阀，都不妨察颜观色，投其所好，大吹而特吹之。总而言之，好色者以色吹之，好利者以利吹之，好名者以名吹之，好权势者以权势吹之。此所谓以毒攻毒之法，无往而不利。

或曰吹牛妙用虽大，但也要善吹，否则揭穿西洋镜，便没有戏可唱了。

这当然是实话，并且吹牛也要有相当的训练，第一要不红脸，你虽从来没有着过一本半本的书，但不妨咬紧牙根说："我的著作等身，只可恨被一把野火烧掉了！"

你家里因为要请几个漂亮的客人吃饭，现买了一副碗碟，你便可以说："这些东西十年前就有了"，以表示你并不因为请客受窘。假如你荷包里只剩下一块大洋，朋友要邀你坐下来八圈，你就可以说："我的钱都放在银行里,今天竟匀不出工夫去取!"假如哪天你的太太感觉你没多大出息时,你就可以说张家大小姐说我的诗作的好,王家少奶奶说我脸子漂亮而有丈夫气,这样一来太太便立刻加倍的爱你了。

我愿秋常驻人间

提到秋,谁都不免有一种凄迷哀凉的色调,浮上心头;更试翻古往今来的骚人、墨客,在他们的歌咏中,也都把秋染上凄迷哀凉的色调,如李白的《秋思》:"……天秋木叶下,月冷莎鸡悲,坐愁群芳歇,白露凋华滋。"

柳永的《雪梅香辞》:

"景萧索,危楼独立面晴空,动悲秋情绪,当时宋玉应同。"

周密的《声声慢》:

"……对西风休赋登楼,怎去得,怕凄凉时节,团扇悲秋。"

这种凄迷哀凉的色调,便是美的元素,这种美的元素只有"秋"才有。也只有在"秋"的季节中,人们才体验得去,因为一个人在感官被极度的刺激和压扎的时候,常会使心头麻木。故在盛夏闷热时,或在严冬苦寒中,心灵永久如虫类的蛰伏。

等到一声秋风吹到人间,也正等于一声春雷,震动大地,把一些僵木的灵魂如虫类般地唤醒了。

灵魂既经苏醒,灵的感官便与世界万汇相接触了。于是见到阶前落叶萧萧下,而联想到不尽长江滚滚来,更因其特别自由敏感的神经,而感到不尽的长江是千古常存，而倏忽的生命，譬诸昙花一现。于是悲来填膺，愁绪横生。

这就是提到秋，谁都不免有一种凄迷哀凉的色调，浮上心头的原因了。

其实秋是具有极丰富的色彩，极活泼的精神的，它的一切现象，并不像敏感的诗人墨客所体验的那种凄迷哀凉。

当霜薄风清的秋晨，漫步郊野，你便可以看见如火般的颜色染在枫林、柿丛和浓紫的颜色泼满了山巅天际，简直是一个气魄伟大的画家的大手笔，任意趣之所在，勾抹涂染，自有其雄伟的丰姿，又岂是纤细的春景所能望其项背？

至于秋风的犀利，可以洗尽积垢，秋月的明澈，可以照烛幽微，秋是又犀利又潇洒，不拘不束的一位艺术家的象征。这种色调，实可以苏息现代困闷人群的灵魂，因此我愿秋常驻人间！

愁情一缕付征鸿

你想不到我有冒雨到陶然亭的勇气吧！妙极了，今日的天气，从黎明一直到黄昏，都是阴森着，沉重的愁云紧压着山尖，不由得我的眉峰蹙起。——可是在时刻挥汗的酷暑中，忽有这么仿佛秋凉的一天，多么使人兴奋！汗自然的干了，心头也不曾燥热得发跳；简直是初赦的囚人，四围顿觉松动。

翚！你当然理会得，关于我的僻性。我是喜欢暗淡的光线和模糊的轮廓。我喜欢远树笼烟的画境，我喜欢晨光熹微中的一切，天地间的美，都在这不可捉摸的前途里。所以我最喜欢"笑而不答心自闲"的微妙人生，雨丝若笼雾的天气，要比丽日当空时玄妙得多呢！

今日我的工作，比任何一天都多，成绩都好，当我坐在公事房的案前，翠碧的树影，横映于窗间，刷刷的雨滴声，如古琴的幽韵，我写完了一篇温妮的故事，心神一直浸在冷爽的雨境里。

雨丝一阵紧，一阵稀，一直落到黄昏。忽在叠云堆里，露出一线淡薄的斜阳，照在一切沐浴后的景物上，真的，翚！比美女的秋波还要清丽动怜，我真不知怎样形容才恰如其分，但我相信你总领会得，是不是！

这时君素忽来约我到陶然亭去，颦！你当然深切地记得陶然亭的景物——万顷芦田，翠苇已有人高。我们下了车，慢慢踏着湿润的土道走着。从苇隙里已看见白玉石碑矗立，呵！颦！我的灵海颤动了，我想到千里外的你，更想到隔绝人天的涵和辛。我悲郁地长叹，使君素诧异，或者也许有些惘然了。他悄悄对我望着，而且他不让我多在辛的墓旁停留，真催得我紧！我只得跟着他走了；上了一个小土坡，那便是鹦鹉冢，我蹲在地下，细细辨认鹦鹉曲。颦！你总明白北京城我的残痕最多，这陶然亭，更深深地埋葬着不朽的残痕。五六年前的一个秋晨吧；蓼花开得正好，梧桐还不曾结子，可是翠苇比现在还要高，我们在这里履行最凄凉的别宴。自然没有很丰盛的筵席，并且除了我和涵也更没有第三人。我们带来一瓶血色的葡萄酒和一包五香牛肉干，还有几个辛酸的梅子。我们来到鹦鹉冢旁，把东西放下，搬了两块白石，权且坐下。涵将酒瓶打开，我用小玉杯倒了满满的一盏，鹦鹉冢前，虔诚的礼祝后，就把那一盏酒竟洒在鹦鹉冢旁。这也许没有什么意义，但到如今这印象兀自深印心头呢：

我祭奠鹦鹉以后，涵似乎得了一种暗示，他握着我的手说："音！我们的别宴不太凄凉吗？"我自然明白他言外之意，但是我不愿这迷信是有证实的可能，我咽住凄意笑道："我闹着玩呢，你别管那些，咱们喝酒吧。你不是说在你离开之先，要在我面前一醉吗？好，涵！你尽量地喝吧。"他果然拿起杯子，连连喝了几杯。

他的量最浅，不过三四杯的葡萄酒，他已经醉了——两颊红润得如黄昏时的晚霞，他闭眼斜卧在草地上，我坐在他的身旁，把剩下大半瓶的酒，完全喝了；我由不得想到涵明天就要走了，离别是什么滋味？那孤零会如沙漠中的旅人吗？无人对我的悲叹注意，无人为我的不眠嘘唏！我颤抖，我失却一切矜持的力，我悄悄地垂泪，涵睁开眼对我怔视，仿佛要对我剖白什么似的，但他始终未哼出一个字，他用手帕紧紧捂住脸，隐隐透出啜泣之声，这旷野荒郊充满了幽厉之凄音。

鏧！悲剧中的一角之造成，真有些自甘陷溺之愚蠢，但自古到今，有几个能自拔？这就是天地缺陷的唯一原因吧！

我在鹦鹉冢旁眷怀往事，心痕暴裂。鏧！我相信如果你在跟前，我必致放声痛哭，不过除了在你面前，我不愿向人流泪，况且君素又催我走，结果我咽下将要崩泻的泪液。我们绕过了芦堤，沿着土路走到群冢时，细雨又轻轻飘落，我冒雨在晚风中悲嘘。鏧！呵！我实在觉得羡慕你，辛的死，为你遗留下整个的爱，使你常在憧憬的爱园中踯躅。那满地都开着紫罗兰的花，常有爱神出没其中，永远是圣洁的。

我的遭遇，虽有些像你，但是比着你逊多了。我不能将涵的骨殖，葬埋在我所愿他葬埋的地方，他的心也许是我的，但除了这不可捉摸的心以外，一切都受了牵掣。

我不能像你般替他树碑，也不能像你般，将寂寞的心泪，时时浇洒他的墓土。呵！

鏧！我真觉得自己可怜！我每次想痛哭，但是没有地方让我恣意地痛哭。你自然记得，我屡次想伴你到陶然亭去，你总是摇头说："你不用去吧！"鏧！你怜惜我的心，我何尝不知道，因此我除了那一次醉后痛快的哭过，到如今我一直抑积着悲泪，我不敢让我的泪泉溢出。鏧！你想这不太难堪吗？世界上的悲情，孰有过于要哭而不敢哭的呢？你虽是怜惜我，但你也曾想到这怜惜的结果吗？

我也知道，残情是应当将它深深地埋葬，可恨我是过分的懦弱，眉目间虽时时含有英气，可济什么事呢？风吹草动，一点禁不住撩拨呵！

雨丝越来越紧，君素急要回去，我也知道在这里守着也无味；跟着他离开陶然亭。车子走了不远，我又回头前望，只见丛芦翠碧，雨雾幂幂，一切渐渐模糊了。

到家以后，大雨滂沱，君素也不能回去，我们坐在书房里，君素在案上写字，我悄悄坐在沙发上沉思，颦呵！我们相隔千里，我固然不知道你那时在做什么；可是我想你的心魂，日夜萦绕着陶然亭旁的孤墓呢！人间是空虚的，我们这种摆脱不开，聪明人未免要笑我们多余——有时我自己也觉得似乎多余！然而只有颦你能明白：这绵绵不尽的哀愁，在我们有生之日，无论如何，是不能扫尽抛开的呵！

我往往想做英雄——但此念越强，我的哀愁越深。为人类流同情的泪，固然比较一切伟大，不过对于自身的伤痕，不知抚摸悯惜的人，也绝对不是英雄。颦我们将来也许能做英雄，不过除非是由辛和涵使我们在悲愁中扎挣起来，我们绝不会有受过陶炼的热情，在我们深邃的心田中蒸勃呢！

我知道你近来心绪不好，本不应再把这些近乎撩拨的话对你诉说，然而我不说，便如梗在喉，并且我痴心希望，说了后可以减少彼此的深郁的烦纡，所以这一缕愁情，终付征鸿，颦呵！请你恕我吧！

云音七月十五写于灰城。

房　东

当我们坐着山兜,从陡险的山径,来到这比较平坦的路上时,兜夫"哎哟"的舒了一口气,意思是说"这可到了"。我们坐山兜的人呢,也照样地深深地舒了一口气,也是说:"这可到了!"因为长久的颠簸和忧惧,实在觉得力疲神倦呢!这时我们的山兜停在一座山坡上,那里有一所三楼三底的中国化的洋房。若从房子侧面看过去,谁也想不到那是一座洋房,因为它实在只有我们平常比较高大的平房高。

不过正面的楼上,却也有二尺多阔的回廊,使我们住房子的人觉得满意。并且在我们这所房子的对面,是峙立着无数的山峦,当晨曦窥云的时候,我们睡在床上,可以看见万道霞光,从山背后冉冉而升。跟着雾散云开,露出艳丽的阳光。再加着晨气清凉,稍带冷意的微风,吹着我们不曾掠梳的散发,真有些感觉得环境的松软。

虽然比不上列子御风那么飘逸。至于月夜,那就更说不上来的好了。月光本来是淡青色,再映上碧绿的山景,另是一种翠润的色彩,使人目跌神飞。我们为了它们的倩丽往往更深不眠。

这种幽丽的地方,我们城市里熏惯了煤烟气的人住着,真是有些自惭形秽,虽然我们的外面是强似他们乡下人。凡从城里来到这里的人,一个个都仿佛自己很明白什么似的，但是他们乡下人至少要比我们离大自然近得多，他们的心要比我们干净得多。就是我那房东，她的样子虽特别的朴质，然而她都比我们好像知道什么似的人更知道些，也比我们天天讲自然趣味的人，实际上更自然些。

可是她的样子，实在不见得美，她不但有乡下人特别红褐色的皮肤，并且她左边的脖项上长着一个盖碗大的肉瘤。我第一次看见她的时候，对于她那个肉瘤很觉厌恶，然而她那很知足而快乐的老面皮上，却给我很好的印象。倘若她只以右边没长瘤的脖项对着我，那倒是很不讨厌呢！她已经五十八岁了，她的老伴比她小一岁，可是他俩所做的工作，真不像年纪这么大的人。他俩只有一个儿子，倒有三个孙子，一个孙女儿。他们的儿媳妇是个瘦精精的妇人。她那两只脚和腿上的筋肉，一股一股的隆起，又结实又有精神。她一天到晚不在家，早上五点钟就到田地里去做工，到黄昏的时候，她有时肩上挑着几十斤重的柴来家了。那柴上斜挂着一顶草笠，她来到她家的院子里时，把柴担从这一边肩上换到那一边肩上时，必微笑着同我们招呼道："吃晚饭了吗？"当这时候，我必想着这个小妇人真自在，她在田里种着麦子，有时插着白薯秧，轻快的风吹干她劳瘁的汗液，清幽的草香，阵阵袭入她的鼻观，有时可爱的百灵鸟，飞在山岭上的小松柯里唱着极好听的曲子，她心里是怎样的快活！当她向那小鸟儿瞬了一眼，手下的秧子不知不觉已插了很多了。在她们的家里，从不预备什么钟，她们每一个人的手上也永没有戴什么手表，然而她们看见日头正照在头顶上便知道午时到了，除非是阴雨的天气，她们有时见了我们，或者要问一声：师姑，现在十二点了罢！据她们的习惯，对于做工时间的长短也总有个准儿。

住在城市里的人每天都能在五点钟左右起来，恐怕是绝无仅有，然而在这岭里的人，确没有一个人能睡到八点钟起来。说也奇怪，我在城里头住的时候，八点钟起来，那是极普通的事情，而现在住在这里也能够不到六点钟便起来，并且顶喜欢早起。因为朝旭未出将出的天容和阳光未普照的山景，实在别有一种情趣。更奇异的是山间变幻的云雾，有时雾拥云迷，便对面不见人。举目唯见，一片白茫茫，真有人在云深处的意味。然而刹那间风动雾开，青山初隐隐如笼轻绡。有时两峰间忽突起朵云，亭亭如盖，翼蔽天空，阳光黯淡，细雨霏霏，斜风潇潇，一阵阵凉沁骨髓，谁能想到这时是三伏里的天气。我曾记得古人词有"采药名山，读书精舍，此计何时就"？就是我从前一读一怅然，想望而不得的逸兴幽趣，今天居然身受，这是何等的快乐！更有我们可爱的房东，每当夕阳下山后，我们坐在岩上谈说时，她又告诉我们许多有趣的故事，使我们想象到农家的乐趣，实在不下于神仙呢。

女房东的丈夫，是个极勤恳而可爱的人，他也是天天出去做工，然而他可不是去种田，他是替他们村里的人，收拾屋漏。有时没有人来约他去收拾时，他便戴着一顶没有顶的草笠，把他家的老母牛和老公牛，都牵到有水的草地上拴在老松柯上，他坐在草地上含笑看他的小孙子在水涯旁边捉蛤蟆。

不久炊烟从树林里冒出来，西方一片红润，他两个大的孙子从家塾里一跳一踯的回来了。我们那女房东就站在斜坡上叫道："难民仔的公公，回来吃饭。"那老头答应了一声"来了"，于是慢慢从草地上站起来，解下那一对老牛，慢慢踱了回来。那女房东在堂屋中间摆下一张圆桌，一碗热腾腾的老倭瓜，一碗煮糟大头菜，一碟子海蜇，还有一碟咸鱼，有时也有一碗鱼鲞墩肉。这时他的儿媳妇抱着那个七八个月大的小女儿喂着奶，一手抚着她第三个儿子的头。吃罢晚饭他给孩子们洗了脚，于是大家同坐在院子里讲家常，我们从楼上的栏杆望下去，老女房东便笑嘻嘻地说："师姑！晚上如果怕热，就把门开着睡。"我说："那怪怕的，倘若来个贼呢？……这院子又只是一片石头叠就的短墙，又没个门！""呵哟师姑！真真的不碍事，我们这里从来没有过贼，我们往常洗了衣服,晒在院子里,有时被风吹了掉在院子外头,也从没有人给拾走。倒是那两只狗,保不定跑上去。只要把回廊两头的门关上,便都不得了!"我听了那女房东的话,由不得称赞道:"到底是你们村庄里的人朴厚,要是在城里头,这么空落落的院子,谁敢安心睡一夜呢!"那老房东很高兴地道:"我们乡户人家,别的能力没有,只讲究个天良,并且我们一村都是一家人,谁提起谁来都是知道的。要是做了贼,这个地方还住得下去吗?"我不觉叹了一声,只恨我不做乡下人,听了这返朴归真的话,由不得不心凉,不用说市井不曾受教育的人,没有天良;便是在我们的学校里还常常不见了东西呢!怎由得我们天天如履薄冰般的,掬着一把汗,时时竭智虑去对付人,哪复有一毫的人生乐趣?

我们的女房东,天天闭了就和我们说闲话儿,她仿佛很羡慕我们能读书识字的人,她往往称赞我们为聪明的人。她提起她的两个孙子也天天去上学,脸上很有傲然的颜色。其实她未曾明白现在认识字的人,实在不见得比他们庄农人家有出息。

我们的房东,他们身上穿着深蓝老布的衣裳,用着极朴质的家具,吃的是青菜萝卜,白薯搀米的饭,和我们这些穿缎绸,住高楼大厦,吃鱼肉美味的城里人比,自然差得太远了。然而试量量身份看,我们是家之本在身,吃了今日要打算明日的,过了今年要打算明年的,满脸上露着深虑所渍的微微皱痕,不到老已经是发苍苍而颜枯槁了。她们家里有上百亩的田,据说好年成可收七八十石的米,除自己吃外,尚可剩下三四十石,一石值十二三块钱,一年仅粮食就有几百块钱的裕余。

以外还有一块大菜园,里面萝卜白菜,茄子豆角,样样俱全,还有白薯地五六亩,猪牛羊鸡和鸭子,又是一样不缺。并且那一所房除了自己住,夏天租给来这里避暑的人,也可租上一百余元,老母鸡一天一个蛋,老母牛一天四五瓶牛奶,倒是纯粹的奶子汁,一点不搀水的。

我们天天向他买一瓶要一角二分大洋,他们吃用全都是自己家里的出产品,每年只有进款加进款,却不曾消耗一文半个,他们舒舒齐齐地做着工,过着无忧无虑的日,他们可说是"外干中强",我们却是"外强中干"。

只要学校里两月不发薪水,简直就要上当铺,外面再掩饰得好些,也遮不着隐忧重重呢!

我们的老房东真是一个福气人,她快六十岁的人了,却像四十几岁的人。天色朦胧,她便起来,做饭给一家的人吃。吃完早饭儿子到村集里去做买卖,媳妇和丈夫,也都各自去做工,她于是把她那最小的孙女用极阔的带把她驮在背上,先打发她两个大孙子去上学,回来收拾院子,喂母猪,她一天到晚忙着,可也一天到晚地微笑着。逢着她第三个孙子和她撒娇时,她便把地里掘出来的白薯,递一片给他,那孩子笑嘻嘻地蹲在捣衣石上吃着。她闲时,便把背上的孙女儿放下来,抱着坐在院子里,抚弄着玩。

有一天夜里月色布满了整个的山,青葱的树和山,更衬上这淡淡银光,使我恍疑置身碧玉世界,我们的房东约我们到房后的山坡上去玩,她告诉我们从那里可以看见福州。我们越过了许多壁立的巉岩,忽见一片细草平铺的草地,有两所很精雅的洋房,悄悄地站在那里。一带的松树被风吹得松涛澎湃,东望星火点点,水光泻玉,那便是福州了。那福州的城子,非常狭小,民屋垒集,烟迷雾漫,与我们所处的海中的山巅,真有些炎凉异趣。我们看了一会福州,又从这垒岩向北沿山径而前,见远远月光之下竖立着一座高塔,我们的房东指着对我们说:"师姑!你们看见这里一座塔吗?提到这个塔,有一个很有趣的故事,我们这里相传已久了。"

"人们都说那塔的底下是一座洞,这洞叫做小姐洞,在那里面住着一个神道,是十七八岁长得极标致的小姐,往往出来看山,遇见青年的公子哥儿，从那洞口走过时，那小姐便把他们的魂灵捉去，于是这个青年便如痴如醉地病倒，吓得人们都不敢再从那地方来。——有一次我们这村子，有一家的哥儿只有十九岁，这一天收租回来，从那洞口走过，只觉得心里一打寒战，回到家里便昏昏沉沉睡了，并且嘴里还在说：'小姐把他请到卧房坐着，那卧房收拾得像天宫似的。小姐长得极好，他永不要回来。后来又说某家老二老三等都在那里做工。'他们家里一听这话，知道他是招了邪，因找了一位道士来家作法。第一次来了十几个和尚道士，都不曾把那哥儿的魂灵招回来；第二次又来了二十几个道士和尚，全都拿着枪向洞里放，那小姐才把哥儿的魂灵放回来！自从这故事传开来以后，什么人都不再从小姐洞经过，可是前两年来了两个外国人，把小姐洞旁的地买下来，造了一所又高又大的洋房，说也奇怪，从此再不听小姐洞有什么影响，可是中国的神道，也怕外国鬼子——现在那地方很热闹了，再没有什么可怕！"

我们的房东讲完这一件故事，不知想起什么，因问我道："那些信教的人，不信有鬼神……师姑！你们读书的人自然知道有没有鬼神了。"

这可问着我了，我沉吟半晌答道："也许是有，可是我可没看见过，不过我总相信在我们现实世界以外，总另有一个世界，那世界你们说他是鬼神的世界也可以，而我们却认那世界为精神的世界……"

"哦！倒是你们读书的人明白！……可是什么叫做精神的世界呵！是不是和鬼神一样？"

我被那老头儿这么一问，不觉嗤地笑了，笑我自己有点糊涂，把这么抽象的名词和他们天真的农人说。现在我可怎样回答呢，想来想去，要免解释的麻烦，因嗫嚅着道："正是也和鬼神差不多！"

好了！我不愿更谈这玄之又玄的问题，不但我不愿给他勉强的解释，其实我自己也不大明白，我因指着他那大孙子道："孩子倒好福相，他几岁了？"我们的房东，听我问她的孩子，十分高兴地答道："他今年九岁了，已定下亲事，他的老婆今年十岁了。"后又指着她第二个孙子道："他今年六岁也定下亲，他的老婆也比他大一岁，今年七岁……我们家里的风水，都是女人比丈夫大一岁，我比他公公大一岁，她娘比他爹大一岁……我们乡下娶媳妇，多半都比儿子要大许多，因为大些会做事，我们家嫌大太多不大好，只大着一岁，要算很特别的了。"

"吓！阿姆你好福气，孙子媳妇都定下了，足见得家里有，要不然怎么做得起。"

我们中的老林很羡慕似的，对我们的房东说。我觉得有些好奇，因对那两个小孩子望着，只见他们一双圆而黑的眼珠对他们的祖母望着……我不免想这么两个无知无识的孩子，倒都有了老婆，这真是有点不可思议的事实。自然，在我们受过洗礼的脑筋里，不免为那两对未来的夫妇担忧，不知他们到底能否共同生活，将来有没有不幸的命运临到他和她，可是我们的那老房东确觉得十分的爽意，仿佛又替下辈的人做成了一件功绩。

一群小鸡忽然啾啾地嘈了起来。那老房东说："又是田鼠作怪！"因忙忙地赶去看。我们怔怔坐了些时就也回来了。走到院子里，正遇见那房东迎了出来，指着那山缝的流水道："师姑！你看这水映着月光多么有趣……你们如果能等过了中秋节下去，看我们山上过节，那才真有趣，家家都放花，满天光彩，站在这高坡上一看真要比城里的中秋节还要有趣。"我听了这话，忽然想到我来到这地方，不知不觉已经二十天了，再有三十天，我就得离开这个富于自然——山高气清的所在，又要到那充满尘气的福州城市去，不用说街道是只容得一轮汽车走过的那样狭，屋子是一堵连一堵排比着，天空且好比一块四方的豆腐般呆板而沉闷，至于那些人呢，更是俗垢遍身不敢逼视。

日子飞快地悄悄地跑了，眼看着就要离开这地方了。那一天早起，老房东用大碗满满盛了一碗糟菜，送到我的房间，笑容可掬地说："师姑！你也尝尝我们乡下的东西，这是我自己亲手做的，这几天才全晒干了，师姑你带到城里去管比市上卖的味道要好，随便炒吃墩肉吃，都极下饭的。"我接着说道："怎好生受，又让你花钱。"那老房东忙笑道："师姑！真不要这么说，我们乡下人有的是这种菜根子，哪像你们城市的人样样都须花钱去买呢！"我不觉叹道："这正是你们乡下人叫人羡慕而又佩服的地方，你们明明满地的粮食，满院的鸡鸭和满圈子的牛羊猪，是要什么有什么，可是你们样子可都诚诚朴朴的，并没有一些自傲的神气，和奢侈的受用……这怎不叫人佩服！再说你们一年到头，各人做各人爱做的事，舒舒齐齐地过着日了，地方的风景又好，空气又清，为什么人不羡慕？！……"

　　那老房东听了这话，一手摸着那项上的血瘤，一面点头笑道："可是的呢！我们在乡下宽敞清静惯了倒不觉得什么……去年福州来了一班耍马戏的，我儿子叫我去见识见识，我一清早起带着我大孙子下了岭，八点钟就到福州，我儿子说离马戏开演的时间还早咧，我们就先到城里各大街去逛，那人真多，房子也密密层层，弄得我手忙脚乱，实觉不如我们岭里的地方走着舒心……师姑！你就多住些日子下去吧！……"

　　我笑道："我自然是愿意多住几天，只是我们学校快开学了，我为了职务的关系，不能不早下去……这个就是城市里的人大不如你们乡下人自在呵！"

　　我们的房东听了这话，只点了一点头道："那么师姑明年放暑假早些来，再住在我们这里，大家混得怪熟的，热辣辣地说走，真有点怪舍不得的呢！"

　　可是过了两天，我依然只得热辣辣地走了，不过一个诚恳而温颜的老女房东的印象却深刻在我的心幕上——虽是她长着一个特别的血瘤，使人更不容易忘怀。然而她的家庭,和她的小鸡和才生下来的小猪儿……种种都充满了活泼泼的生机使我不能忘怀——只要我独坐默想时,我就要为我可爱而可羡的房东祝福!并希望我明年暑假还能和她见面!

秋风秋雨愁煞人

凌峰独乘着一叶小舟，在霞光璀璨的清晨里——淡雾仿若轻烟，笼住湖水与岗峦，氤氲的岫云，懒散地布在山谷里。远处翠翠隐隐，紫雾漫漫，这时意兴十分潇洒。舟子摇着双桨，低唱小调。这船已荡向芦苇丛旁。凌峰站在船头，举目四望，一片红蓼，几丛碧苇，眼底收尽秋色。她吩咐舟子将船拢了岸。踏着细草，悄悄前进走过一箭多路。忽听长空雁唳，仰头一看，霞光无彩，雾氛匿迹，云高气爽，北雁南飞，正是"一年容易又秋风"，她怔怔倚着孤梧悲叹。

许多游山的人，在对面高峰上唱着陇头水曲，音调悲凉。她黯然危立，忽见树林里有一座孤坟，在孤坟的四围，满是霜后的枫叶，鲜红比血，照眼生辉。树梢头哀蝉穷嘶，似诉将要僵伏的悲愁，促织儿在草底若歌若泣，她在这冷峭的秋色秋声中，忽想起五年前曾在此地低吟"秋风秋雨愁煞人"！

她不由自主地向那孤坟走去，只见坟旁竖着残碑断碣，青苔斑斓，字迹模糊，从地上捡了一块瓦片，将青苔刮尽才露出几个字是"女烈士秋瑾之墓"。

"哦！女英雄。"她轻轻低呼着！已觉心潮激涌，这黄土坑中，深埋着虽是已腐化的枯骨,但是十几年前却是一个美妙的女英雄。那夜微冷的西风,吹拂着庭前松柯,发出凄厉的涛歌,沙沙的秋雨,滴在梧桐叶上。她正坐在窗下,凄影独吊,忽见门帘一动,进来一个英风满面的女子,神色露着张惶,急将桌上洋灯吹灭低声道:"凌妹真险,请你领我从你家后花园门出去,迟了他们必追踪前来。"凌峰莫名其妙地张慌着!她们冒雨走过花园的石子路,向北转,已看见竹篱外的后门了。

凌峰开了后门,把她送出去,连忙关上跑到屋里,还不曾坐稳,已听见前面门口有人打门!她勉强镇定了,看看房里母亲,已经睡了,父亲还没有回来,壁上的时计正指在十点。看门的老王进来说:外面有两个侦探要见老爷,我回他老爷没在家,他说刚才仿佛看见一个女人进了咱们的家门,那是一个革命党,如果在这里,须立刻把她交出来,不然咱们都得受连累。凌峰道:"你告诉他并没有人进来,也许他看错了,不信请他进来搜好了……"

母亲已在梦中惊醒,因问道:"什么事?"老王把前头的话照样的回了母亲,仿佛已经料到是什么事了,因推枕起来道:"快到隔壁叫李家少爷来……半夜三更倘或闹出事来还了得。"老王忙忙把李家少爷请来,母亲托他和那两个侦探交涉……这可怕的搅骚才幸免了。

凌峰背着人悄悄将适才的事告诉了母亲,母亲不禁叹道:"你姑爹姑妈死得早,可怜剩下她一个孤女……又是生来气性高傲,喜打抱不平,现在竟做了革命党,哎!若果有什么意外发生怎么办,说着不禁垂下泪来……十二点多钟凌峰的父亲回来了,听知这消息也是一夜担心,昨夜风雨中不知她躲在什么地方去?……惊惧的云幔一直遮蔽着凌峰的一家。"

过了几天忽从邮局送来一封信正是秋瑾的笔迹。凌峰的父亲忙忙展读道:

舅父母大人尊前：

　　前夜自府上逃出，正风雨交作，泥泞道上，仓遑奔驰，满拟即乘晚车北去引避，不料官网密密，卒陷其中，甫到车站，已遭逮捕，虽未经宣布罪状，而前途凶多吉少，则可预臆也。但甥自幼孤露，命运厄蹇，又际国家多事，满目疮痍，危神州之陆沉，何惜性命！以身许国甥志早决矣。虽刀踞斧钺之加，不变斯衷，念皇皇华胄，又摧残于腥膻之满人手中，谁能不冲发裂眦，以求涤雪光复耶？甥不揣愚鄙，窃慕良玉木兰之高行，妄思有以报国，乃不幸而终罹法网，此亦命也。但望革命克成，虽死犹生，又复何憾？唯夙蒙舅父母爱怜，时予训迪，得有今日，罔极深恩，未报万一，一旦溘逝，未免遗恨耳！别矣！别矣！临楮凄惶，不知所云。肃叩福安！

　　　　　　　　　　　　　　　甥女秋瑾再拜自

　　从这消息传来以后，母亲整整哭了一夜，第二天父亲到处去托人求情，但朝廷这时最忌党人，虽是女流也不轻赦，等到七天以后，就要绑到法场行刑。父亲不敢把这惊人的信息告诉母亲，只说已托人求情，或者有救，母亲每日在佛堂念佛，求菩萨慈悲，保佑这可怜的甥女。

　　这几天秋雨连绵，秋风瑟瑟，秋瑾被关在重牢里，手脚都上着镣铐，日夜受尽荼毒，十分苦楚，脸上早已惨白，没有颜色。她坐在墙犄角里，对着那铁窗的风雨，怔怔注视，后来她黯然吟道："秋风秋雨愁煞人！"她念完这诗句之后，她紧紧闭上眼睛，有时想到死的可怕，但是她最终傲然地笑了。如果因为她的牺牲，能助革命成功，这死是重于泰山，还有比这个更好的死法吗？她想到这里，不但不怕死，且盼死期的来临，鲜红的心血，仿佛是菩萨瓶中的甘露，她能救一切的生灵，僵卧断头台旁的死尸，是使人长久纪念的，伟大而隽永……行刑的头一天，她的舅父托了许多人情，要会她一面，但只能在铁栏的空隙处，看一看，并且时间不得过五分钟。秋瑾这时脸色已变得青黄，两只眼球突出，十分惨厉可怕，她舅父从铁栏里伸进手来，握住她那铁镣鎯铛的手，禁不住流下泪来。

秋瑾怔怔凝注他的脸，眼睛里的血，一行行流在两颊上，她惨笑，她摇头！她凄厉地说："舅舅保重！"她的心已碎了，她晕然地倒在地下，她舅父在外面顿足痛哭，而五分钟的时间，已经到了，狱吏将他带出去。

到了第二天十点钟的时候，道路上人忙马乱，卫队一行行过去，荷枪实弹的兵士，也是一队队地过去，一个个威风凛凛，杀气蒸腾，杀一个人，究竟怎么一种滋味？呵！这只有上帝知道。

几辆囚车，载着许多青年英豪志士，向刑场去。最后一辆车上，便是那女英雄秋瑾。凌峰远远地望见，不禁心如刀割呜咽地哭了。街上看热闹的人，对于这些为国死难的志士，有的莫名其妙地说："这些都是革命党？"有的仿佛很懂得这事情的意味的，只摇着头，微微叹道："可怜！"最后的囚车的女英雄出现了，更使街上的人惊异，"女人也做革命党，这真是破天荒的新闻！"

这些英雄，一刹那间都横卧在刑人场上，他们的魂魄，都离了这尘浊的世界了。

秋瑾的尸骸，由她舅父装殓后，便停在普救寺里。

过了不久，革命已告成功，各省都悬上白布旗帜，那腥膻的满洲人，都从贵族的花园里，四散逃亡，皇帝也退了位，这些死难的志士，都得扬眉吐气，各处人士都来公祭黄花岗七十二烈士。秋瑾尤是其中一个努力的志士，因公议把她葬在西湖，使美妙的湖山，更增一段英姿。

凌峰想到这里，再看看眼底的景物，但见荒草离离，白杨萧萧，举首天涯，兵烽连年，国是日非，这深埋的英魂，又将何处寄栖！哪里是

109

理想的共和国家,她由不得悲绪潮涌,叩着那残碑断碣,慨然高吟道:

"枫林古道,荒烟蔓草,何处赋招魂!

更兼这——秋风秋雨愁煞人!

……"

她正心魂凄迷的时候,舟子已来催上道,凌峰懒懒出了枫林,走到湖边,再回头一望,红蓼鲜枫,都仿若英雄的热血,她不禁凄然长叹。上了小船,舟子洒然鼓桨前进,不问人是何心情,他依然唱着小调,只有湖上的斜风细雨,助她叹息呢!

飘泊的女儿

　　震动全上海市的炮声，在天色黎明的时候又从新开始了。一种恐怖和不知所措的情绪，正通过每一个人的心，尤其是那一双抛家失业飘泊在上海的女儿，她们简直连一分钟都不能勉强镇静了。她们睁开惺忪的而带惶惑的眼睛，向她们所借住的朋友的客堂间，默察了以后，那个身材瘦弱名叫畏如的转过面孔长叹了一声，两颗亮晶晶的眼泪滴在枕上了。她的同伴星若是一个肌肉丰润的女郎，这正是两个相反的人型而她们发生了爱情，已经共同生活了五六年。

　　这时星若温柔的抚弄着畏如垂在枕下的丝发故意的欢笑道："你这个傻瓜，又在发什么神经病！"

　　畏如哽咽着道："不是哟！哦，我那里发什么神经病，我真的是感着痛心！"

　　"有什么可痛心的，日本人的大炮使你痛心吗？那也不只你一个人呵！"

　　"你不要故意的气我了，听我告诉你，世界上的人都坏透了，尤其是那些男人，从前那样热烈的追逐着，恳求着，而到现在紧急的时候便想求他们帮帮忙就没有一个人肯理睬了，你想怎么不叫人伤心！"

"从前是从前，现在是现在。"星若说。

"这是什么意思！"畏如有些气愤的反问着。

"唉，我说你是傻瓜，究竟还是个傻瓜，从前你年轻，他们想占有你，而被你拒绝了，现在你的青春已经消逝，他们不想占有你而你想他们帮你的忙，自然你要被他们拒绝了。"

"星呵，"畏如将头俯在星若的胸前低声说，"你的话真对，我这一生只要有你爱我，什么男人我都不要了。"

"好吧！我永远的爱你了，快些起来，我们还要出去找点工作，或当救护队去，或者到前线去，无论怎样，老住在人家总不是办法。"

"对，我就起来，星呵，你可不许变了心，你那天要爱了什么男人——除非我也有了，不然你不能抛下我去睡在别人的怀里。"畏如搂住星若的腰喃喃的说。

"当然，我们要嫁一同嫁，最好连结婚的日期地点，都要一样。"星如含笑说。

"那我就放心了，星呵，我听你话，起来了。"畏如一面说一面掀开棉被起来了。

她们一同到洗脸房里收拾妥帖了，便双双的到外面去找工作。

黄昏的时候她们露着疲倦的样子回来了。畏如连大衣都不顾得脱，颓然倒在沙发上，闭着眼睛喃喃的说道："是呵！什么都失败了，就连作看护妇都挤不进去，上海没有我们的立足地，还是回到我的家乡去罢！假使我能活动到一个女子中学的校长，那我应该就在那里住上两三年，等上海局面变动了我们再来找机会！"

"不过我离家已经四五年了，我也想回去看看我的老母亲！我们还是分途进行吧！"

"星，不要这样固执，你先同我到我家里住些时候，等我把事情进行得略有头绪，我再同你到你家乡去，这样我们可以不寂寞了。"

"也好，那么我们就决定走，明天去买船票，明晚就可以离开上海了。"

一星期后她们所乘的船，正傍着汉口的岸边，畏如决意去访一个朋友，同时还想在这里看看机会，所以她们等第二趟船再走。

当晚她们找到一家旅馆住下，畏如独自去看朋友，当她将要出门时，星若叫住说。

"畏如！你不要忘记你自己的约言！"

"当然，你放心吧！无论什么事，我不得你的同意绝不单独行动，星，乖乖的先睡呀！"

"是啦！快去快回！"

畏如匆匆的去了，星若独自回到房里，电灯雪亮的照着，这使她有些烦躁，她喊茶房把屋外的电门关了，让窗隙间的上弦月的清光，射在帐子上，拖过一只绵软的枕头睡下，陡然那个向她求爱的中年男人，肥硕的身影，涌上她的心幕——这是有些甜美又有些刺心的回忆，他为她受尽求爱者所能容忍的磨折，在平日的世故上，他是一个深心的有计较的辣手段的男人，而在她面前却是一只小羊一个温柔热烈的男人，真的他曾为她流过最不容易流的眼泪，只为了她拒绝他的爱。

星若这一些的回忆使她徒然增加了女儿身份的尊严，他是一个什么人，也值得我把处女的纯爱贡献给他，这是星如最后的结论。现在她倒是心平气和的恬然睡去。

不久星若从梦中醒来，看见床旁坐着一个掩泪呜咽的畏如，她连忙翻坐起来。

"喂，什么事？"

畏如哭得更厉害了，星若莫明其妙的望着她，过了许久，畏如才止哭叹息道：

"我现在才了解什么叫作恋爱，女人到底还是一件玩物！"

"你忽然间怎么又发起牢骚来，你见到你的朋友没有？"

"怎么没见到，不是为了他那短命鬼，我还不至于这样伤心呢！"

"他对你说些什么呀！"

"他吗？他见了我，先将我上下看了又看然后冷然的笑道：'小姐！老了！我们不见已经五年，日子真是快！你想我特地去看他，而所得到的竟是这样的一声叹息，我怎么不恼，当时我全身都在抖颤，我便一声不响的跑出来了。唉，星呵！要不是还有你在，我早就跳进那滚滚的江心里去。""那你也太想不开！"

"不是我想不开，你是知道我的，我平生只想作一个奇女子，我不愿意将将就就嫁个男人，当然我有些幻想，我要玩弄所有的男子，如他们玩弄所有的女人一样。可恨天生成的不平等，社会上一切的法律一切的舆论都只是方便男人的，男人可以用金钱势力买女子的青春，而女子呢，除了不长久的青春外便一无所有——到底女子还只是一个玩物而已。"

"畏如你太兴奋了，这些东西看透就是了，何必生气！睡吧，男人再可恶，这一辈子不嫁男人也就完了！而且你还有我爱你。"

"星，多谢你！此后我生是为你死也为你吧！"

畏如说着眼圈又有些发红了。星若也有些默然，这一双飘泊的女儿，无言的在深夜中互听心弦的低诉。

两天后西行的航船经过汉口时，她们俩就乘了这船回家乡去。

畏如约着星若到家里去住——这是一个清淡的家庭，当星若见到畏如年迈的父母时，她也不禁陪着畏如滴下泪来，她们坐在一间陈设简陋的客堂间里，听着门外风撼衰林的凄响，她们的心头充满了冷寂茫漠的情绪。虽然慈和的父母，正举着龙钟的步履，为他们远地归来的女儿忙着。而她们呢，除了觉得对不住父母外她们更热切着要改变这冷落的环境，她们需要一个温暖的家庭。

她们在家里住过两个星期，星若便决定回家去。

星若到家后见了许多的亲友，她们大家的意思都劝她及时结婚，因为星若已经廿五岁了，青春已经剩了残尾。而星若更为看了畏如的榜样所以她不像从前那样固执，不过鄙塞的家乡，究竟没有相当的人物，于是仍决定到上海来，当她到上海以后曾接到畏如一封信说道：

"星，回家来所谋划的一切，都成了画饼，而堂上两老，又都是风前残烛，势不能谋生活，而我是长女，家里的担子当然是要我来负担，可是当此生活难的时代，男子失业的在在皆是，如我更不见得能争得过男人，因此我现在甘心作社会的俘虏，恋爱这种隽永美妙的字眼在我已成过去，从今以后我再不想恋爱了，找个有钱的，不管老头也好，商人也好，嫁个男人告个归宿，同时也可养我堂上两老。唉，星，你还年轻，当然你还可以利用你的青春找一个好男人嫁了吧，奇女子只是社会上的怪物，作不到，梦想到底无聊。我们太柔弱，没有铁肩膀，最后我们只有作俘虏，我一时不想到上海来，下半年不知又将飘泊何地。第一件事眼前的经济问题不能不解决，你好自保重吧。星若！"

星若回到上海，依然找不到相当的出路，住在一间亭子间里，冷冷落落真不知怎样安排身心。每逢黄昏时一个寂寞的人影，凄凄凉凉徘徊在静安寺的坟场左右，并见她时时举目遥望天末。唉，她正怀念着那天涯同命的飘泊女儿呢。

寄燕北故人

亲爱的朋友们：

在你们闪烁的灵光里，大约还有些我的影子吧！但我们不见已经四年了，以我的测度你们一定不同从前了——至少梅姊给我的印影——夕阳下一个倚新坟而凝泪的梅姊，比起那衰草寒烟的梅窟，吃鸡蛋煎菊花的豪情逸兴要两样了。至于轩姊呢，听说愁病交缠，近来更是人比黄花瘦。那么中央公园里，慢步低吟的幽趣，怕又被病魔销尽了！……呵！现在想到隽妹，更使我心惊！我记得我离开燕京的时候，她还睡在医院里，后来虽常常由信里知道她的病终久痊愈了，并且她又生了两个小孩子，但是她活泼的精神和天真的情态，不曾因为病后改变了吗？哎！不过四年短促的岁月中，便有这许多变迁了，谁还敢打开既往的生活史看，更谁敢向那未来的生活上推想！

我自从去年自己害了一场大病，接着又遭人生的大不幸，终日只是被暗愁锁着。无论怎样的环境，都是我滋感之菌——清风明月，苦雨寒窗，我都曾对之泣泪泛滥，去年我不是告诉你们：我伴送涵的灵柩回乡吗？那时我满想将我的未来命运，整个的埋没于闭塞的故乡，权当归真的墟墓吧！但是当我所乘的轮船才到故乡的海岸时，已经给我一个可怕的暗示——一片寒光，深笼碧水。四顾不禁毛发为之悚栗，满不是我意想中足以和暖我战惧灵魂的故乡；及至上了岸，就见家人，约了许多道士，在一张四方木桌上，满插着招魂幡旗，迎冷风而飘扬。只见涵的衰年老父，揾泪长号，和那招魂的磬钹繁响争澈。唉！马江水碧，鼓岭云高，渺渺幽冥，究竟何处招魂！徒使劫余的我肝肠俱断。到家门时，更是凄冷鬼境，非复人间。唉！那高举的丧幡，沉沉的白幔，正同五年前我奔母亲丧时的一样刺心伤神。——不过几年之间，我却两度受造物者的宰割。哎！雨打风摧，更经得几番磨折！——再加着故乡中的俚俗困人，我究竟不过住了半年，又离开故乡了——正是谁念客身轻似叶，千里飘零！

去年承你们的盛情约我北去，更续旧游，只恨我胆怯，始终不敢应诺。按说北京是我第二故乡，我七八岁的时候，就和它相亲相近，直到我离开它，其间差不多十八九年，它使我发生对它的好感，实远胜我发源地的故乡。我到北京去，自然是很妥当而适意的了；不过你们应当知道，我为什么不敢去？东交民巷的皎月馨风，万牲园的幽廊斜晖，中央公园的薄霜淡雾，都深深地镂刻着我和涵的往事前尘！我又怎么敢去？怎么忍去！朋友们！你们千里外的故人，原是不中用的呢！不过也不必因此失望，因为近来我似乎又找到新生路了。只要我的灵魂出了牢狱，我便可和你们相见了！

我这一次重到上海，得到一个出我意料外的寂静的环境，读书作稿，都用不着等待更深夜静。确是蓼荻绕宅，梧桐当户，荒坟蔓草，白杨晚鸦，而它们萧然地长叹，或冷漠，都给我以莫大的安慰，并且启示我，为俗虑所掩遮的灵光——虽只是很淡薄的灵光，然而我已经似有所悟了。

我所住的房子，正对着一片旷野，窗前高列着几棵大树，枝叶繁茂，宿鸟成阵，时时鼓舌如簧，娇啭不绝。我课余无事，每每开窗静听，在它们的快乐声中，常常告诉我，它们是自由的……有时竟觉得，它们在嘲笑我太不自由了，因为我灵魂永远不曾解放过，我不能离开现实而体察神的隐秘，无论做什么事情，都只能宛转因人，这不是太怯弱了吗？

有一天我正向窗外凝视，忽然看见几个小孩子，满脸都是污泥，衣服也和他们的脸一样的肮脏，在我们房子左右满了落叶枯枝的草地上，撷拾那落叶枯枝。这时我由不得心里一惊——天寒岁暮了，这些孩子，捡这枯枝，想来是，燃了取暖的。昨天听说这左右发见不少小贼，于是我告诉门房的人，把那些孩子赶了出去，并且还交代小工，将那破损的竹篱笆修修好，不要让闲杂人进来……这自然是我的责任，但是我可对不起那几个圣洁的小灵魂了。我简直是蔑视他们，贼自然是可怕的罪恶，然而我没有用的人，只知道关紧门，不许他们进来，这只图自己的安适，再不为那些不幸的人着想，这是多么卑鄙的灵魂！除自私之外没有更大的东西了！朋友们：在这灵光一瞥中，我发见了人类的丑恶，所以现在除了不幸的人外，我没有朋友。有许多人，对着某一个不幸的人，虽有时也说可怜，然而只是上下唇及舌头筋肉间的活动，和音带的震响罢了——真是十三分的漠然，或者可以说，其间含着幸灾乐祸的恶意呢？总之一个从来不懂悲哀和痛苦真义的人，要叫他能了解悲哀和痛苦的神秘，未免太不容易！所以朋友们！你们要好好记住，如果你们是有痛苦悲哀的时候，与其对那些不能了解的人诉说，希冀他们予以同情的共鸣，那只是你们的幻想，决不会成事实的。不如闭紧你们的口，眼泪向肚里流要好得多呢。

悲哀才是一种美妙的快感，因为悲哀的纤维，是特别的精细，它无论是触于怎样温柔的玫瑰花朵上，也能明切的感觉到，比起那近于欲的快乐的享受，真是要耐人寻味多了。并且只有悲哀，能与超乎一切的神灵接近。当你用怜悯而伤感的泪眼，去认识神灵的所在，比较你用浮夸的享乐的欲眼时，要高明得多。悲哀诚然是伟大的！

朋友们！你们读我的信到这个地方，总要放下来揣想一下吧！甚或要问这倒是怎么一回事？——想来这个不幸的人，必要被暗愁搅乱了神经，不然为何如此尊崇悲哀和不幸者呢？……要不然这个不幸的人，一定改了前此旷达的心胸，自囿于凄栗之中……呵！朋友们：如果你们如是的怀疑，我可以诚诚实实地告诉你们，这揣想完全错了。我现在的态度，固然是比较从前严肃，然而我却好久不掉眼泪了。看见人家伤心，我仿佛是得到一句隽永的名句，有意义的，耐人寻味的名句。我得到这名句，一面是刻骨子的欣赏，一面又从其中得到慰安。这真是一种灵的认识，从悲哀的历程中，所发见的宝藏。

我前此常常觉得人生，过于单调：青春时互相的爱恋者，一天天平凡的度过去，究竟什么是生命的意义！——有什么无上的价值，完全不明了。现在我仿佛得到神明的诏示，真了解悲哀才有与神接近的机会，才能以鲜红的热血为不幸者牺牲。朋友们！我相信你们中一定有能了解我这话的人，至少梅姊可以和我表同情，是不是？

我自从沦入失望和深愁浸渍的漩涡中，一直总是颓废不振。我常常自危，幸而近来灵光普照，差不多已由颓废的漩涡中扎挣起来了。只要我一旦对于我的灵魂，更能比较地解放，更认识得清楚些，那么那个人的小得失，必不至使我惊心动魄了。

梅姊的近状如何？我记得上半年来信，神气十分萎靡。固然我也知道梅姊的遭遇多苦。但是，我希望梅姊把自己的价值看重些，把自己的责任看大些，像我们这种个人的失意，应该把它稍为靠后些。因为这悲哀造成的世界，本以悲哀为原则，不过有的是可医治的悲哀，有的是不可医治的悲哀。我们的悲哀，是不可医治的根本的烦冤，除非毁灭，是不能使我们与悲哀相脱离。我们只有推广这悲哀的意味，与一切不幸者同运命，我们的悲哀岂不更觉有意义些吗？呵！亲爱的朋友！为了怜悯一个贫病的小孩子而流泪，要比因自己的不幸而流泪，要有意味得多呢！

神实在是不可思议的，所以能够使世界瑰琦灿烂，不可逼视，在这里我要告诉你一件很有趣味的事实。前天下午，我去看星姊，那时美丽的太阳，正射着玫瑰色的玻璃窗上，天边浮动着变幻的浅蓝的飞云。我走到星姊的房间的时候，正静悄悄不听一点声息。后来我开门进去，只见星姊正在摇篮旁用手极轻微地摇着睡在里面的小孩子。我一看，突然感觉到母亲伟大而高远的爱的神光，从星姊的两眸子中流射出来。那真是一朵不可思议的灿烂之花！呵隽妹！我现在能想象你，那温慈的爱欢，正注射着你那可爱的娇儿呢！这真是人间最大慰安地，无论是怎么痛苦或疲乏的人，只要被母亲的春晖拂照便立刻有了生气。世界上还有比母亲的爱更伟大么？这正是能牺牲自己而爱，爱她们的孩子，并且又是无所为而爱的呵！母亲的爱是怎样的神圣，也正和为不幸而悲哀同样有意味呢？

现在天气冷了，秋风秋雨一阵紧一阵，燕北彤云，雪意必浓，四境的冷涩，不知又使多少贫苦人惊心骇魄。但愿梅姊用悲哀的更大同情，为他们洗涤创污，隽妹以母亲伟大的温情，为他们的孤零嘘拂。

如果是无甚阻碍，明年暑假，我们定可图一晤。敬祝亲爱的朋友为使灵魂的超越而努力呵！

你们海角的故人书于凄风冷雨之下。

东京小品

1. 咖啡店

　　橙黄色的火云包笼着繁闹的东京市，烈炎飞腾似的太阳，从早晨到黄昏，一直光顾着我住的住房；而我的脆弱的神经，仿佛是林丛里的飞萤，喜欢忧郁的青葱，怕那太厉害的太阳，只要太阳来统领了世界，我就变成了冬令的蛰虫，了无生气。这时只有烦躁疲弱无聊占据了我的全意识界，永不见如春波般的灵感荡漾，呵！压迫下的呻吟，不时打破木然的沉闷。有时勉强振作，拿一本小说在地席上睡下，打算潜心读两行，但是看不到几句，上下眼皮便不由自主的合拢了。这样昏昏沉沉挨到黄昏，太阳似乎已经使尽了威风，渐渐的偃旗息鼓回去，海风也凑趣般吹了来，我的麻木的灵魂，陡然惊觉了，"呵！好一个苦闷的时间，好象换过了一个世纪！"在自叹自伤的声音里，我从地席上爬了起来，走到楼下自来水管前，把头脸用冷水冲洗以后，一层遮住心灵的云翳遂向苍茫的暮色飞去，眼前现出鲜明的天地河山，久已凝闭的云海也慢慢掀起波浪，于是过去的印象，和未来的幻影，便一种种的在心幕上开映起来。

忽然一阵非常刺耳的东洋音乐不住的送来耳边，使听神经起了一阵痉挛。唉！这是多么奇异的音调，不像幽谷里多灵韵的风声，不像丛林里清脆婉转的鸣鸟之声，也不像碧海青崖旁的激越澎湃之声，而只是为衣食而奋斗的劳苦挣扎之声。虽然有时声带颤动得非常婉妙，使街上的行人不知不觉停止了脚步，但这只是好奇，也许还含着些不自然的压迫，发出无告的呻吟，使那些久受生之困厄的人们同样的叹息。

这奇异的声音正是从我隔壁的咖啡店里一个粉面朱唇的女郎樱嘴里发出来的。——那所咖啡店是一座狭小的日本式楼房改造成的，在三四天以前，我就看见一张红纸的广告贴在墙上，上面写着本咖啡店择日开张。从那天起，有时看见泥水匠人来洗刷门面，几个年青精壮的男人布置壁饰和桌椅，一直忙到今天早晨，果然开张了。当我才起来，推开玻璃窗向下看的时候，就见这所咖啡店的门口，两旁放着两张红白夹色纸糊的三角架子，上面各支着一个满缀纸花的华丽的花圈，在门楣上斜插着一支姿势活泼鲜红色的枫树，墙根列着几种松柏和桂花的盆栽，右边临街的窗子垂着淡红色的窗帘，衬着那深咖啡色的墙，真有一种说不出的鲜明艳丽。

在那两个花圈的下端，各缀着一张彩色的广告纸，上面除写着本店即日开张，欢迎主顾以外，还有一条写着"本店用女招待"字样——我看到这里，不禁回想到西长安街一带的饭馆门口那些红绿纸写的雇用女招待的广告了。呵！原来东方的女儿都有招徕主顾的神通！

我正出神的想着，忽听见叮叮当当的响声，不免循声看去，只见街心有两个年青的日本男人，身上披着红红绿绿仿佛袈裟式的半臂，头上顶着象是凉伞似的一个圆东西，手里拿着铙钹，像戏台上的小丑一般，在街心连敲带唱，扭扭捏捏，怪样难描，原来这就是活动的广告。

他们虽然这样辛苦经营，然而从清晨到中午还不见一个顾客光临，门前除却他们自己作出热闹外，其余依然是冷清清的。黄昏到了，美丽的阳光斜映在咖啡店的墙上,淡红色的窗帘被晚凉的海风吹得飘了起来,隐约可见房里有三个年青的女人盘膝跪在地席上,对着一面大菱花镜,细细的擦脸,涂粉,画眉,点胭脂,然后袒开前胸,又厚厚的涂了一层白粉,远远看过去真是"肤如凝脂,领如蝤蛴",然而近看时就不免有石灰墙和泥塑美人之感了。其中有一个是梳着辫子的,比较最年轻也最漂亮,在打扮头脸之后,换了一身藕荷色的衣服,腰里拴一条橙黄色白花的腰带,背上驼着一个包袱似的东西,然后款摆着柳条似的腰肢,慢慢下楼来,站在咖啡店的门口,向着来往的行人"巧笑倩兮,美目盼兮",大施其外交手段。果然没有经过多久,就进去两个穿和服木屐的男人。从此冷清清的咖啡店里骤然笙箫并奏,笑语杂作起来。有时那个穿藕荷色衣服的雏儿唱着时髦的爱情曲儿,灯红酒绿,直闹到深夜兀自不散。而我呢,一双眼的上眼皮和下眼皮简直分不开来,也顾不得看个水落石出。总而言之,想钱的钱到手,赏心的开了心,圆满因果,如是而已,及应合十念一声"善哉"好了,何必神经过敏,发些牢骚,自讨苦趣呢!

2. 庙会

　　正是秋雨之后,天空的雨点虽然停了,而阴云兀自密布太虚。夜晚时的西方的天,被东京市内的万家灯火照得起了一尺乌灰的绛红色。晚饭后,我们照例要到左近的森林中去散步。这时地上的雨水还不曾干,我们各人都换上破旧的皮鞋,拿着雨伞,踏着泥滑的石子路走去。不久就到了那高矗入云的松林里。林木中间有一座土地庙,平常时都是很清静的闭着山门,今夜却见庙门大开,门口挂着两盏大纸灯笼。上面写着几个蓝色的字——天主社——庙里面灯火照耀如同白昼,正殿上搭起一个简单的戏台,有几个戴着假面具的穿着彩衣的男人——那面具有的象龟精鳖怪，有的像判官小鬼。大约有四五个人，忽坐忽立，指手画脚的在那里扮演，可惜我们语言不通，始终不明白他们演的是什么戏文。看来看去，总感不到什么趣味，于是又到别处去随喜。在一间日本式的房子前，围着高才及肩的矮矮的木栅栏，里面设着个神龛，供奉的大约就是土地爷了。可是我找了许久，也没找见土地爷的法身，只有二个圆形铜制的牌子悬在中间，那上面似乎还刻着几个字，离得远，我也认不出是否写着本土地神位，——反正是一位神明的象征罢了。

在那佛龛前面正中的地方悬着一个幡旌似的东西，飘带低低下垂。我们正在仔细揣摩赏鉴的时候，只见一个年纪五十上下的老者走到神龛面前，将那幡旌似的飘带用力扯动，使那上面的铜铃发出零丁之声，然后从钱袋里掏出一个铜钱——不知是十钱的还是五钱的，只见他便向佛龛内一甩，顿时发出铿锵的声响，他合掌向神前三击之后，闭眼凝神，躬身膜拜，约过一分钟，又合掌连击三声，这才慢步离开神龛，心安意得的走去了。

自从这位老者走后，接二连三来了许多人，男的女的，老的少的——还有尚在娘怀抱里的婴孩也跟着母亲向神前祈祷求福，凡来顶礼的人都向佛龛中舍钱布施。还有一个年纪二十多岁的女人，身上穿着白色的围裙，手中捧着一个木质的饭屉，满满装着白米，向神座前贡献。礼毕，那位道袍秃顶的执事僧将饭屉接过去，那位善心的女施主便满面欣慰的退出。我们看了这些善男信女礼佛的神气，不由得也满心紧张起来，似乎冥冥之中真有若干神明，他们的权威足以支配昏昧的人群，所以在人生的道途上，只要能逢山开路，见庙烧香，便无可获福无穷了。不然，自己劳苦得来的银钱柴米，怎么便肯轻轻易易双手奉给僧道享受呢？神秘的宇宙！不可解释的人心！我正在发呆思量的时候，不提防同来的建扯了我的衣襟一下，我不禁"呀"了一声，出窍的魂灵这才复了原位。我便问道："怎么？"建含笑道："你在想什么？好象进了梦境，莫非神经病发作了吗？"我被他说得也好笑起来，便一同离开神龛到后面去观光。吓！那地方更是非常热闹，有许多倩装艳服，然而脚着木屐的日本女人，在那里购买零食的也有，吃冰激凌的也有。其中还有几个西装的少女，脚上穿着长统丝袜和皮鞋——据说这是日本的新女性，也在人丛里挤来挤去，说不定是来参礼的，还是也和我们一样来看热闹的。

总之，这个小小的土地庙里，在这个时候是包罗万象的。不过倘使佛有眼睛，瞧见我满脸狐疑，定要瞪我几眼吧。迷信——具有伟大的威权，尤其是当一个人在倒霉不得意的时候，或者在心灵失却依据徘徊歧路的时候，神明便成为人心的主宰了。我有时也曾经历过这种无归宿而想象归宿的滋味，然而这在我只像电光一瞥，不能坚持久远的。说到这里，使我想起童年的时候——我在北平一个教会学校读书。那一个秋天，正遇着耶稣教徒的复兴会，——期间是一来复，在这一来复中，每三次大祈祷，将平日所作亏心欺人的罪恶向耶稣基督忏悔，如是，以前的一切罪恶便从此洗涤尽净——哪怕你是个杀人放火的强盗，只要能悔罪便可得救，虽然是苦了倒霉钉在十字架的耶稣，然而那是上帝的旨意，叫他来舍身救世的，这是耶稣的光荣，人们的福音。——这种无私的教理，当时很能打动我弱小的心弦，我觉得耶稣太伟大了，而且法力无边，凡是人类的困苦艰难，只要求他，便一切都好了。所以当我被他们强迫的跪在礼拜堂里向上帝祈祷时——我是无情无绪的正要到梦乡去逛逛，恰巧我们的校长朱老太太颤颤巍巍走到我面前也一同跪下，并且抚着我的肩说："呵！可怜的小羊，上帝正是我们的牧羊人，你快些到他们面前去罢，他是仁爱的伟大的呵！"我听了她那热烈诚挚的声音，竟莫明其妙的怕起来了，好像受了催眠术，觉得真有这么一个上帝，在睁着眼看我呢，于是我就在那些因忏悔而痛哭的人们的哭声中流下泪来了。

朱老太太更紧紧的把我搂在怀里说道："不要伤心，上帝是爱你的。只要你虔心的相信他，他无时无刻不在你的左右。"最后她又问我："你信上帝吗？好像相信我口袋中有一块手巾吗？"我简直不懂这话的意思，不过这时我的心有些空虚，想到母亲因为我太顽皮送我到这个学校来寄宿，自然她是不喜欢我的，倘使有个上帝爱我也不错，于是就回答道："朱校长，我愿意相信上帝在我旁边。"她听了我肯皈依上帝，简直喜欢得跳了起来，一面笑着一面擦着眼泪，从此我便成了耶稣教徒了。不过那年以后，我便离开那个学校，起初还是满心不忘上帝，又过了几年，我脑中上帝的印象便和童年的天真一同失去了。最后我成了个无神论者了。

但是在今晚这样热闹的庙会中，虔信诚心的善男信女使我不知不觉生出无限的感慨，同时又勾起既往迷信上帝的一段事实，觉得大千世界的无量众生，都只是些怯弱可怜的不能自造命运的生物罢了。

在我们回来时，路上依然不少往庙会里去的人，不知不觉又联想到故国的土地庙了，唉！

3. 邻居

别了，繁华的闹市！当我们离开我们从前的住室门口的时候，恰恰是早晨七点钟。那耀眼的朝阳正照在电车线上，发出灿烂的金光，使人想象到不可忍受的闷热。而我们是搭上市外的电车，驰向那屋舍渐稀的郊野去；渐渐看见陂陀起伏的山上，林木葱茏，绿影婆娑，丛竹上满缀着清晨的露珠，兀自向人闪动。一阵阵的野花香飘到脸上来，使人心神爽快。经过三十分钟，便到我们的目的地。

在许多整饬的矮墙里，几株娇艳的玫瑰迎风袅娜，经过这一带碧绿的矮墙南折，便看见那一座郁郁葱葱的松柏林，穿过树林，就是那些小巧精洁的日本式的房屋掩映于万绿丛中。微风吹拂，树影摩荡，明窗净几间，帘幔低垂，一种幽深静默的趣味，顿使人忘记这正是炎威犹存的残夏呢。

我沿着鹅卵石垒成的马路前进，走约百余步，便见斜刺里有一条窄窄的草径，两旁长满了红蓼白荻和狗尾草，草叶上朝露未干，沾衣皆湿。草底鸣虫唧唧，清脆可听。草径尽头一带竹篱，上面攀缘着牵牛鸢萝，繁花如锦，清香醉人。就在竹篱内，有一所小小精舍，便是我们的新家了。淡黄色木质的墙壁、门窗和米黄色的地席，都是纤尘不染。我们将很简单的家具稍稍布置以后，便很安然的坐下谈天。似乎一个月以来奔波匆忙的心身，此刻才算是安定了。

但我们是怎么的没有受过操持家务的训练呵！虽是一个很简单的厨房，而在我这一切生疏的人看来，真够严重了。怎样煮饭——一碗米应放多少水，煮肉应当放些什么浇料呵！一切都不懂，只好凭想象力一件件的去尝试。这其中最大的难题是到后院井边去提水，老大的铅桶，满满一桶水真够累人的。我正在提着那亮晶晶发光的水桶不知所措的时候，忽见邻院门走来一个身躯胖大、满面和气的日本女人——那正是我们头一次拜访的邻居胖太太——我们不知道她姓什么，可是我们赠送她这个绰号，总是很适合吧！

她走到我们面前，向我们咕里咕噜说了几句日本话，我们是又聋又哑的外国人，简直一句也不懂，只有瞪着眼向她呆笑。后来她接过我手里的水桶，到井边满满的汲了一桶水，放在我们的新厨房里。她看见我们新买来的锅呀、碗呀，上面都微微沾了一点灰尘，她便自动的替我们一件一件洗干净了，又一件件安置得妥妥帖帖，然后她鞠着躬说声サヨナラ（再见）走了。

据说这位和气的邻居，对中国人特别有感情，她曾经帮中国人作过六七年的事，并且，她曾嫁过一个中国男人，不过人们谈到她的历史的时候，都带着一种猜度的神气，自然这似乎是一个比较神秘的人儿呢，但无论如何，她是我们的好邻居呵！

她自从认识我们以后，没事便时常过来串门。她来的时候，多半是先到厨房，遇见一堆用过的锅碗放在地板上，或水桶里的水用完了，她就不用吩咐的替我们洗碗打水。有时她还拿着些泡菜、辣椒粉之类零星物件送给我们。这种出乎我们意外的热诚，不禁使我有些赧然。

当我没有到日本以前，在天津大阪公司买船票时，为了一张八扣的优待券——那是由北平本公使馆发出来的——同那个留着小胡子的卖票员捣了许久的麻烦。最后还是拿到天津日本领事馆的公函，他们这才照办了。而买票找钱的时候，只不过一角钱，那位含着狡狯面像的卖票员竟让我们等了半点多钟。当时我曾赌气牺牲这一角钱，头也不回的离开那里。他们这才似乎有些过不去，连忙喊住我们，从桌子的抽屉里拿出一角钱给我们。这样尖酸刻薄的行为，无处不表现岛里细民的小气。真给我一个永世不会忘记的坏印象。

及至我上了长城丸（日本船名）时，那两个日本茶房也似乎带着些欺侮人的神气。比如开饭的时候，他们总先给日本人开，然后才轮到中国人。至于那些同渡的日本人，有几个男人嘴脸之间时时表现着夜郎自大的气概——自然也由于我国人太不争气的缘故。——那些日本女人呢，个个对于男人低首下心，柔顺如一只小羊。这虽然惹不起我们对她们的愤慨，却使我们有些伤心，"世界上最没有个性的女性呵，你们为什么情愿作男子的奴隶和傀儡呢！"我不禁大声的喊着，可惜她们不懂我的话，大约以为我是个疯子吧。

总之我对于日本人从来没有好感，豺狼虎豹怎样凶狠恶毒，你们是想象得出来的，而我也同样的想象那些日本人呢。但是不久我便到了东京，并且在东京住了两个礼拜了。我就觉得我太没出息——心眼儿太窄狭，日本人——在我们中国横行的日本人，当然有些可恨，然而在东京我曾遇见过极和蔼忠诚的日本人，他们对我们客气，有礼貌，而且极热心的帮忙，的确的，他们对待一个异国人，实在比我们更有理智更富于同情些。至于作生意的人，无论大小买卖，都是言不二价，童叟无欺——现在又遇到我们的邻居胖太太，那种慈和忠实的行为，更使我惭愧我的小心眼了。

我们的可爱的邻居，每天当我们煮饭的时候，她就出现在我们的厨房门口。

"奥廿（太太）要水吗？"柔和而熟习的声音每次都激动我对她的感愧。她是怎样无私的人儿呢！有一天晚上，我从街上回来，穿着一件淡青色的绸衫，因为时间已晏，忙着煮饭，也顾不得换衣服，同时又怕弄脏了绸衫，我就找了一块白包袱权作围裙，胡乱的扎在身上，当然这是有些不舒服的。正在这时候，我们的邻居来了。她见了我这种怪样，连忙跑到她自己房里，拿出一件她穿着过于窄小的白围裙送给我，她说："我现在胖了，不能穿这围裙，送给你很好。"她说时，就亲自替我穿上，前后端详了一阵，含笑学着中国话道："很好！好！"

她胖大的身影，穿过遮住前面房屋的树丛，渐渐的看不见了。而我手里拿着炒菜的勺子，竟怔怔的如同失了魂。唉！我接受了她的礼物，竟忘记向她道谢，只因我接受了她的比衣服更可宝贵的仁爱，将我惊吓住了；我深自忏悔，我知道世界上的人类除了一部分为利欲所沉溺的以外，都有着丰富的同情和纯洁的友谊，人类的大部分毕竟是可爱的呵！

我们的邻居，她再也想不到她在一些琐碎的小事中给了我偌大的启示吧。愿以我的至诚向她祝福！

4. 沐浴

说到人，有时真是个怪神秘的动物，总喜欢遮遮掩掩，不大愿意露真相；尤其是女人，无时无刻不戴假面具，不管老少肥瘠，脸上需要脂粉的涂抹，身上需要衣服的装扮，所以要想赏鉴人体美，是很不容易的。

有些艺术团体，因为画图需要模特，不但要花钱，而且还找不到好的——多半是些贫穷的妇女，看白花花的洋钱面上，才不惜向人间现示色相，而她们那种不自然的姿势和被物质所压迫的苦相，常常给看的人一种恶感，什么人体美，简直是怪肉麻的丑像。

至于那些上流社会的小姐太太，若是要想从她们里面发见人体美，只有从细纱软绸中隐约的曲线里去想象了。在西洋有时还可以看见半裸体的舞女，然而那个也还有些人工的装点，说不上赤裸裸的。至于我们礼教森严的中国，那就更不用提了。明明是曲线丰富的女人身体，而束腰扎胸，把个人弄得成了泥塑木雕的偶像了。所以我从来也不曾梦想赏鉴各式各样的人体美。

但是，当我来到东京的第二天，那时正是炎热的盛夏，全身被汗水沸湿，加之在船上闷上好几天，这时要是不洗澡，简直不能忍受下去。然而说到洗澡，不由得我蹙起双眉，为难起来。

洗澡，本是平常已极的事情，何至于如此严重？然而日本人的习惯有些别致。男人女人对于身体的秘密性简直没有。在大街上，可以看见穿着极薄极短的衫裤的男人和赤足的女人，有时从玻璃窗内可以看见赤身露体的女人，若无其事似的，向街上过路的人们注视。

他们的洗澡堂，男女都在一处，虽然当中有一堵板壁隔断了，然而许多女人脱得赤条条的在一个汤池里沐浴，这在我却真是有生以来破题儿第一遭的经验。这不能算不是一个大难关吧。

"去洗澡吧，天气真热！"我首先焦急着这么提议。好吧，拿了澡布，大家预备走的时候，我不由得又踌躇起来。

"呵，陈先生，难道日本就没有单间的洗澡房吗？"我向领导我们的陈先生问了。

"有，可是必须到大旅馆去开个房间，那里有西式盆汤，不过每次总要三四元呢。"

"三四元！"我惊奇的喊着，"这除非是资本家，我们那里洗得起。算了，还是去洗公共盆汤吧。"

陈先生在我决定去向以后，便用安慰似的口吻问我道："不要紧的，我们初来时也觉着不惯，现在也好了。而且非常便宜，每人只用五分钟。"

我们一路谈着，没有多远就到了。他们进了左边门的男汤池去。我呢，也只得推开女汤池这边的门，呵，真是奇观，十几个女人，都是一丝不挂的在屋里。我一面脱鞋，一面踌躇，但是既到了这里，又不能作唐明皇光着眼看杨太真沐浴，只得勉强脱了上身的衣服，然后慢慢的脱衬裙袜子，先后总费了五分钟，这才都脱完了。急忙拿着一块大的洗澡毛巾，连遮带掩的跳进温热的汤池里，深深的沉在里面，只露出一个头来。差不多泡了一刻钟，这才出来，找定了一个角落，用肥皂乱擦了一遍，又跳到池子里洗了洗，就算万事大吉。等到把衣服穿起时，我不禁嘘了一口气，严紧的心脉才渐渐的舒畅了。于是悠然自得的慢慢穿袜子。同时抬眼看着那些浴罢微带娇慵的女人，她们是多么自然的，对着亮晶晶的壁镜理发擦脸，抹粉涂脂，这时候她们依然是一丝不挂，并且她们忽而起立，忽而坐下，忽而一条腿竖起来半跪着，各式各样的姿势，无不运用自如。我在旁边竟得饱览无余。这时我觉得人体美有时候真值得歌颂——那细腻的皮肤，丰美的曲线，圆润的足趾，无处不表现着天然的艺术。不过有几个鸡皮鹤发的老太婆，满身都是瘪皱的，那还是披上一件衣服遮丑些。

我一面赏鉴，一面已将袜子穿好，总不好意思再坐着呆看。只得拿了毛巾和换下来的衣服，离开这现示女人色相的地方了。

在回家的路上，我的神经似乎有些兴奋，我想到人间种种的束缚，种种的虚伪，据说这些是历来的圣人给我们的礼赐——尤其严重的是男女之大防，然而日本人似乎是个例外。究竟谁是更幸福些呢？

5. 樱花树头

春天到了，人人都兴高采烈盼望看樱花，尤其是一个初到日本留学的青年，他们更是渴慕着名闻世界的蓬莱樱花，那红艳如天际的火云，灿烂如黄昏晚霞的色泽真足使人迷恋呢。在一个黄昏里，那位丰姿翩翩的青年，抱着书包，懒洋洋的走回寓所。正在门口脱鞋的时候，只见那位房东西川老太婆接了出来，行了一叩首的敬礼后便说道："陈檬（日本对人之尊称）回来了，楼上有位客人在等候你呢！"那位青年陈檬应了一声，便匆匆跑上楼去，果见有一人坐在矮几旁翻《东方杂志》呢，听见陈檬的脚步声，便回过头叫道：

"老陈！今天回来得怎么这样晚呢？"

"老张，你几时来的？我今天因为和一个朋友打了两盘球，所以回来迟些。有什么事？我们有好久不见了。"

那位老张是个矮胖子，说话有点土腔，他用劲的说道："没什么大事，只是现在天气很——好！樱花有的都开了，昨天有一个日本朋友——提起来，你大概也认得——就是长泽郎，他家里有两棵大樱花开得很好，他请我们明天一早到他家里去看花，你去不？"

"哦，这么一回事呀！那当然奉陪。"

老张跟着又嘻嘻笑道："他家还有很好看的漂亮姑娘呢！"

"你这个东西，真太不正经了。"老陈说。

"怎么太不正经呀！"老张满脸正色的说。

"得了！得了！那是人家的女眷，你开什么玩笑，不怕长泽一郎恼你！"老陈又说。

老张露着轻薄的神气笑道：

"日本的女儿，生来就是替男人开心的呀！在他们德川时代，哪一个将军不是把酒与女人看成两件消遣品呢？你不要发痴了，要想替日本女人树贞节坊，那真是太开玩笑了！"老陈一面蹙眉一面摇头道："咳！这是怎么说，老张简直愈变愈下流了，正经的说吧，明天我们怎么样去法？"

老张眯着眼想了想道："明早七点钟我来找你同去好了。""好吧！"老陈道："你今天在这里吃晚饭吧！"

"不！"老张站起来说："我还要去看一个朋友，不打搅你了，明天会吧！"

"明天会！"老陈把老张送到门口回来，吃了晚饭，看了几页书，又写了两封家信就去睡了。

第二天七点钟时，老张果然跑来了。他们穿好衣服便同到长泽一郎家里去，走到门口已看见两棵大樱花树，高出墙头，那上面花蕊异常稠密，现在只开了一小部分，但是已经很动人了。他们敲了两下门，长泽一郎已迎了出来，请他们在一间六铺席的客堂里坐下。不久，有一个十四五岁的女郎托着一个花漆的茶盘，里面放着三盏新茶，中间还有一把细瓷的小巧茶壶放在他们围坐着的那张小矮几上，一面恭恭敬敬的说了一声："诸位请用茶。"那声音娇柔极了，不禁使老陈抬起头来，只见那女孩头上盘着松松的坠马髻，一张长圆形的脸上，安置着一个端正小巧的鼻子，鼻梁两旁一双日本人特有的水秀细长的眼睛，两片花瓣的唇含着驯良的微笑——老陈心里暗暗的想道："这个女孩倒不错"，只因初次见面不好意思有什么表示。

但是老张却张大了眼睛，看着那女孩嘻嘻的笑道："呵！这位贵娘的相貌真漂亮！"

长泽一郎道:"多谢张檬夸奖,这是我的小舍妹,今年才十四岁,年纪还小呢,她还有一个阿姐比她大四岁。"长泽一郎得意扬扬的夸说他的妹子,同时又看了陈檬一眼,向老张笑了笑。老张便挤眉弄眼的暗传消息。

长泽一郎敬过茶后便起来道:"我们可以到外面去看樱花吧!"

他们三个一同到了长泽一郎的小花园里,那是一个颇小而布置得有趣的花园:有玫瑰茶花的小花畦,在花畦旁还有几块假山石。长泽一郎同老张走到假山后面去了,这里只剩下老陈。他站在樱花树下,仰着头向上看时,只听见一阵推开玻璃窗的声音,跟着楼窗旁露出一个十八九岁的少女的艳影。她身上穿着一件淡绿色大花朵的和服,腰间系了一根藕荷色的带子,背上背着一个绣花包袱,那面庞儿和适才看见的那个小女孩有些相象,但是比她更艳丽些。有一枝樱花正伸在玻璃窗旁,那女郎便伸出纤细而白嫩的手摘了一朵半开的樱花,放在鼻边嗅了嗅,同时低头向老陈嫣然一笑。这真使老陈受宠若惊,连忙低下头装作没理会般。但是觉得那一刹那的印象竟一时抹不掉,不由自主的又抬起头来,而那个燃花微笑的女孩似乎害羞了,别转头去吃吃的笑,这些做作更使老陈灵魂儿飞上半天去了。不过老陈是一个很有操守的青年,而且他去年暑假才同他的爱人结婚——这一个诱惑其势来得太凶,使老陈不敢兜揽,赶紧悬崖勒马,离开这小危险的处所,去找老张他们。

走到假山后,正见他们两人坐在一张长凳上,见他来了,长泽一郎连忙站起来让坐,一面含笑说道:"陈檬看过樱花了吗?觉得怎么样?"

老陈应道:"果然很美丽,尤其远看更好,不过没有梅花香味浓厚。"

"是的,樱花的好看只在它那如荼如火的富丽,再过几天我们可以到上野公园去看,那里樱花非常多,要是都开了,倒很有看头呢。"长泽一郎非常热烈的说着。

"那么很好，哪一天先生有工夫，我们再来相约吧。我们打搅了一早晨，现在可要告别了。"

"陈檬事情很忙吧？那么我们再会吧！"

"再会！"老张、老陈说着就离开了长泽一郎家里。在路上的时候，老张嬉皮笑脸的向老陈说道：

"名花美人两争艳，到底是哪一个更动心些呢？"老陈被他这一奚落，不觉红了脸道："你满嘴里胡说些什么？"

"得了！别装腔吧！刚才我们走出门的时候，不看见人家美目流盼的在送你呢！你念过词没有——'若问行人去那边，眉眼盈盈处。真算是为你们写真了。"

老陈急得连颈都红了道："你真是无中生有，越说越离奇，我现在还要到图书馆去，没工夫和你斗口，改日闲了，再同你慢慢的算帐呢！"

"好吧！改天我也正要和你谈谈呢，那么这就分手——好好的当心你的桃花运！"老张狡狯的笑着往另一条路上去了。老陈就到图书馆看了两点多钟的书，在外面吃过午饭后才回寓所。正好他的妻子的信到了。他非常高兴拆开读后，便急急的写回信。写到正中，忽然间停住笔，早晨那一出剧景又浮上在心头，但是最后他只归罪于老张的爱开玩笑，一切都只是偶然的值不得什么。这么一想，他的心才安定下来，把其余的半封信续完，又看了些时候的书，就把这天混过去了。第二天是星期一，老早便起来到学校去，走到半路的时候，他忽然想起他到学校去的那条路要经过长泽一郎的门口的。当他走到长泽一郎家的围墙时，那两棵樱花树在温暖的春风里微微向他点头，似乎在说："早安呵，先生！"这不禁使他站住了。正在这时候，那楼窗又露出一张熟识的女郎笑靥来，那女郎向他微微点着头，同时伸手折了一枝盛开的樱花含笑的扔了下来,正掉在老陈的脚旁,老陈踌躇了一下,便捡了起来说一声"谢谢",又急急的走了。隐隐还听见女郎关玻璃窗的声音。老陈一路走一路捉摸,这果真是偶然吗?但是怎么这样巧,有意吗?太唐突人了。不过老张曾说过日本女人是特别驯良,是特别没有身分的,也许是有意吧?管她呢,有意也罢,无意也罢,纵使"小姑居处本无郎",而"使君自有妇"或者是我神经过敏,那倒冤枉了人家,不过魔由自招,我明天以后换条路走好了。过了三四天,老张又来找他,一进门便嚷道:

"老陈!你真是红鸾星照命呵,恭喜恭喜!"

"喂!老张,你真没来由,我那里有又什么红鸾星照命,你不知道我已经结婚吗?""自然!你结婚的时候还请我喝过喜酒,我无论如何不会把这件事忘了,可是谁叫你长得这么漂亮,人家一定要打你的主意,再三央告我作个媒,你想我受人之托怎好不忠人之事呢?""难道你不会告诉他我已经结过婚了吗?"老陈焦急地说。"唉!我怎么没有说过啊,不过人家说你们中国人有的是三房四妾,结过婚,再结一个又有什么要紧。只要分开两处住,不是也很好的吗?"老张说了这一番话,老陈更有些不耐烦了,便道:"老张,您这个人的思想竟是越来越落伍,这个三妻四妾的风气还应当保持到我们这种时代来吗?难道你还主张不要爱情的婚姻吗?你知道爱情是要有专一的美德的啊!""老陈,你慢慢的,先别急得脸红筋暴,作媒只管作,允不允还在你。其实我早就知道这事一定是碰钉子的,不过我要你相信我一向的话——日本女人是太没个性,没身分的,你总以为我刻薄。就拿你这回事说吧,长泽一郎为什么要请你看樱花,就是想叫你和他的妹妹见面。他很知道青年人是最易动情的,所以他让他妹妹向你卖尽风情,要使这婚事易于成功。""哦!原来如此啊!怪道呢!"

"你现在明白了吧!"老张插言道,"日本人家里只要有女儿,他便逢人就宣传这个女儿怎样漂亮,怎样贤慧,好像买卖人宣传他的货品一样，惟恐销不出去。尤其是他们觉得嫁给中国留学生是一个最好的机会，因为留学生家里多半有钱，而且将来回国后很容易得到相当的地位，并且中国女人也比较自由舒服。有了这些优点，他情愿把女儿给中国人作妾，而不愿为本国人的妻。所以留学生不和日本女人发生关系的可以说是很难得，而他们对于女人的贞操又根本没有这个观念。日本女人的性的解放在世界上可算首屈一指了，并且和她们发生关系之后，只要不生小孩，你便可以一点责任不负的走开，而那个女孩依然可以光明正大的嫁人。其实呢，讲到贞操本应男女两方面共同遵守才公平。如像我们中国人，专责备女人的贞操而男人眠花宿柳养情妇都不足为怪，倘使哪个女孩失去处女的贞洁便终身要为人所轻视，再休想抬头，这种残酷的不平等的习惯当然应当打破。不过像日本女人那样丝毫没有处女神圣的情感和尊严，也是太可怕的。唷！我是来作媒的，谁知道打开话匣子便不知说到哪里去了。怎么样，你是绝对否认的，是不是？""当然否认？那还成问题吗？"

"那么我的喜酒是喝不成了。好吧，让我给他一个回话，免得人家盼望着。"

"对了！你快些去吧！"

老张走后，老陈独自睡在地席上看着玻璃窗上静默的阳光，不禁把这件出乎意料的滑稽剧从头到尾想了一遍，心头不免有些不痛快。女权的学说尽管像海潮般涌了起来，其实只是为人类的历史装着好看的幌子，谁曾受到实惠？——尤其是日本女人，到如今还只幽囚在十八层地狱里呵！难怪社会永远呈露着畸形病态了！

6. 那个怯弱的女人

我们隔壁的那所房子，已经空了六七天了。当我们每天打开窗子晒阳光时，总有意无意地往隔壁看看。有时我们并且讨论到未来的邻居，自然我们希望有中国人来住，似乎可以壮些胆子，同时也热闹些。

在一天的下午，我们正坐在窗前读小说，忽见一个将近二十岁的男子经过我们的窗口，到后边去找那位古铜色面容而身体胖大的女仆说道：

"哦！大婶，那所房子每月要多少房租啊？"

"先生！你说是那临街的第二家吗？每月十六元。"

"是的，十六元，倒不贵，房主人在这里住吗？"

"你看那所有着绿顶白色墙的房子，便是房主人的家；不过他们现在都出去了。让我引你去看看吧！"

那个男人同着女仆看过以后，便回去了。那女仆经过我们的窗口，我不觉好奇地问道：

"方才租房子的那个男人是谁？日本人吗？"

"哦！是中国人，姓柯……他们夫妇两个……"

"他们已决定搬来吗？"

"是的，他们明天下午就搬来了。"

我不禁向建微笑道："是中国人多好呵！真的，从前在国内时，我不觉得中国人可爱，可是到了这里，我真渴望多看见几个中国人！……"

"对了！我也有这个感想；不知怎么的他们那副轻视的狡猾的眼光，使人看了再也不会舒服。"

"但是，建，那个中国人的样子，也不很可爱呢，尤其是他那撅起的一张嘴唇，和两颊上的横肉，使我有点害怕。倘使是那位温和的陈先生搬来住，又是多么好！

建，我真感觉得此地的朋友太少了，是不是？"

"不错！我们这里简直没有什么朋友，不过慢慢的自然就会有的，比如隔壁那家将来一定可以成为我们的朋友！……"

"建，不知他的太太是哪一种人？我希望她和我们谈得来。"

"对了！不知道他的太太又是什么样子？不过明天下午就可以见到了。"

说到这里，建依旧用心看他的小说；我呢，只是望着前面绿森森的丛林，幻想这未来的邻居。但是那些太没有事实的根据了，至终也不曾有一个明了的模型在我脑子里。

第二天的下午，他们果然搬来了，汽车夫扛着沉重的箱笼，喘着放在地席上，发出些许的呼声。此外还有两个男人说话和布置东西的声音。但是还不曾听见有女人的声音，我悄悄从竹篱缝里望过去，只看见那个姓柯的男人，身上穿了一件灰色的绒布衬衫，鼻梁上架了一副罗克式的眼镜，额前的头发蓬蓬的盖到眼皮，他不时用手往上梳掠，那嘴唇依然撅着，两颊上一道道的横肉，依然惹人害怕。

"建，奇怪，怎么他的太太还不来呢？"我转回房里对建这样说。建正在看书，似乎不很注意我的话，只"哦"了声道："还没来吗？"

我见建的神气是不愿意我打搅他，便独自走开了。借口晒太阳，我便坐到窗口，正对着隔壁那面的竹篱笆。我只怔怔地盼望柯太太快来。不久，居然看见门前走进一个二十多岁的少妇：穿着一件紫色底子上面有花条的短旗袍，脚上穿的是一双黑色高跟皮鞋，剪了发，向两边分梳着。身子很矮小，脸子也长得平常，不过比柯先生要算强点。她手里提了一个白花布的包袱，走了进来。她的影子在我眼前撩过去以后，陡然有个很强烈的印象粘在我的脑膜上，一时也抹不掉。——这便是她那双不自然的脚峰，和她那种移动呆板直撅的步法，仿佛是一个装着高脚走路的，木硬无生气。这真够使人不痛快。同时在她那脸上，近俗而简单的表情里，证明她只是一个平凡得可以的女人，很难引起谁对她发生什么好感，我这时真是非常的扫兴！

建，他现在放了书走过来了。他含笑说：

"隐，你在思索什么？……隔壁的那个女人来了吗？"

"来是来了，但是呵……"

"但是怎么样？是不是样子很难惹？还是过分的俗不可耐呢？"

我摇头应道："难惹倒不见得，也许还是一个老好人。然而离我的想象太远了，我相信我永不会喜欢她的。真的！建，你相信吗？我有一种可以自傲的本领，我能在见任何人的第一面时，便已料定那人和我将来的友谊是怎样的。我举不出什么了不起的理由，不过最后事实总可以证明我的直觉是对的。"

建听了我的话，不回答什么，只笑笑，仍回到他自己的屋子里去了。

我的心怏怏的，有一点思乡病。我想只要我能回到那些说得来的朋友面前，便满足了。我不需要更多认识什么新朋友，邻居与我何干？我再也不愿关心这新来的一对，仿佛那房子还是空着呢！

几天平平安安的日子过去了。大家倒能各自满意。忽然有一天，大约是星期一吧，我因为星期日去看朋友，回来很迟；半夜里肚子疼起来，星期一早晨便没有起床。建为了要买些东西，到市内去了。家里只剩我独自一个，静悄悄地正是好睡。

陡然一个大闹声，把我从梦里惊醒，竟自出了一身冷汗。我正在心跳着呢，那闹声又起来了。先是砰磅砰磅地响，仿佛两个东西在扑跌；后来就听见一个人被捶击的声音，同时有女人尖锐的哭喊声：

"哎唷！你打死人了！打死人了！"

呀！这是怎样可怕的一个暴动呢？我的心更跳得急，汗珠儿沿着两颊流下来，全身打颤。我想，"打人……打死人了！"唉！这是多么严重的事情！然而我没有胆量目击这个野蛮的举动。但隔壁女人的哭喊声更加凄厉了。怎么办呢？我听出是那个柯先生在打他矮小的妻子。不问谁是有理，但是女人总打不过男人。我不觉有些愤怒了，大声叫道：

"野蛮的东西！住手！在这里打女人，太不顾国家体面了呀！……"

但是他们的打闹哭喊声竟压过我这微弱的呼喊。我正在想从被里跳起来的时候，建回来了。我便叫道："隔壁在打架，你快去看看吧！"建一面踌躇，一面自言自语道："这算是干什么的呢？"我不理他，又接着催道："你快去呀！你听，那女人又在哭喊打死人了！……"建被我再三催促，只得应道："我到后面找那个女仆一同去吧！我也是奈何不了他们。"

不久就听见那个老女仆的声音道："柯样！这是为什么？不能，不能，你不可以这样打你的太太！"捶击的声音停了，只有那女人呜咽悲凉的高声哭着。后来仿佛听见建在劝解柯先生——叫柯先生到外面散散步去。——他们两人走了。那女人依然不住声地哭。这时那女仆走到我们这边来了，她满面不平地道："柯样不对！……他的太太真可怜！……你们中国也是随便打自己的妻子吗？"

"不！"我含羞地说道，"这不是中国上等人能做出来的行为，他大约是疯子吧！"老女仆叹息着走了。

隔壁的哭声依然继续着，使得我又烦躁又苦闷。掀开棉被，坐起来，披上一件大衣，把头发拢拢，就跑到隔壁去。只见那位柯太太睡在四铺地席的屋里，身上盖着一床红绿道的花棉被，两泪交流的哭着。我坐在她身旁劝道："柯太太，不要伤心了！你们夫妻间什么不了的事呢？"

"哎唷！黄样，你不知道，我真是一个苦命的人呵！我的历史太悲惨了，你们是写小说的人，请你们替我写写。哎！我是被人骗了哟！"

她无头无尾地说了这一套，我简直如堕入五里雾中，只怔怔地望着她，后来我就问她道：

"难道你家里没有人吗？怎么他们不给你做主？"

"唉！黄样，我家里有父亲，母亲，还有哥哥嫂嫂，人是很多的。不过这其中有一个缘故，就是我小的时候我父亲替我定下了亲，那是我

141

们县里一个土财主的独子。他有钱，又是独子，所以他的父母不免太纵容了他，从小就不好生读书，到大了更是吃喝嫖赌不成材料。那时候我正在中学读书，知识一天一天开了。渐渐对于这种婚姻不满意。到我中学毕业的时候，我就打算到外面来升学。同时我非常不满意我的婚姻，要请求取消婚约。而我父亲认为这个婚姻对于我是很幸福的，就极力反对。后来我的两个堂房侄儿，他们都是受过新思潮洗礼的，对于我这种提议倒非常表同情。并且答应帮助我，不久他们到日本来留学，我也就随后来了。那时日本的生活，比现在低得多，所以他们每月帮我三四十块钱，我倒也能安心读书。"

"但是不久我的两个侄儿都不在东京了。一个回国服务，一个到九洲进学校去了。只剩下我一个人在东京。那时我是住在女生寄宿舍里。当我侄儿临走的时候，他便托付了一位同乡照应我，就是柯先生，所以我们便常常见面，并且我有什么疑难事，总是去请教他，请他帮忙。而他也非常殷勤地照顾我。唉！黄样！你想我一个天真烂漫的女孩，哪里有什么经验？哪里猜到人心是那样险诈？……"

"在我们认识了几个月之后，一天，他到寄宿舍来看我，并且约我到井之头公园去玩。我想同个朋友出去逛逛公园，也是很平常的事，没有理由拒绝人家，所以我就和他同去了。我们在井之头公园的森林里的长椅上坐下，那里是非常寂静，没有什么游人来往，而柯先生就在这种时候开始向我表示他对我的爱情。——唉！说的那些肉麻话，到现在想来，真要脸红。但在那个时候，我纯洁的童心里是分别不出什么的，只觉得承他这样的热爱，是应当有所还报的。当他要求和我接吻时，我就对他说：'我一个人跑到日本来读书，现在学业还没有成就，哪能提到婚姻上去？即使要提到这个问题，也还要我慢慢想一想；就是你，也应当仔细思索思索。'他听了这话，就说道：'我们认识已经半年了，我认为对你已十分了解，难道你还不了解我吗？……'那时他仍然要求和我接吻，我说你一定要吻就吻我的手吧，而他还是坚持不肯。唉，你想我一个弱女子，怎么强得过他，最后是被他占了胜利。从此以后，他向我追求得更加厉害。又过了几天，他约我到日光去看瀑布，我就问他：

"'当天可以回来吗？'他说：'可以的。'因此我毫不迟疑的便同他去了。谁知在日光玩到将近黄昏时，他还是不肯回来，看看天都快黑了，他才说：'现在已没有火车了，我们只好在这里过夜吧！'我当时不免埋怨他，但他却做出种种哀求可怜的样子，并且说：'倘使你再拒绝我的爱，我立即跳下瀑布去。'唉！这些恐吓欺骗的话，当时我都认为是爱情的保障，后来我就说：'我就算答应你，也应当经过正当的手续呵！'他于是就发表他对于婚姻制度的意见，极力毁诋婚姻制度的坏习，结局他就提议我们只要两情相爱，随时可以共同生活。我就说：'倘使你将来负了我呢？'他听了这话立即发誓赌咒，并且还要到铁铺里去买两把钢刀，各人拿一把，倘使将来谁背叛了爱情，就用这刀取掉谁的生命。我见这种信誓旦旦的热烈情形，简直不能再有所反对了，我就说：'只要你是真心爱我，那倒用不着耍刀弄枪的，不必买了吧！'他说，'只要你允许了我，我就一切遵命。'"

"这一夜我们就找了一家旅馆住下，在那里我们私自结了婚。我处女的尊严，和未来的光明，就在沉醉的一刹那中失掉了。"

"唉！黄样……"

柯太太述说到这里，又禁不住哭了。她呜咽着说："从那夜以后，我便在泪中过日子了！因为当我同他从日光回来的时候，他仍叫我回女生寄宿舍去，我就反对他说：'那不能够，我们既已结了婚，我就不能再回寄宿舍去过那含愧疚心的生活。'

他听了这话，就变了脸说：'你知道我只是一个学生，虽然每月有七八十元的官费，但我还须供给我兄弟的费用。'在这种情形之下，我不免气愤道：'柯泰南，你是个男子汉，娶了妻子能不负养活的责任

143

吗？当时求婚的时候，你不是说我以后的一切事都由你负责吗？'他被我问得无言可答，便拿起帽子走了，一去三四天不回来，后来由他的朋友出来调停，才约定在他没有毕业的时候，我们的家庭经济由两方彼此分担——在那时节我侄儿还每月寄钱来，所以我也就应允了。在这种条件之下，我们便组织了家庭。唉！这只是变形的人间地狱呵，在我们私自结婚的三个月后，我家里知道这事，就写信给我，叫我和柯泰南非履行结婚的手续不可。同时又寄了一笔款作为结婚时的费用；由我的侄儿亲自来和柯办交涉。柯被迫无法，才勉强行过结婚礼。在这事发生以后，他对我更坏了。先是骂，后来便打起来了。哎！我头一个小孩怎么死的呵？就是因为在我怀孕八个月的时候，他把我打掉了的。现在我又已怀孕两个月了，他又是这样将我毒打。你看我手臂上的伤痕！"

柯太太说到这里，果然将那紫红的手臂伸给我看。我禁不住一阵心酸，也陪她哭起来。而她还在继续地说道："唉！还有多少的苦楚，我实在没心肠细说。你们看了今天的情形，也可以推想到的。总之，柯泰南的心太毒，到现在我才明白了，他并不是真心想同我结婚，只不过拿我耍耍罢了！"

"既是这样，你何以不自己想办法呢？"我这样对她说了。

她哭道："可怜我自己一个钱也没有！"

我就更进一步地对她说道："你是不是真觉得这种生活再不能维持下去？"

她说："你想他这种狠毒，我又怎么能和他相处到老？"

"那么，我可要说一句不客气的话了，"我说，"你既是在国内受过相当的教育，自谋生计当然也不是绝对不可能，你就应当为了你自身的幸福，和中国女权的前途，具绝大的勇气，和这恶魔的环境奋斗，干脆找个出路。"

她似乎被我的话感动了，她说："是的，我也这样想过，我还有一个堂房的姊姊,她在京都,我想明天先到京都去,然后再和柯泰南慢慢地说话!"

我握住她的手道:"对了!你这个办法很好!在现在的时代,一个受教育有自活能力的女人,再去忍受从前那种无可奈何的侮辱,那真太没出息了。我想你也不是没有思想的女人,纵使离婚又有什么关系?倘使你是决定了,有什么用着我帮忙的地方,我当尽力!……"

说到这里,建和柯泰南由外面散步回来了。我不便再说下去,就告辞走了。

这一天下午,我看见柯太太独自出去了,直到深夜才回来。第二天我趁柯泰南不在家时,走过去看她,果然看见地席上摆着捆好的行李和箱笼,我就问道:"你吃了饭吗?"

她说:"吃过了,早晨剩的一碗粥,我随便吃了几口。唉!气得我也不想吃什么!"

我说:"你也用不着自己戕贼身体,好好地实行你的主张便了。你几时走?"

她正伏在桌上写行李上的小牌子,听见我问她,便抬头答道:"我打算明天乘早车走!"

"你有路费吗?"我问她。

"有了,从这里到京都用不了多少钱,我身上还有十来块钱。"

"希望你此后好好努力自己的事业,开辟一个新前途,并希望我们能常通消息。"

我对她说到这里,只见有一个男人来找她——那是柯泰南的朋友,他听见他们夫妻决裂,特来慰问的。我知道再在那里不便,就辞了回来。

第二天我同建去看一个朋友,回来的时候,已经下午七点了。走过隔壁房子的门外,忽听有四五个人在谈话,而那个捆好了行李,决定今早到京都去的柯太太，也还是谈话会中之一员。我不免低声对建说："奇怪，她今天怎么又不走了？"

建说："一定他们又讲和了！"

"我可不能相信有这样的事！并不是两个小孩子吵一顿嘴，隔了会儿又好了！"

我反对建的话。但是建冷笑道："女孩儿有什么胆量？有什么独立性？并且说实在话，男人离婚再结婚还可以找到很好的女子，女人要是离婚再嫁可就难了！"

建的话何尝不是实情，不过当时我总不服气，我说："从前也许是这样，可是现在的时代不是从前的时代呵！纵使一辈子独身，也没有什么关系，总强似受这种的活罪。哼！我不瞒你说，要是我，宁愿给人家去当一个佣人，却不甘心受他的这种凌辱而求得一碗饭吃。"

"你是一个例外，倘使她也像你这么有志气，也不至于被人那样欺负了。"

"得了，不说吧！"我拦住建的话道："我们且去听听他们开的什么谈判。"

似乎是柯先生的声音，说道："要叫我想办法，第一种就是我们干脆离婚。第二种就是她暂时回国去，每月生活费，由我寄日金二十元，直到她分娩两个月以后为止。至于以后的问题，到那时候再从长计议。第三种就是仍旧维持现在的样子，同住下去，不过有一个条件，我的经济状况只是如此，我不能有丰富的供给，因此她不许找我麻烦。这三种办法随她选一种好了。"

但是没有听见柯太太回答什么，都是另外诸个男人的声音，说道："离婚这种办法，我认为你们还不到这地步。照我的意思，还是第二种比较稳当些。因为现在你们的感情虽不好，也许将来会好，所以暂时隔离，未尝没有益处，不知柯太太的意思以为怎样？……"

"你们既然这样说，我就先回国好了。只是盘费至少要一百多块钱才能到家，这要他替我筹出来。"

这是柯太太的声音，我不禁哎了一声。建接着说："是不是女人没有独立性？她现在是让步了，也许将来更让一步，依旧含着苦痛生活下去呢！……"

我也不敢多说什么了，因为我也实在不敢相信柯太太做得出非常的举动来，我只得自己解嘲道："管她三七二十一，真是吹皱一池春水，干卿底事？……我们去睡了吧。"

他们的谈判直到夜深才散。第二天我见着柯太太，我真有些气不过，不免讥讽她道："怎么昨天没有走成呢？柯太太，我还认为你已到了京都呢！"她被我这么一问，不免红着脸说："我已定规月底走！……"

"哦，月底走！对了，一切的事情都是慢慢的预备，是不是？"她真羞得抬不起头来，我心想饶了她吧，这只是一个怯弱的女人罢了。

果然建的话真应验了，已经过了两个多月，她还依然没走。

"唉！这种女性！"我最后发出这样叹息了，建却含着胜利的笑……

7. 柳岛之一瞥

我到东京以后，每天除了上文课以外，其余的时间多半花在漫游上。并不是一定自命作家，到处采风问俗，只是为了满足我的好奇心；同时又因为我最近的三四年里，困守在旧都的灰城中，生活太单调，难得有东来的机会，来了自然要尽量的享受了。

人间有许多秘密的生活，我常抱有采取各种秘密的野心。但据我想象最秘密而且最足以引起我好奇心的，莫对于娼妓的生活。自然这是因为我没有逛妓女的资格，在那些惯于章台走马的王孙公子看来，那又算得什么呢？

在国内时，我就常常梦想：哪一天化装成男子，到妓馆去看看她们轻颦浅笑的态度，和纸迷金醉的生活，也许可以从那里发见些新的人生。不过，我的身材矮小，装男子不够格，又因为中国社会太顽固，不幸被人们发见，不一定疑神疑鬼的加上些什么不堪的推测。我存了这个怀惧，绝对不敢轻试。——在日本的漫游中，我又想起这些有趣的探求来。有一天早晨，正是星期日，补习日文的先生有事不来上课，我同建坐在六铺席的书房间。秋天可爱的太阳，晒在我们微感凉意的身上，我们非常舒适的看着窗外的风景。在这个时候，那位喜欢游逛的陆先生从后面的房子里出来，他两手插在磨光了的斜纹布的裤袋里，拖着木屐，走近我们书房的窗户外，向我们用日语问了早安，并且说道："今天天气太好了，你们又打算到哪里去玩吗？"

"对了，我们很想出去，不过这附近的几处名胜，我们都走遍了，最好再发现些新的；陆檬，请你替我们作向导，好不好？"建回答说。

陆檬"哦"了一声，随即仰起头来，向那经验丰富的脑子里，搜寻所谓好玩的地方。而我忽然心里一动，便提议道："陆檬，你带我们去看看日本娼妓生活吧！"

"好呀！"他说，"不过她们四点钟以后是不作生意的，现在去太早了。"

"那不要紧，我们先到郊外散步，回来吃午饭，等到三点钟再由家里出发，不就正合式了吗？"我说。建听见我这话，他似乎有些诧异，他不说什么，只悄悄的瞟了我一眼。我不禁说道："怎么，建，你觉得我去不好吗？"建还不曾回答，而陆檬先说道："那有什么关系，你们写小说的人，什么地方都应当去看看才好。"建微笑道："我并没有反对什么，她自己神经过敏了！"我们听了这话也只好一笑算了。

午饭后，我换了一件西式的短裙和薄绸的上衣。外面罩上一件西式的夹上衣，我不愿意使她们认出我是中国人。日本近代的新妇女，多半是穿西装的。我这样一打扮，她们绝对看不出我本来的面目。同时，陆檬也穿上他那件蓝底白花点的和服，更可以混充日本人了。据陆檬说日本上等的官妓，多半是在新宿这一带，但她们那里门禁森严，女人不容易进去。不如到柳岛去。那里虽是下等娼妓的聚合所，但要看她们生活的黑暗面，还是那里看得逼真些。我们都同意到柳岛去。我的手表上的短针正指在三点钟的时候，我们就从家里出发，到市外电车站搭车——柳岛离我们的住所很远，我们坐了一段市外电车，到新宿又换了两次的市内电车才到柳岛。那地方似乎是东京最冷落的所在，当电车停在最后一站——柳岛驿——的时候，我们便下了车。当前有一座白石的桥梁，我们经过石桥，沿着荒凉的河边前进，远远看见几根高矗云霄的烟筒，据说那便是纱厂。在河边接连都是些简陋的房屋，多半是工人们的住家。那时候时间还早，工人们都不曾下工。街上冷冷落落的只有几个下女般的妇女，在街市上来往的走着。我虽仔细留心，但也不曾看见过一个与众不同的女人。我们由河岸转弯，来到一条比较热闹的街市，除了几家店铺和水果摊外，我们又看见门额上挂着"待合室"牌子的房屋。那些房屋的门都开着，由外面看进去，都有一面高大的穿衣镜，但是里面静静的不见人影。我不懂什么叫作"待合室"，便去问陆檬。他说，这种"待合室"专为一般嫖客，在外面钓上了妓女之后，便邀着到那里去开房间。我们正在谈论着，忽见对面走来一个姿容妖艳的女人，脸上涂着极厚的白粉，鲜红的嘴唇，细弯的眉梢，头上梳的是蟠龙髻；穿着一件藕荷色绣着凤鸟的和服，前胸袒露着，同头项一样的僵白，真仿佛是大理石雕刻的假人，一些也没有肉色的鲜活。她用手提着衣襟的下幅，姗姗的走来。陆檬忙道："你们看，这便是妓女了。"我便问他怎么看得出来。他说："你们看见她用手提着衣襟吗？她穿的是结婚时的礼服，因为她们天天要和人结婚，所以天天都要穿这种礼服，这就是她们的标志了。"

"这倒新鲜！"我和建不约而同的这样说了。

穿过这条街，便来到那座"龟江神社"的石牌楼前面。陆檬告诉我们这座神社是妓女们烧香的地方，同时也是她们和嫖客勾诱的场合。我们走到里面，果见正当中有一座庙，神龛前还点着红蜡和高香，有几个艳装的女人在那里虔诚顶礼呢。庙的四面布置成一个花园的形式，有紫藤花架，有花池，也有石鼓形的石凳。我们坐在石凳上休息，见来往的行人渐渐多起来，不久工厂放哨了，工人们三五成群从这里走过。太阳也已下了山，天色变成淡灰，我们就到附近中国料理店吃了两碗乔麦面，那时候已经七点半了。陆檬说："正是时候了，我们去看吧。"我不知为什么有些胆怯起来，我说："她们看见了我，不会和我麻烦吗？"陆檬说："不要紧，我们不到里面去，只在门口看看也就够了。"我虽不很满意这种办法，可是我也真没胆子冲进去，只好照陆檬的提议作了。我们绕了好几条街，好容易才找到目的地，一共约有五六条街吧，都是一式的白木日本式的楼房，陆檬和建在前面开路，我像怕猫的老鼠般，悄悄怯怯的跟在他俩的后面。才走进那胡同，就看见许多阶级的男人——有穿洋服的绅士，有穿和服的浪游者；还有穿制服的学生，和穿短衫的小贩。人人脸上流溢着欲望的光炎，含笑的走来走去。我正不明白那些妓女都躲在什么地方，这时我已来到第一家的门口了。那纸隔扇的木门还关着。但再一仔细看，每一个门上都有两块长方形的空隙处，就在那里露出一个白石灰般的脸，和血红的唇的女人的头。谁能知道这时她们眼里射的哪种光？她们门口的电灯特别的阴暗，陡然在那淡弱的光线下，看见了她们故意作出的妖媚和淫荡的表情的脸，禁不住我的寒毛根根竖了起来。我不相信这是所谓人间，我仿佛曾经经历过一个可怕的梦境：我觉得被两个鬼卒牵到地狱里来在一处满是脓血腥臭的院子里，摆列着数株艳丽的名花，这些花的后面，都藏着一个缺鼻烂眼、全身毒疮溃烂的女人。她们流着泪向我望着,似乎要向我诉说什么,我吓得闭了眼不敢抬头。忽然那两个鬼卒,又把我带出这个院子!在我回头看时,那无数株名花不见踪影,只有成群男的女的骷髅,僵立在那里。"呀!"我为惊怕发出惨厉的呼号,建连忙回头问道:"隐,你怎么了?快看,那个男人被她拖进去了。"这时我神志已渐清楚,果然向建手所指的那个门看去,只见一个穿西服的男人,用手摸着那空隙处露出来的脸,便听那女人低声喊道:"请,哥哥,洋哥哥来玩玩吧!"那个男人一笑,木门开了一条缝,一双纤细的女人的手伸了出来,把那个男人拖了进去。于是木门关上,那个空隙处的纸帘也放下来了,里面的电灯也灭了。

我们离开这条胡同,又进了第二条胡同,一片"请呵,哥哥来玩玩"的声音,在空气中震荡。假使我是个男人,也许要觉得这娇媚的呼声里,藏着可以满足我欲望的快乐,因此而魂不守舍的跟着她们这声音进去的吧。但是实际我是个女人,竟使那些娇媚的呼声,变了色彩。我仿佛听见她们在哭诉她们的屈辱和悲惨的命运。自然这不过是我的神经作用。其实呢,她们是在媚笑,是在挑逗,引动男人迷荡的心。最后她们得到所要求的代价了。男人梦初醒的走出那座木门,她们重新在那里招徕第二个主顾。我们已走过五条胡同了。当我们来到第六条胡同的时候,看见第二家门口走出一个穿短衫的小贩。他手里提着一根白木棍,笑眯眯的,似乎还在那里回味什么迷人的经过似的。他走过我们身边时,向我看了一眼,脸上露出惊诧的表情,我连忙低头走开。但是最后我还逃不了挨骂。当我走到一个没人照顾的半老妓女的门口时,她正伸着头在叫:"来呵!可爱的哥哥,让我们快乐快乐吧!"一面她伸出手来要拉陆檬的衣袖。我不禁"呀"了一声——当然我是怕陆檬真被她拖进去,那真太没意思了。可是她被我这一惊叫,也吓了一跳,等到仔细认清我是个女人时,她竟恼羞成怒的骂起来。好在我的日本文不好,也

151

听不清她到底说些什么，我只叫建快走。我逃出了这条胡同，便问陆檬道："她到底说些什么？"陆檬道："她说你是个摩登女人，不守妇女清规，也跑到这个地方来逛，并且说你有胆子进去吗？"这一番话，说来她还是存着忠厚呢！我当然不愿怪她，不过这一来我可不敢再到里边去了。而陆檬和建似乎还想再看看。他们说："没关系，我们既来了，就要看个清楚。"可是我极力反对，他们只好随我回来了。在归途上，我问陆檬对于这一次漫游的感想，他说："当我头一次看到这种生活时，的确心里有些不舒服；不过看过几次之后，也就没有什么了。"建他是初次看，自然没有陆檬那种镇静，不过他也不像我那样神经过敏。我从那里回来以后，差不多一个月里头每一闭眼就看见那些可怕的灰白脸，听见含着罪恶的"哥哥！来玩"的声音。这虽然只是一瞥，但在心幕上已经留下不可磨灭的印象了！

8. 烈士夫人

异国的生涯，使我时时感到陌生和飘泊。自从迁到市外以来，陈檬和我们隔得太远，就连这唯一的朋友也很难有见面的机会。我同建只好终日幽囚在几张席子的日本式的房屋里读书写文章——当然这也是我们的本分生活，一向所企求的，还有什么不满足；不过人总是群居的动物，不能长久过这种单调的生活而不感到不满意。

在一天早饭后，我们正在那临着草原的窗子前站着——这一带的风景本不坏，远远有滴翠的群峰，稍近有万株矗立的松柯，草原上虽仅仅长些蓼荻同野菊，但色彩也极鲜明，不过天天看，也感不到什么趣味。我们正发出无聊的叹息时，忽见从松林后面转出一位中年以上的女人。她穿着黑色白花纹的和服，拖着木屐往我们住所的方向走来，渐渐近了，我们认出正是那位嫁给中国人的柯太太。唉！这真仿佛是那稀有而陡然发现的空谷足音,使我们惊喜了,我同建含笑的向她点头。来到我们屋门口,她脱了木屐上来了,我们请她在矮几旁的垫子上坐下,她温和的说:

"怎么,你们住得惯吗?"

"还算好,只是太寂寞些。"我有些怅然的说。

"真的,"建接着说:"这四周都是日本人,我们和他们言语不通,很难发生什么关系。"

柯太太似乎很了解我们的苦闷,在她沉思以后,便替我们出了以下的一条计策。她说,"我方才想起在这后面西方里住着一位老太婆,她从前曾嫁给一个四川人,她对于中国人非常好,并且她会煮中国菜,也懂得几句中国话。她原是在一个中国人家里帮忙,现在她因身体不好,暂且在这里休息。我可以去找她来,替你们介绍,以后有事情尽可请她帮忙。"

"那真好极了,就是又要麻烦柯太太了!"我说。

"哦,那没有什么,黄檬太客气了。"柯太太一面谦逊着,一面站起来,穿了她的木屐,绕过我们的小院子,往后面那所屋里去。我同建很高兴的把坐垫放好,我又到厨房打开瓦斯管,烧上一壶开水。一切都安排好了,恰好柯太太领着那个老太婆进来——她是一个古铜色面孔而满嘴装着金牙的硕胖的老女人,在那些外表上自然引不起任何人的美感,不过当她慈和同情的眼神射在我们身上时,便不知不觉想同她亲近起来。我们请她坐下,她非常谦恭的伏在席上向我们问候。我们虽不能直接了解她的言辞,但那种态度已够使我们清楚她的和蔼与厚意了。我们请柯太太当翻译,随意的谈着。

在这一次的会见之后,我们的厨房里和院子中便时常看见她那硕大而和蔼的身影。当然,我对于煮饭洗衣服是特别的生手,所以饭锅里发出焦臭的气味,和不曾拧干的衣服,从晒竿上往下流水等一类的事情是

153

常有的。每当这种时候，全亏了那位老太婆来解围。

那一天上午因为忙着读一本新买来的《日语文法》，煮饭的时候完全"心不在焉"，直到焦臭的气味一阵阵冲到鼻管时，我才连忙放下书，然而一锅的白米饭，除了表面还有几颗淡黄色的米粒可以辨认，其余的简直成了焦炭。我正在不知所措的时候，那位老太婆也为着这种浓重的焦臭气味赶了来。她不说什么，立刻先把瓦斯管关闭，然后把饭锅里的饭完全倾在铅筒里，把锅拿到井边刷洗干净，这才重新放上米，小心的烧起来。直到我们开始吃的时候，她才含笑的走了。

我们在异国陌生的环境里，居然遇到这样热肠无私的好人，使我们忘记了国籍，以及一切的不和谐，常想同她亲近。她的住室只和我们隔着一个小院子。当我们来到小院子里汲水时，便能看见她站在后窗前向我们微笑；有时她也来帮我，抬那笨重的铅筒；有时闲了，她便请我们到她房里去坐，于是她从橱里拿出各式各种的糖食来请我们吃，并教我们那些糖食的名辞，我们也教她些中国话。就在这种情形之下，大家渐渐也能各抒所怀了。

有一个星期六的下午，建同我都不到学校去。天气有些暗，阵阵初秋的凉风吹动院子里的小松树，发出竦竦的响声。

我们觉得有些烦闷，但又不想出去，我便提议到附近点心铺里买些食品，请那位老太婆来吃茶，既可解闷，又应酬了她。建也赞成这个提议。

不久我们三个人已团团围坐在地席上的一张小矮几旁，喝着中国的香片茶。谈话的时候，我人便问到她的身世——我们自从和她相识以来，虽然已经一个多月了，而我们还不知道她的姓名，平常只以"弋廿"（伯母之意）相称。当这个问题发出以后，她宁静的心不知不觉受了撩拨，在她充满青春余晖的眸子中宣示了她一向深藏的秘密。

"我姓斋藤，名叫半子，"她这样的告诉我们以后，忽然由地席上

154

站了起来,一面向我们鞠躬道,"请二位稍等一等,我去取些东西给你们看。"她匆匆的去了。建同我都不约而同的感到一种新奇的期待,我们互相沉默的猜想着等候她。约莫过了十分钟她回来了,手里拿着一个淡灰色棉绸的小包,放在我们的小茶几上。于是我们重新围着矮几坐下,她珍重的将那棉绸包袱打开,只见里面有许多张的照片,她先拣了一张四寸半身的照片递给我们看,一面叹息着道:"这是我二十三年前的小照,光阴比流水还快,唉,现在已这般老了。你们看我那时是多么有生机?实在的,我那时有着青春的娇媚——虽然现在是老了!"我听了她的话,心里也不免充满无限的怅惘,默然的看着她青春时的小照。我仿佛看见可怕的流光的锤子,在捣毁一切青春的艺术。现在的她和从前的她简直相差太远了,除了脸的轮廓还依稀保有旧时的样子,其余的一切都已经被流光伤害了。那照片中的她,是一个细弱的身材,明媚的目睛,温柔的表情,的确可以使一般青年沉醉的。我正在呆呆的痴想时,她又另递给我一张两人的合影:除了年青的她以外,身旁还站着一个英姿焕发的中国青年。

"这位是谁?"建很质直的问她。

"哦,那位吗?就是我已死去的丈夫呵!"她答着话时,两颊上露出可怕的惨白色,同时她的眼圈红着。我同建不敢多向她看,连忙想用别的话混过去,但是她握着我的手,悲切的说道:"唉,他是你们贵国一个可钦佩的好青年呵,他抱着绝大的志愿,最后他是作了黄花岗七十二个烈士中的一个——他死的时候仅仅二十四岁呢,也正是我们同居后的第三年。"老太婆说到这些事上,似乎受不住悲伤回忆的压迫。她低下头抚着那些像片,同时又在那些像片堆里找出一张六寸的照像递给我们看道:"你看这个小孩怎样?"我拿过照片一看,只见是个十五六岁的男孩,穿着学生装,含笑的站在那里,一双英敏的眼睛很和那位烈士相像,因此我一点不迟疑的说道:"这就是你们的少爷吗?"

她点头微笑道:"是的,他很有他父亲的气概咧。"

"他现在多大了,在什么地方住,怎么我们不曾见过呢?""唉!"她叹了一口气道:"他今天二十一岁了,已经进了大学,但是,"说到这里,她的眼皮垂下来了,鼻端不住的掀动,似乎正在那里咽她的辛酸泪液。这使我觉得窘迫了,连忙装着拿开水兑茶,走出去了!建也明白我的用意,站起来到外面屋子里去拿点心。过了些时,我们才重新坐下,请她喝茶,吃糖果,她向我们叹口气道:"我相信你们是很同情我的,所以我情愿将我的历史告诉你们:

"我家里的环境,一向都不很宽裕,所以在我十八岁的时候,我便到东京来找点职业作。后来遇到一个朋友,他介绍我在一个中国人的家里当使女,每月有十五块钱的工资,同时吃饭住房子都不成问题。这是对于我很合宜的,所以就答应下来。及至到了那里,才知道那是两个中国学生合租的贷家,他们没有家眷,每天到大学里去听讲,下午才回来。事情很简单,这更使我觉得满意,于是就这样答应下来。我从此每天为他们收拾房间,煮饭洗衣服,此外有的是空闲的时间,我便自己把从前在高等学校所读过的书温习温习,有时也看些杂志,遇到不明白的地方,常去请求那两位中国学生替我解释。他们对于我的勤勉,似乎都很为感动,在星期日没有什么事情的时候,便和我谈论日本的妇女问题,等等。这两个青年中有一个姓余的,他是四川人,对我更觉亲切。渐渐的我们两人中间就发生了恋爱,不久便在东京私自结了婚。我们自从结婚后,的确过着很甜蜜的生活。所使我们觉得美中不足的,就是我的家庭不承认这个婚姻,因此我们只能过着秘密的结婚生活。两年后我便怀了孕,而余君便在那一年的暑假回国。回国以后,正碰到中国革命党预备起事的时期,他为了爱祖国,不顾一切的加入工作,所以暑假后他就不曾回日本来。过了半年多,便接到黄花岗七十二烈士遭难的消息,而他的噩耗也同时传了来。唉!可怜我的小孩,也就是在他死的那一个月中诞生了。唉！这个可怜的一生下来就没有父亲的小孩，叫我怎样安排？而且我的家族既不承认我和余君的婚姻，那末这个小孩简直就算是个私生子，绝不容我把他养在身边。我没有办法，恰好我的妹子和妹夫来看我，见了这种为难，就把孩子带回去作为她的孩子了。从此以后，我的孩子便姓了我妹夫的姓，与我断绝母子关系；而我呢，仍在外面帮人家作事，不知不觉已过了二十多年。

"呵，原来她还是烈士夫人呢！"建悄悄的对我说。"可不是吗？但她的境遇也就够可怜了。"我说。建和我都不免为她叹息，她似乎很感激我们对她的同情，紧紧握着我的手，好久才说道："你们真好呵！"一面含笑将绸包收起告辞走了。

过了两个月，天气渐渐冷了，每天自己作饭洗碗够使人麻烦的，我便和建商议请那位烈士夫人帮帮我们。但我们经济很穷，只能每月出一半的价钱，不知道她肯不肯就近帮帮忙，因此我便去找柯太太请她代我们接洽。

那时柯太太正坐在回廊晒太阳，见我们来了，便让我们也坐在那里谈话，于是我便把来意告诉她。柯太太笑了笑道："这正太不巧，不然的话那个老太婆为人极忠厚，绝不会不帮你们的。不过现在她正预备嫁人，恐怕没有工夫吧！""呀，嫁人吗？"我不禁陡然的惊叫起来道："这真是想不到的事，她现在将近五十岁的人，怎么忽然间又思起凡来呢？"柯太太听了这话也不禁笑了起来，但同时又叹了一口气道："自然，她也有她的苦痛，照我看来，以为她既已守了十多年寡，断不至再嫁了。不过，她从前的结婚始终是不曾公布的，她娘家父母仍然认为她没有结婚，并且余先生家里她势不能回去。而她的年纪渐渐老上来，孤孤单单一个无依无靠的人，将来死了都找不到归宿，所以她现在决定嫁了。"

"嫁给什么人？"建问。

157

"一个日本老商人，今年有五十岁吧！""倒也是个办法！"建含笑的说。

他这句话不知为什么惹得我们全笑起来。我们谈到这里，便告辞回去。在路上恰好遇见那位烈士夫人，据说她本月就要结婚，但她脸上依然憔悴颓败，再也看不出将要结婚的喜悦来。

真的，人们都传说，"她是为了找死所而结婚呢！"呵！妇女们原来还有这种特别的苦痛！

星　夜

　　在璀灿的明灯下，华筵间，我只有悄悄的逃逝了，逃逝到无灯光、无月彩的天幕下。丛林危立如鬼影，星光闪烁如幽萤，不必伤繁华如梦——只这一天寒星，这一地冷雾，已使我万念成灰，心事如冰！

　　唉！天！运命之神！我深知道我应受的摆布和颠连，我具有的是夜莺的眼，不断的在密菁中寻觅，我看见幽灵的狞羨，我看见黑暗中的灵光！

　　唉！天！运命之神！我深知道我应受的摆布与颠连，我具有的是杜鹃的舌，不断的哀啼于花荫。枝不残，血不干，这艰辛的旅途便不曾走完！

　　唉！天！运命之神！我深知道我应受的摆布与颠连，我具有的是深刻惨凄的心情，不断的追求伤毁者的呻吟与悲哭——这便是我生命的燃料，虽因此而灵毁成灰，亦无所怨！

　　唉！天！运命之神！我深知道我应受的摆布与颠连，我具有的是血迹狼藉的心和身，纵使有一天血化成青烟。这既往的鳞伤，料也难掩埋！咳！因之我不能慰人以柔情，更不能予人以幸福，只有这辛辣的心锥时时刺醒人们绮丽的春梦，将一天欢爱变成永世的咒诅！自然这也许是不可避免的报复！

丁玲之死

前五六年，我在北平常同胡也频来往，以此因缘，我曾见过丁玲两次。那时她还不曾发表过文章，也不曾用丁玲这个笔名，我只晓得她叫蒋冰之。她是一个圆脸，大眼睛，身材不高，而有些胖的女性。她不大说话，我们见了她只点头微笑。在那时候，我就觉得她有点不平凡，但我可猜不透她是负着重大的革命工作。

不久也频和她离开北平到上海来。两个月后，我就在《小说月报》上读到她的处女作《莎菲日记》，署名是丁玲。有人告诉我，这就是蒋冰之的笔名，当时我心里很高兴，我知道我对于丁玲的猜想到底不错。

前几年我正在日本吧，忽然接到朋友的信说："胡也频以共产故被捕"，我得了这消息，想起也频那样一个温和的人，原来有这样的魄力，又是伤感，又是钦佩。后来我也到上海作事，有时很想看看丁玲，但听说她的行踪秘密，不愿意有人去看她，所以也就算了。不过无论如何，她的印象直到如今，依然很明显的在我心头。

最近忽听到丁玲被捕失踪，今又在《时事新报》上看到丁玲有已被枪决之说，如果属实，我不禁为中国文艺界的前途叹息了。不问丁玲的罪该不该死，只就她的天才而论，却是中国文艺界一个大损失。

唉，时代是到了恐怖，向左转向右转，都不安全，站中间吧，也不妙，万一左右夹攻起来，更是走投无路。唉，究竟哪里是我们的出路？想到这里，我不但为丁玲吊，更为恐怖时代下的民众吊了。

花瓶时代

这不能不感谢上苍，它竟大发慈悲，感动了这个世界上傲岸自尊的男人，高抬贵手，把妇女释放了，从奴隶阶级中解放了出来。现代的妇女，大可扬眉吐气的走着她们花瓶时代的红运，虽然花瓶，还只是一件玩艺儿，不过比起从前被锁在大门以内作执箕帚，和泄欲制造孩子的机器，似乎多少差强人意吧！

至少花瓶是一种比较精致的器具，可以装饰在堂皇富丽的大厅里，银行的柜台畔，办公室的桌子上，可以引起男人们超凡入圣的美感，把男人们堕落的灵魂，从十八层地狱中，提上人世界；有时男人们工作疲倦了，正要咒诅生活的枯燥，乃一举眼视线不偏不倚的，投射到花瓶上，全身紧张着的神经松了，趣味油然而生。这不是花瓶的价值和对人类的贡献码？唉，花瓶究竟不是等闲物呀！

但是花瓶们，且慢趾高气扬，你就是一只被诗人济慈所歌颂过的古希腊名贵的花瓶。说不定有一天，要被这些欣赏而鼓舞着你们的男人们，嫌你们中看不中吃，砰的一声把你们摔得粉碎呢！

所以这个花瓶的命运，究竟太悲惨；你们要想自救，只有自己决心把这花瓶的时代毁灭，苦苦修行，再入轮回，得个人身，才有办法。而这种苦修全靠自我的觉醒,不能再妄想从男人们那里求乞恩惠。如果男人们的心胸,能如你们所想象的,伟大无私,那么,这世界上的一切幻梦,都将成为事实了!而且男人们的故示宽大,正足使你们毁灭,不要再装腔作势,搔首弄姿的在男人面前自命不凡吧!花瓶的时代,正是暴露人类的羞辱与愚蠢呵!

男人和女人

　　一个男人，正阴谋着要去会他的情人。于是满脸柔情的走到太太的面前，坐在太太所坐的沙发椅背上，开始他的忏悔："琼，在这个世界上只有你能谅解我——第一你知道我是一个天才。琼多幸福呀，作了天才者的妻！这不是你时常对我的赞扬吗？"

　　太太受催眠了，在她那感情多于意志的情怀中，漾起爱情至高的浪涛。男人早已抓住这个机会，接着说道："天才的丈夫，虽然可爱，但有时也很讨厌，因为他不平凡，所以平凡的家庭生活，绝不能充实他深奥的心灵，因此必须另有几个情人。但是琼你要放心，我是一天都离不得你的，我也永不会同你离婚，总之你是我的永远的太太，你明白吗？我只为要完成伟大的作品，我不能不恋爱。这一点你一定能谅解我，放心我的，将来我有所成就，都是你的赐予。琼，你够多伟大呀！尤其是在我的生命中。"

　　太太简直为这技巧的情感所屈服了，含笑的送他出门——送他去同情人幽会。她站在门口，看着那天才的丈夫，神光奕奕的走向前去。她觉得伟大，骄傲，幸福，真是哪世修来这样一个天才的丈夫！

　　太太回到房里，独自坐着，渐渐感觉得自己的周围，空虚冷寂，再一想到天才的丈夫，现在正抱在另一个女人的怀里："这简直是侮辱，不对，这样子妥协下去，总是不对的。"太太陡然如是觉悟了，于是"娜拉"那个新典型的女人，逼真的出现在她心头："娜拉的见解不错，抛弃这傀儡家庭，另找出路是真理！"太太急步跑上楼，从床底下拖出一只小提箱来，把一些换洗的衣服装进去。正在这个时候，门砰的一声响，那个天才的丈夫回来了，看见太太的气色不大对，连忙跑过来搂着太太认罪道："琼！恕我，为了我们两个天真的孩子您恕我吧！"太太看了这天才的丈夫，柔驯得象一只绵羊，什么心肠都软了，于是自解道："娜拉究竟只是易卜生的理想人物呀！"跟着箱子恢复了它原有的地位，一切又都安然了！

男人就这样永远获得成功，女人也就这样万劫不复的沉沦了！

父　亲

　　这几天正是秋雨连绵的时候，虽然院子里的绿苔，蓦然增了不少秀韵，但我们隔着窗子向外看时，只觉那深愁凝结的天容，低得仿佛将压住我们的眉梢了。逸哥两手交叉胸前，闭目坐在靠窗子的皮椅上。他的朋友绍雅手里拿着一本小说，默然的看着。四境都十分沉寂，只间杂一两声风吹翠竹，飒飒的发响。我虽然是站在窗前，看那挟着无限神秘的雨点，滋润那干枯的人间，和人间的一切，便是我所最爱的红玫瑰——已经憔悴的叶儿，这时也似含着绿色，向我嫣然展笑。但是我的禁不起挑拨的心，已被无言的悲哀的四境，牵起无限的怅惘。

　　逸哥忽然睁开似睡非睡的倦眼，用含糊的声调说道："我们作什么消遣呵？……"绍雅这时放下手里的小说，伸了伸懒腰，带着滑稽的声调道："谁都不许睡觉，好好的天，都让你睡昏暗了！"说着拿一根纸作的捻子，往逸哥的鼻孔里戳。逸哥触痒打了两个喷嚏，我们由不得大笑。这时我们觉得热闹些，精神也就振作不少。

　　绍雅把棋盘搬了出来，打算下一盘围棋，逸歌反对说："不好！不好！下棋太静了，而且两个人下须一个人闲着，那末我又要睡着了！"绍雅听了，沉思道："那末怎么办呢？……对了！你们愿意听故事，我把这本小说念给你们听，很有意思的。"我们都赞同他的提议，于是都聚拢在一张小圆桌的四围椅上坐下。桌上那壶喷芬吐雾的玫瑰茶，已预备好了。我用一只白玉般的磁杯，倾了一杯，放在绍雅的面前。他端起喝了，于是我们谁都不说话，只凝神听他念。他把书打开，用洪亮而带滑稽的声调念了。

  九月十五日　　真的！她是一个很有才情的女子，虽然她到我们家已经十年了，但我今天才真认识她——认识她的魂灵的园地——我今年二十五岁了。我曾三次想作日记，但我总觉得我的生活太单调，没有什么可记的；但今天我到底用我那浅红色的小本子，开始记我的日记了。我的许多朋友，他们记日记总要等到每年的元旦，以为那是万事开始的时候。这在他们觉得是很有意义的，而我却等不得，况且今天是我新发现她的一切的纪元！

  但是我将怎样写呢？今天的天气算是清明极了，细微的尘沙，不曾从窗户上玻璃缝里吹进来，也不曾听见院子里的梧桐喳喳私语。门窗上葡萄叶的影子，只静静的卧在那里，仿佛玻璃上固有的花纹般，门前的桂花，那黄花瓣，依旧半连半断，满缀枝上。真是好天气呵！

  哦！我还忘了，最好看是廊前那个翠羽的鹦鹉，映着玫瑰儿的朝旭，放出灿烂的光来。天空是蔚蓝得像透明的蓝宝石般，只近太阳的左右，微微泛些淡红色色彩。

  我披着一件日本式的薄绒睡衣，拖着拖鞋，头上短发，覆着眼眉，有时竟遮住我的视线了。但我很懒，不愿意用梳子梳上去，只借我的手指，把它往上掠一掠。这时我正看泰戈尔《破舟》的小说，"哈美利林在屋左的平台上，晒她金丝般的柔发。……"我的额发又垂下来了,我将手向上一掠,头不由得也向上一抬。呵,她真美丽呵!她正对着镜子梳妆了,她今年只有二十七八岁,但她披散着又长又黑的头发时,那媚妙的态度,真只像十七八岁的人——这或者有人要讥笑我主观的色彩太重,但我的良心绝不责备我,对我自己太不忠实呢!

"我是个世界上最野心的男子。"在平时我绝不承认这句话,但这一瞬间,我的心实在收不回来了。我手上的书,除非好管闲事的风姨替我掀开一页,或者两页,我是永远不想掀的;但我这时实在忙极了,我两只眼,只够看她图画般的画庞——这比得我太拙了,她的面庞,绝不像图画上那种呆板,她的两颊像早晨的淡霞,她的双眼像七巧星里最亮的那两颗,她的两道眉,有人说像天上的眉月,有的说像窗前的柳叶,这个我都不加品评,总之很细很弯,而且——咳!我拙极了,不要形容吧!只要你们肯闭住眼,想你们最爱的人的眉,是怎样使你看了舒服,你就那么比拟她好了,因为我看着是极舒服,这么一来,谁都可以满意了。

我写了半天,她到底是谁呢!咳!我仿佛有些忸怩了。按理说,我不应当爱她,但这个理是谁定下的?为什么上帝给我这副眼睛,偏看上她呢?其实她是父亲的妻,不就是我的母亲吗?你儿子爱母亲也是很正当的事呵!哼!若果有人这样批评我,我无论如何,不能感激说他是对我有好意,甚至于说他不了解我,我的母亲——生我的母亲——早已回到她的天国去了,我爱她的那一缕热情,早已被她带走了。我怎么能当她是我的母亲呢?她不过比我大两岁,怎么能作我的母亲呢?这真是笑话!

可笑那老头子,已经四十多岁了,头上除了白银丝的头毛外,或者还能找出三根五根纯黑的头毛吧!但是半黄半白的却还不少。可是他不像别的男人,他从不留胡须的,这或者可以使他变年轻许多,但那额上和眼角堆满的皱纹,除非用淡黄色的粉,把那皱纹深沟填满以外,是无法可以遮盖的呵!其实他已做人父,再过了一两年,或者将要做祖父了。这种样子,本来是很正当的,只是他站在她的旁边,作她丈夫,那真不免要惹起人们的误会了,或者人们要认错他是她的父亲呢?

真煞风景,他居然搂着她细而柔的腰,接吻了。我真替她可惜,不只如此,我真感到不可忍的悲抑,也许是愤怒吧,不然我的心为什么如狂浪般澎湃起来呢。真奇怪,我的两颊真像被火焚烧般发起热来了。

我真不愿意再往下看了,我收起我的书来,我决定回到我的书房去,但当我站起身来的时候仿佛觉得她对我望了一眼,并且眼角立刻涌出两点珍珠般的眼泪来。

奇怪,我也由不得心酸了。别人或者觉得我太女人气,看人家落泪,便不能禁止自己,但我问心,我从来不轻易落没有意思的眼泪。谁知道她的身世,谁能不为她痛哭呢?

这老头子最喜欢说大话。为诚——他是我异母的兄弟——那孩子也太狡猾了,在父亲面前他是百依百顺的,从来不曾回过一句嘴。父亲常夸他比我听话得多。这也不怪父亲的傻,因为人类本喜欢受人奉承呵!

昨天父亲告诉我们,他和田总长很要好,约他一同吃饭。这些话,我们早已听惯了;有也罢,没有也罢,我向来是听过去就完了。为诚他偏喜欢抓他的短处,当父亲才一回头,他就对我们作怪脸,表示不相信的意思。后来父亲出去了,他把屋门关上,悄悄地对我们说:"父亲说的全是瞎话,专拿来骗人的，真像一只纸老虎，戳破了，便什么都完了。"

平心而论，为诚那孩子，固然不应当背后说人坏话，但父亲所作的事，也有许多值得被议论的。

不用说别的，只是对于她——我现在的庶母的手段，也太利害了。人家本是好人家的孩子，父母只生这一个孩子。父亲骗人家，家里没有妻，愿意赘入她家。

老实说，我父亲相貌本不坏，前十年时他实在看不出是三十二岁的人，只像二十六七岁的青年。她那时也有十七八岁。自然啰，父亲告诉人家只二十五岁，并且假装很有才干和身份的样子。一个商人懂得什么，他只希望女儿嫁一个有才有貌，而且是作官人家的子弟，便完了他们的心愿。

那时候我们都在我们的老家住着——我们的老家在贵州。那时我已经十四五岁了，只跟我继母和弟弟、祖父住在老家。那时家里的日子很艰难，祖父又老了，只靠着几亩田地过日子。我父亲便独自到北京、保定一带地方找些事做。

这个机会真巧极了，庶母——咳！我真不愿称她为庶母，我到现在还不曾叫过她一次——虽然我到这里不过一个月，日子是很短的，自然没有机会和她多说话，便是说话也不见得就有很明显的称呼，我只是用一种极巧妙哼哈的语赘，掩饰过去了。

所以在这本日记里，我只称她吧！免得我的心痛。她的父亲由一个朋友的介绍，认识了我的父亲，不久便赏识了我的父亲，把唯一的娇女嫁给他了。

真是幸运轮到人们的时候，真有不可思议的机会和巧遇。我父亲自从娶了她，不但得了一个极美妙的妻，同时还得到十几万的财产，什么房子咧，田地咧，牛马咧，仆婢咧。我父亲这时极乐的住在那里，竟七八年不曾回贵州来。不久她的父母全都离开人间的世界，我父亲更见得所了。钱太多了，他种种的欲望，也十分发达！渐渐吸起鸦片烟来——现在这种苍老，多一半还是因吸鸦片烟呢，不然，四十二岁的人，何至于老得这么厉害？

说起鸦片烟，我这两天也闻惯了。记得我初到这里的一天，坐在堂屋里，闻嗅到这烟味，立刻觉得房子转动，好像醉于醇醪般，昏昏沉沉竟坐立不住，过了许久的时候，烟气才退了，这吗啡真厉害呵！

我今天写得太多了，手有些发酸，但是我的思绪仍和连环套似的，看了一个又一个。夜已经很深，我看见窗幔上射出她的影子，仿佛已在预备安眠了？我也只得放下笔明天再写了。

九月十九日　　我又三四天不曾作日记了。我只为她发愁，病了这三四天，听阿妈说眼泪直流了三四天，我不禁起了猜想，她也许并不曾病，不过要痛快流她深蓄的伤心泪，故意不起来，但是她到底为什么伤心呢？父亲欺骗她的事情，被她知道吗？可是我那继母仍旧还在贵州，谁把这秘密告诉她呢？

我继母那老太婆，实在讨厌。其实我早知她不是我的生母，这话是我姑母告诉我的。并且她的出身很微贱呢！姑母说我父亲十六七岁的时候，就不成器，专喜欢作不正当的事情，什么嫖呵！赌呵！我祖父因为只生这个儿子，所以不舍得教管，不过想早早替他讨个女人，或者可以免了一切的弊病，所以他十七岁就和我的生母结婚，这时他好嫖的性情，还不曾改。我生母时常劝戒他，他因此很憎恶我的生母，时时吵闹。我生母本是很有志气的女孩子，自己嫁了这种没有真情又不成器的丈夫，便觉得一生的希望都完了，不免暗自伤心，不久就生了我，因产后又着了些气恼，从此就得了肺痨，不到三年工夫就长眠了。——唉！女人们因为不能自立，要倚赖丈夫；丈夫又不成器，因此抑郁而死，已经很可怜了。何况我的生母，又是极富于热烈情感的女子，她指望丈夫把心交给她，更指望得美满的家庭乐趣！我父亲一味好嫖，怎能不逼她走那人间的绝路呢！

　　我母亲死的时候，我还不到三岁呢！才过了我母亲的百日，我父亲就和那暗娼，名叫红玉的结了婚。听我姑母说，那红玉在当时是很有名的美人，但我现在觉得她，只是一个最丑恶的贱女人罢了。她始终强认她是我的生母，诚然，若拿她的年纪论，自然有资格作我的生母，但我当没人在跟前的时候，总悄悄拿着镜子，照了又照，我细心察看，我到底有一点像那个老太婆没有？镜子——总使我失望。我的鼻子直而高，鼻孔较大，而老太婆的鼻子很扁，鼻孔且又很小。我的眼角两梢微向上，而她却两梢下垂。我的嘴唇很厚，而她却薄得像铁片般，简直没有丝毫像的地方。

　　下午我进去问她的病，她两只秀媚的眼睛，果然带涩，眼皮红肿；当时我真觉得难过，我几乎对着她流下泪来。她见了我叫了一声：元哥儿，坐吧！我觉得真不舒服，这个名字只是那老太婆和老头叫的，为什么她也这样叫我，莫非她也当我作儿子吗？我没有母亲，固然很希望有人待我和母亲一样，但是她无论如何不能作我的母亲，她只是我心上的爱人……可是我不敢使我这思想逼真了，因为或者要被她觉察，竟怒我不应当起这种念头。但是无效，我明知道她是父亲的，可是父亲真不配，他的鸦片烟气和衰惫的面容，正仿佛一堆稻草，在那上面插一朵娇鲜的玫瑰花，怎么衬呢？

午后父亲回来了，吩咐仆人打扫东院的房子。那所房子本来空着，有许多日子没人住了。院子里的野草，长得密密层层，间杂着一两朵紫色的野花，另有一种新的趣味。我站在门口看阿妈拿着镰刀，刷刷割了一阵，那草儿都东倒西歪的倒下来了，我看着他们收拾，由不得怀疑，这房子，究竟预备给谁住呢？是了，大约是父亲的朋友来了吧！我正自猜想着，已听见父亲隔着窗户喊我呢。因离了这里，忙忙到我父亲面前，只见父亲皱着眉头，气色很可怕，对我看了两眼说："明天贵州有人来，你到车站接去罢！"我由不得问道："是继母来了吧！""不是她还有谁！……出去吧！我要休息了。"

怪不得我父亲这两天的气色，这么难看，原来为了这件事情。他自找的苦恼，谁能替得，只可怜她罢了！那个老太婆人又尖酸刻薄，样子又丑陋，她怎能和她相处得下。为了这件事，我整个下午不曾作事，只是预想将来的结果。

晚上吃饭的时候，她已起来了，我和她一同吃饭，但她只吃两口稀饭，便放下筷子，长叹了一声，走回屋里去了。我父亲这时也觉得很不安似的。我呢，又替她可怜，又替父亲为难，也不曾吃舒服，胡乱吞了一碗，就放下筷子，回到自己的房里，心里觉得乱得很。最奇怪的，心潮里竟起了两个不同的激流交激着，一方面我只期望贵州的继母不要来，使她依旧恢复从前的活泼和恬静的生活，但一方面我又希望她来，似乎在这决裂里，我可以得到万一的希望——可是我也有点害怕，我自己是越陷越深。她呢！仿佛并不觉得似的。如果这局势始终不变，真危险。但我情愿埋在玫瑰的荒冢里，不愿如走肉行尸般的活着。

我一夜几乎不曾合眼，当月光照在我墙上一张油画上：一株老松树，蟠曲着直伸到小溪的中间，仿佛架着半截桥似的，溪水碧清，照见那横杈上一双青年的恋人，互相偎倚的双影，——这时我更禁不住我的幻想了，幻想如奔马般，放开四蹄，向前飞驰——绝不回顾的飞驰呵！她也和哈美利林般，散开细柔的青丝发，这细发长极了，一直拖到白玉砌成的地上，仿佛飘带似的，随着微风，一根一根如雪般的飘起。我只藏在合欢树的背后，悄悄领略她的美，这是多么可以渴望的事！

九月二十日　　天才朦胧，我仿佛听见父亲说话的声音，但听不真切，不知道他究竟和谁说话。不禁我又想到她了：一定在他们两人之间，又起了什么变故，不然我父亲向来不到十二点他是不起来的，晚上非两三点他是不睡的，听说凡吸大烟的人都是如此——一定的，准是她责备父亲欺骗她没有妻子，现在又来了一个继母，她怎么不恼呵！但她总是失败的，妇女们往往因被男子玩弄，而受屈终身的，差不多全世界都是呢？

午饭的时候，阿妈来报告那边房子都收拾好了。父亲便对我说："火车两点左右可到，你吃完饭就带看门的老张到车站去吧！到那里你继母若问我为什么不来，你就说我有些不舒服好了，别的不用多说吧！"我应着就出来了。

当我回到自己屋里，忽见对面屋里，她正对着窗子凝立呢！呵！我真不知道怎样才好，我不看她那无告凄楚的表示罢！但是不能，我在窗前站了不知多少时候，直到老张进来叫我走，我才急急从架上拿下脸布，胡乱把嘴擦了擦，拿了帽子，匆匆走了。

我这几天心里，一切都换了样。我从前在贵州的时候，虽听说父亲又娶了一个庶母，但我绝不在意，并不曾在脑子里放过她一分钟。自从上月到了这里，我头一次见她心里就受了奇异的变动；到现在差不多叫她把我的心田争占了。呵！她的魔力真大——唉！罪过！……我或者不应当这么说，这全不是她的错处，只怪我自己被自然支配罢了。

到车站的时候，还差半点钟，车才能到。我同老张买了月台票，叫老张先进去等，我只在候车室里，独自坐着。我的态度很安闲，但思想可忙极了，不知道她现在怎样了，我和她谈话的机会很少；我来了一个半月，只和她对谈过三次；其余都在那吃饭的时候，谈过一两句不相干的话。我们本是家人，而且又是长辈对于晚辈，本来没有避嫌疑这一层；不过她向来不大喜欢说话，而且我们又是第一次见面，她自己觉得，又站在母亲的地位，觉得说话很难，所以我纵然顶喜欢和她谈话，也是没有用处呢！……

火车头呜呜的汽笛声，打断我的思路，知道火车已经到了，因急急来到站台里面，这时火车已经停了，许多旅客，都露着到了的喜色，匆匆由车上下来，找了半天，才在二等车上，找到我继母和我的兄弟。把行李都交代老张，我们一直出了车站，马车已预备好了，我们跳上车后，继母果然问我父亲为什么不来，我就把父亲所交代的话答复了，继母似乎很不高兴。歇了半晌，忽听她冷笑道："什么有病呵！必定让谁绊住呢！"

女人们的心里，有时候真深屈得可怕。我听了这话，只低着头，默然不语，但是我免不得又为她发愁了，将来的日子怎么过呢？

车子到家的时候，我父亲已经叫阿妈迎了出来，自己随后也跟着出来，但是她呢……我真是放心不下，忙忙走进来，只见她呆坐在窗下的椅子上，两目凝视自己的衣襟。我正在奇怪，忽见她衣襟上，有一件亮晶晶的东西一闪，咳！我真傻啊！她那里是注视衣襟，她正在那里落泪呢！

父亲已将继母领到东院去了，过了许久父亲走过来，不知对她说些什么，只见她站了起来。仿佛我父亲求她什么似的，直对她作揖，大概是叫她去见我继母，她走到里间屋里去了。过了一刻又同我父亲出来，直向东院去。我好奇的心，催促我立刻跟过去，但我走到院子不敢进去，因为只听我继母说："你这不长进的东西，我并不曾对不住你，你一去，就是十年；叫我们在家里苦等，你却在外头，什么小老婆娶着开心。你父亲死了叫你回去，你都不回去。呸！像你们这些没心肝的人……"继母说到这里竟然放声大哭。我父亲在屋里跺脚。我正想进去劝一劝，忽见门帘一动，她已哭得和泪人般，幽怨不胜的走了出来。我这时由不得跟她到这边来。她到了屋里，也放声呜咽起来，这时我只得叫她庶母了。我说："庶母！你不要自己想不开，悲苦只是糟蹋自己的身体，庶母是明白人，何苦和她一般见识呢！"只听她凄切的叹道："我只怨自己命苦，不幸作了女子！受人欺弄到如此田地——你父亲作事，太没有良心了，他不该葬送我……"咳！我禁不住热泪滚滚流下来了，我正想用一两句恳切的话安慰她，父亲忽然走进来了。他见我在这里，立刻露出极难看的面孔，怒狠狠对我说："谁叫你到这里来！"我只得怏怏走了出来。到了自己屋里，心里又是羞愧自己父亲不正当的行为，又是为她伤感，受我继母的抢白，这些紊乱热烈的情绪，缠搅得我一夜不曾睡觉。

九月二十二日　　我父亲也就够苦了，这几天我继母给他的冷讽热嘲，真够他受的了！女人们的嘴厉害的很多，她们说出话来，有时候足以挖人的心呢！只是她却正和这个相反，头几天她气恼的时候，虽曾给父亲几句不好听的话，但我从不曾听她和继母般的谩骂呢！

近来家庭里，丝毫的乐趣都没有了。便是那架上的鹦鹉，也感觉到这种不和美的骚扰，不耐烦和人学舌了。我这几天仿佛发见我们家庭的命运，已经是走到很可怕的路上来了，倘若不是为了她，我情愿离开这里呢。

她近来真抑郁得成病了，朝霞般的双颊，仿佛经雨的梨花了，又憔悴又惨淡呢！我真忍不住了。昨晚我父亲正在床上过烟瘾的时候，她独自站在廊下。我得了这个机会，就对她说："你不如请求父亲，自己另搬出来住，免得生许多闲气！"她听了这话，很惊异对我望了一眼，又低下头想了一想，似解似不解的说："你也想到这一层吗？"我当时只唯唯应道："是。"她就也转身进屋里去了。

照她的语气，她已经是想到这一层了。她真聪明，大约她也许明白我很爱她吗？……不！这只是我万一的希望罢了。

为诚今天又在她和我的面前，议论父亲了。他说父亲今天去买烟枪，走到一家商行里，骗人家拿出许多烟枪来。他立时放下脸说："这种禁烟令森严的时候，你们居然敢卖这种货物，咱们到区里走走吧！"他这几句话，就把那商人吓昏了。赶紧把所有的烟枪，恭恭敬敬都送给他了。

这件事不知是真是假，不过我适才的确见父亲抱了一大包的烟枪进来，但不知为诚从什么地方听来。这孩子最爱打听这些事，其实他有些地方，也极下流呢！他喜欢当面奉承人，背后议论人，这多半都是受那老太婆的遗传吧！

我父亲的脾气，真暴戾极了，近来更甚。她自从知道我父亲不正的行为后,她已决心不同他合居了。这几天她另外收拾了一间卧房,总是独自睡着。我这时心里有一种不可思议的安慰。我觉得她已渐渐离开父亲,而向这方面接近了。

  九月二十八日 另外一所房子已经找好了,她搬到那边去。父亲忽然叫我到那边和她作伴,呵!这是多么幸运的事呵!

  她的脾气很喜欢洁净,正和外表一样。这时她仿佛比前几天快活了;时时和我商量那间屋子怎样布置,什么地方应当放什么东西——这一次搬家的费用,全是她自己的私囊,所以一切东西都很完备。这所房子一共有十间,一间是她的卧房,卧房里边还有一小套间,是洗脸梳头的地方。一间是堂屋,吃饭就在这里边。堂屋过来有两大间打成一间的,就布置为客厅。其余还有四间厢房。我住在东厢房。西厢房一半女仆住,一半作厨房。靠门还有一间小门房。每间屋子,窗子都是大玻璃的。她买了许多淡青色的罗纱,缝成窗幔,又买了许多美丽的桌毡、椅罩,一天的工夫已把这所房子,收拾得又洁雅又美丽。我的欣悦还不只此呢!我们还买了一架风琴,她顶喜欢弹琴。她小的时候也曾进过学堂,她嫁我父亲的时候,已在中学二年级了。

  这一天晚上,因为厨房还不曾布置好,我们从邻近酒馆叫来些菜;吃饭的时候,只有我和她两个人。我不免又起了许多幻想,若果有一个很生的客人,这时来会我们,谁能不暗羡我们的幸福呢?——可恨事实却正和这个相反:她偏偏不是我的妻,而是我的母亲!我免不得要诅咒上帝,为什么这样布置不恰当呢?

  晚饭以后,她坐在风琴边,弹一曲闺怨,声调抑怨深幽,仿佛诉说她心里无限的心曲般。我坐在她旁边,看她那不胜清怨的面容,又听她悲切凄凉的声音,我简直醉了,醉于神秘的恋爱,醉于妙婉的歌声。呵!我不晓得是梦是真,我也不晓得她是母亲还是爱的女神。我闭住眼,仿佛……咳!我写不出来,我只觉不可形容的欣悦和安慰,一齐都尝到了。

九点钟的时候,父亲来到这里,看了看各屋子的布置,对她说:"现在你一切满意了吧!"她只淡淡的答道:"就算满足了吧!"父亲又对我说:"那边没有人照应,你兄弟不懂事,我仍须回去,你好好照应这边吧!"呵!这是多么爽快的事。父亲坐了坐,想是又发烟瘾了,连打了几个呵欠,他就站起来走了。我送他到门口,看他坐上车,我才关了门进来。她正在东边墙角上,一张沙发上坐着,见我进来,便叹道:"总算有清净日子过了!但细想作人真一点意思没有呢!"我头一次听她对我说这种失望的话。呵!我真觉得难受!——也许是我神经过敏,我仿佛看出她的心,正凄迷着似乎自己是没有着落——我想要对她表同情,这并不是我有意欺骗她,其实也正是同她一样的无着落呵!我有父亲,但是他不能安慰我深幽的孤凄,也正和她有丈夫,我不能使她没有身世之感的一样。

我和她默默相对了半晌,我依旧想不出说什么好。我实在踌躇,不知道当否使她知道我真实的爱她——但没有这种道理,她已经是有夫之妇,并且又是我的长辈,这实在是危险的事。我若对她说"我很爱你"谁知道她眼里将要发出那一种的光——愤怒,或是羞媚,甚而至于发出泪光。恋爱的戏是不能轻易演试的,若果第一次失败了,以后的希望更难期了。

不久她似乎倦了,我也就告别,回到我自己的房里去。我睡在被窝里,种种的幻想又追了来。我奇怪极了,当我正想着，她是怎么样可爱的时候，我忽想到死；我仿佛已走近死地了，但是那里绝不是人们想的那种可怕，有什么小鬼，又是什么阎王，甚至于青面獠牙的判官。

我觉得死是最和美而神圣的东西。在生的时候，有躯壳的限制，不止这个，还有许多限制心的桎梏，有什么父亲母亲，贫人富人的区别。到了死的国里，我们已都脱了一切的假面具，投在大自然母亲的怀里，什么都是平等的。便是她也可以和我一同卧在紫罗兰的花丛里，说我所愿意说的话。简直说吧！我可以真真切切告诉她，我是怎样的爱她，怎么热烈的爱她，她这时候一定可以把她那无着落的心，从人间的荆棘堆里找了回来，微笑的放在我空虚的灵府里。……便是搂住她——搂得紧紧地，使她的灵和我的灵，交融成一件奇异的真实，腾在最高的云朵，向黑暗的人间，放出醉人的清光。……

十月五日　虽然忧伤可以使人死，但是爱恋更可使人死。仿佛醉人死在酒坛旁边，赌鬼死在牌桌座底下。虽然都是死，可是爱恋的死，醉人的死，赌鬼的死，已经比忧伤的死，要伟大的多了，忧伤的心是紧结的，便是死也要留下不可解的痕迹。至于爱恋的死，他并不觉得他要死，他的心轻松得像天空的云雾般，终于同大气融化了。这是多么自然呵！

我知道我越陷越深，但我绝不因此生一些恐惧，因为我已直觉到爱恋的死的美妙了，今天她替我作了一个淡绿色的电灯罩，她也许是无意，但我坐在这清和的清光底下读我的小说，或者写我的日记，都感到一种不可言说的愉快。

午后我同她一起到花厂里，买了许多盆淡绿的、浅紫、水红的各色的菊花。她最欢喜那两盆绿牡丹，回来她竟亲自把它们种在盆里。我也帮着她浇水，费了两点钟的工夫，才算停当。她叫阿妈把两盆绿的放在客厅里，两盆浅紫的放在我的屋里。她自己屋里，是摆着两盆水红的，其余六盆摆在回廊下。

我们今天觉得很高兴，虽然因为种花，蹲在地下腿有些酸，但这不足减少我们的兴味。

吃饭的时候，她用剪刀剪下两朵白色的菊花来，用鸡蛋和面粉调在一起，然后用菜油炸了，一瓣一瓣很松脆的，而且发出一阵清香来，又放上许多白糖，我初次吃这碗新鲜的菜，觉得甜美极了，差不多一盆都让我一个人吃完。

饭后又吃了一杯玫瑰茶，精神真是爽快极了！我因要求她唱一曲闺怨，她含笑答应了。那声音真柔媚得像流水般，可惜歌词我听不清：我本想请她写出来给我，但怕太劳了——因为今天她作的事实在不少了。

这几天我父亲差不多天天都来一次，但是没有多大工夫就走了。父亲曾叫我白天到继母那边看看，我实在不愿意去；留下她一个人多么寂寞呵！而且我继母那讨厌的面孔，我实在也不愿意见她呢，可是又不得不稍稍敷衍敷衍他们，明天或者走一趟吧！

十月六日　　可笑！我今天十二点钟到那边，父亲还在作梦，继母的头还不曾梳好，院子弄得乱七八糟，为诚早不知道跑到什么地方玩去了。这种家庭连我都处不来，何况她呢？近来我父亲似乎很恨她，因为有一次父亲要在她那里住下，她生气，独自搬到客厅的沙发上，睡了一夜，我父亲气得天还不曾亮，就回那边去了，其实像我父亲那样的人，本应当拒绝他，可是他是最多疑，不要以为是我捣的鬼呢，这倒不能不小心点，不要叫她吃亏吧！她已经是可怜无告的小羊了，再受折磨她怎禁受得起呵！

181

我好多次想鼓起勇气，对她说："我真实的爱你。"但是总是失败。我有时恨我自己怯弱，用尽方法自己责骂自己，但是这话才到嘴边，我的心便发起抖来，真是没用。虽然，男子们对于一个女人求爱，本不是太容易的事呵！忍着吧！总有一天会达到我的目的。

今天下午有一个朋友来看我，他尖锐的眼光，只在我的身上绕来绕去。这真奇怪，莫非他已有所发见吗？不！大概不至于，谁不知道她是我父亲的妻呢；许是贼人胆虚吧？我自己这么想着，由不得好笑起来！人们真愚呵！

她这几天似乎有些不舒服，她沉默得使我起疑，但是我问她有病吗？她竭力辩白说："没有的事！"那么是为什么呢？

晚上她更忧抑了，晚饭都不曾吃，只恹恹的睡在沙发上。我不知道怎样安慰她才好。唉！我的脑子真笨，桌上三炮台的烟卷，我已经吸完两支了，但是脑子依旧发滞，或者是屋里宅气不好吧？我走到廊下，天空鱼鳞般的云现着淡蓝的颜色，如弦的新月，正照庭院里，那几盆菊花，冷清清地开在廊下。一种寂寞的怅惘，更搅乱了我的心田，呵！天空地阔；我仿佛是一团飞絮飘零着，到处寻不到着落；直上太空，可怜我本是怯弱的，哪有这种能力；偃卧在美丽的溪流旁边吧，但又离水太近了。我记得儿时曾学过一支曲子："飞絮徜徉东风里，慢夸自由无边际！须向高，莫向低，飞到水面飞不起。"呵！我将怎么办？

她又弹琴了，今天弹的不是闺怨了，这调子很新奇，仿佛是古行军的调子，比闺怨更激昂、更悲凉。我悄悄走到她背后，她仿佛还不觉得，那因她正低声唱着。仿佛是哽着泪的歌喉。最后她竟合上琴，长叹了。当她回头看见我站在那里的时候，她仿佛很吃惊，脸上立刻变了颜色，变成极娇艳的淡红色。我由不得心浪狂激，我几乎说出"我真实的爱你"的话了；但我才预备张开我不灵动的唇的时候，她的脸色又惨白了。到这时候，谁还敢说甚么。她怏怏的对我说："我今天有些不舒服，要早些睡了。"我只得应道："好！早点睡好。"她离了客厅，回她的卧房去，我也回来了。

奇异呵！我近来竟简直忘记她是我的庶母了。还不只此，我觉得她还是十七八岁青春的处女呢。——她真是一朵美丽的玫瑰，我纵然因为找她，被刺刺伤了手，便是刺出了血，刺出了心窝里的血，我也绝不皱眉的。我只感谢上帝，助我成功，并且要热诚的祈祷了。

十月十二日　　今天我们都在客厅看报——她最喜欢看报上的文艺。今天地看了一篇翻译的小说，是《玫瑰与夜莺》。她似解似不解，要我替她说明这里面的意思，后来她又问我，"西洋人为什么都喜欢红玫瑰？"我就将红玫瑰是象征爱情的话告诉她，并且又说："西洋的青年，若爱一个少女，便要将顶艳丽的红玫瑰送给那少女。"她听完，十分高兴道："这倒有意思！到底他们外国人知道快活，中国人谁享过这种的幸福，只知道女儿大了嫁了就完了。真是一点意思都没有！"

我得到这种好机会，我绝不能再轻易错过了，我因鼓勇对她说，"你也喜欢红玫瑰吗？"她怔了一怔含泪道："我现在一切都完了！"

唉！我又没有勇气了！我真是不敢再说下去，倘若她怒了，我怎么办呢！当时我只默默不语，幸亏她似乎已经不想了，依旧拿起报纸来看。

午饭后父亲来了，坐在她的屋子里。我心里真不高兴，这

183

固然是没理由，但我的确觉得她不是父亲的，她的心从来没给过父亲，这是我敢断定的。至于别的什么名义咧！……那本不是她的，父亲纵把得紧紧的也是没用。她是谁的呢？别人或者是说我狂了，诚然我是狂了，狂于爱恋，狂于自我呵！

睡觉前，我忽然想到我如果送她一束红玫瑰，不知道她怒我，还是感激我……或者也肯爱我？……我想象她抱着我赠她的那束红玫瑰，含笑用她红润的唇吻着，那我将要发狂了，我的心花将要尽量的开了。这种幸福便是用我的生命来换，我也一点不可惜呢！简直说，只要她说"她爱我"，我便立刻死在她的脚下：我也将含着欢欣的笑靥归去呢！

说起来，我真有些惭愧！我竟悄悄学写恋歌。我本没有文学的天才，我从来也不曾试写过。今夜从十点钟写起，直写到十二点，可笑只写两行，一共不到十个字，我有点妒嫉那些诗人，他们要怎么写便怎么写，他们写得真巧妙：女人们读了，真会喜欢得流泪呢！——他们往往因此得到许多胜利。

我恨自己写不出，又妒诗人们写得出，他们不要悄悄地把恋歌送给她吧，倘若他们有了这机会，我一定失败了！……红玫瑰也没用处了！

她的心门似乎已开了一个缝，但只是一个缝，若果再开得大一点，我便可以扁着身体走进去，但是用什么法子，才能使她更开得大一点呢！我真想入非非了。不过无论如何，到现在还只是幻想呵，谁能证实她也正在爱恋我呢。

在这世界上，我不晓得更有什么东西，能把我心的地盘占据了，像她占据一样充实和坚固。我觉得我和她正是一对——但是父亲呢，他真是赘疣呵！——我忽然想起，我不能爱她，正是因为父亲的缘故，倘若没有父亲在里头作梗，她一定是我的了。

这个念头的势力真大，我直到睡觉了，我梦里还牢牢记着，她不能爱我，正是因为父亲的缘故。

十月十五日　　我一直沉醉着，醉得至于发狂，若果再不容我对她说："我真实的爱你。"或者她竟拒绝我的爱；我只有……只有问她是不是因为父亲的缘故，若果我的猜想不错，那么我只得恳求父亲，把她让给我了。父亲未必爱她，但也未必肯把她让给我，而且在人们听来，是很不好听的呵！世界上哪有作儿子的，爱上父亲的妻呢？呵！我究竟是要绝望的呵！……但是她若肯接受我的爱，那倒不是绝对想不出法子呵。……

我早已找到一个顶美的所在——那所在四面都环着清碧的江水，浪起的时候，激着那孤岛四面的崖石，起一阵白色的飞沫，在金黄色的日光底下，更可以看见钻石般缥碧的光辉。在那孤岛里，只要努力的盖两间小房子，种上些稻子和青菜，我们便可以生存了——并且很美满的生存。若再买一只小船，系在孤岛的边上，我们相偎倚着，用极温和的声调，唱出我心里的曲子，便一切都满足了。……

我的幻想使我渐渐疲倦了，我不知不觉已到梦境里了。在梦里我看见一个形似月球的东西，起先不停地在我面前滚，后来渐渐腾起在半空中，忽见她，披着雪白云织的大衣，含笑坐在那个奇异的球上，手里抱着一束红玫瑰轻轻的吻着，仿佛那就是我送她的。我不禁欢喜得跪下去，我跪在沙土的地上，含着最恳切的感谢对她说："我的生命呵！……这才证实了我的生命的现实呵！"我正在高声的祈祷着，那奇异的球忽然被一阵风，连她一齐卷去了。我吓得失心般叫起来，不觉便醒了。

自从梦里惊醒以后，我再睡不着了。我起来，燃着灯，又读几页《破舟》，天渐渐亮了。

  十月十六日 因为昨晚上梦里的欣悦，今天还觉余味尚在，并且顿时决心一定要那么办了。我不等她起来，便悄悄出去了，那时候不过七点钟。秋末的天气，早上的凉风很尖利，但我并没有感到一点不舒服。我觉在我的四围都充满了喜气，我极相信，梦里的情景是可以实现的，只要我找红玫瑰。……

  我走到街尽头，已看见那玻璃窗里的秋海棠向我招手，龙须草向我鞠躬；我真觉得可骄傲——但同时我有些心怯，怎么我的红玫瑰，却深深藏起，不以她的笑靥，向她忠实的仆人呢？

  花房渐近了。我轻轻推那玻璃门时，有一个二十多岁的男人，含笑招呼我道："先生早呵！要买什么花？这两天秋海棠开得最茂盛？龙须草也不错。"他指这种说那种固然殷勤极了，但我只恨他不知道我需要的是什么？我问他："红玫瑰在那里？"他说："这几天，正缺乏这个，先生买几枝秋海棠吧，那颜色多鲜艳呵！也比红玫瑰不差什么……不然，先生就买几朵黄月季吧！"其实那秋海棠实在也不坏，花瓣水亮极了，平常我也许要买他两盆摆在屋里，现在我却不需要这个了。我懒懒辞别那卖花的人，又折出这条街，向南走了。又经过两三个花铺，但都缺少红玫瑰。我真懊丧极了，但我今天买不到，就绝不回去。

  还算幸运，最后买到了。只有一束，用白色的绸带束着，下面有一个小小竹子编的花盆很精巧，再加上那飘带，像蝴蝶舞着，真不错！我真感谢这家花铺的主人，他竟预备我所需要的东西了。

  我珍重着，把这花捧到家里，已经过了午饭的时候，但是她还只愿坐着等我呢！我不敢把这花很冒昧就递给她，我悄悄把它放在我的屋里，若无其事般的出来，和她一同吃完午饭。

她今天似乎很高兴，午饭后我们坐在屋堂里闲谈。她问我今天一早到什么地方去了，我真想趁这机会告诉她我是为她买红玫瑰去了，但是我始终不是这样回答的，我只说："我买东西去了。"她以后便不再往下问了。我回到屋里，想了半天；我便把这红玫瑰捧着，来到她的面前，她初看见这美艳的花，不禁叫道："真好看，你哪里买来的。"她似乎已忘了我上次对她说的话，我忙答道："好看吗？我打算送给你！"我这时又欣悦，又畏怯。她接了花，忽然像是想起什么来了。她迟迟的说："你不是说红玫瑰……我想你是预备送别人的吧！我不应当接收这个。"我赶忙说："真的，我除了你没有一个人可以送的，因为在这世界上，我是最孤零的，也正和你一样。"她眼里忽然露出惊人的奇光，抖颤着将玫瑰花放在桌上，仿佛得了急病，不能支持了。她睡在沙发上，眼泪不住的流，咳！这使我懊悔，我为什么使她这样难堪，我恨我自己，我由不得也伤心的哭了。

在这种极剧烈的刺激里，在她更是想不到的震恐，就是我呢，也不曾预想到有这种的现象，真的，我情愿她痛责我。唉！我真孟浪呵！为什么一定要爱她！……我心里觉得空虚了，我还不如飞絮呵！我不但没有着落，并且连飞翔的动力也都没有了。

阿妈进来了，我勉强掩饰我的泪痕。我告诉阿妈，把她扶进屋里，将她安放在床上，然后我回我自己的屋子。伏在枕上，痛切的流我忏悔的眼泪，但我总不平，我不应该受这种责罚呵！

十月二十日　她一直病了！直到现在不曾减轻。父亲虽天天请医生来，但是有什么用处呢？唉！父亲真聪明！他今天忽然问我，她起病的情形，这话怎能对父亲说呢？我欺骗父亲说："我不清楚！"父亲虽然怒骂我"糊涂"！我真感激他，我只望他骂得更狠一点，我对于她的负疚，似乎可以减轻一点。

医生——那李老头子真讨厌，他那里会治病呵！什么急气攻心咧，又是什么外感内热咧，用手理着他那三根半的鼠须，仰着头瞪着眼，简直是张滑稽画。真怪！世界上的人类，竟有相信这些糊涂东西的话……我站在窗户下面，听他捣鬼，真恨不得叫他快出去呢！

父亲也似乎有些发愁，他预备晚上住在这边。她仿佛极不高兴，她对父亲说："我这病只是心烦，你在这里，我更不好过，你还是到那边去吧！"父亲果然仍回那边去了。

八点多钟的时候，我正在屋里伤心，阿妈来找我，她在叫我。其实我很畏怯，我实在对不起她呵！在平常一个妇女的心里，自然想着这是不可能的事情，并且也告诉别人不得的，总算是不冠冕的事呵！唉……

她拥着一床淡湖色的绸被，含泪坐在床上。她那憔悴的面容，无告而幽怨的眼神，使我要怎样的难过呵！我不敢仰起头来，我只悄悄站在床沿旁边，她长叹了一声，这声音只仿佛一支利剑，我为着这个，由不得发抖，由不得落泪。她喘息着说："你来！你坐下！"我抖战着，怯怯地傍着她坐下了。她伸出枯瘦的手来，握着我的手说："我的一生就要完了！我和你父亲本没有爱情，我虽然嫁了十年，我总不曾了解过什么是爱情，你父亲的行为，你们也都明白，我也明白，但是我是女子，嫁给他了，什么都定了，还有我活动的余地吗？有人也劝我和他离婚——这个也说不定是于我有益的，但是世界上男人有几个靠得住的，再嫁也难保不一样的痛苦，我一直忍到现在！——我觉得是个不幸的人。你不应当自己害自己，照我冷眼看来，你们一家也只有你一个是人，我希望你自己努力你的前途！"

唉！她诚实的劝戒我，真使我惭愧，真使我懊悔！我良心的咎责，使我深切的痛苦。我对她说什么？我只有痛哭，和孩子般赤裸裸无隐瞒的痛哭了！她抚着我的头和慈母般的爱怜，她说："你不用自己难过：这不是你的错，只是你父亲……"她禁不住了，她伏在被上呜咽了。

父亲来了，我仍回我自己的屋里去，除了痛切的哭，我实在不知道怎样处置我自己呵！如果这万一的希望，是不能存在了，我还有什么生趣。

十一月一日　　她的病越来越重，父亲似乎知道没希望了。他昨天曾对我说："你不要整天坐在家里，看看就有事情要出来了，你也应当替我帮帮忙。"我听了他的吩咐，不敢不出去，预备接头一切，况且又是她的事情。但不知怎么，我这几天仿佛失了魂似的，走到街上竟没了主意，心里本想向南去，脚却向北走，唉！

晚上回来的时候，父亲恰好出去了，我走到她的床前，只见她红光满面，神采奕奕比平时更娇艳。她含着泪，对我微笑道："你的心我很知道，就是我也未尝不爱你，但他是你的父亲呵！"我听了这话，立刻觉得所有环境都变了。我不敢再踌躇了，我跪在她的面前，诚挚的说："我真实的爱你！"她微笑着，用手环住我的脖颈，她火热的唇，已向我的唇吻合了。这时我不知是欣悦是战兢，也许这只是幻梦，但她柔软的头发，正覆在我的颊上，她微弱的气息，一丝丝都打透我的心田，她松了手，很安稳的睡下了。她忽对我说："红玫瑰呢？"

我陡然想起，自从她病后我早把红玫瑰忘了——忙忙跑到屋里一看，红玫瑰一半残了，只剩四五朵，上面还缀着一两瓣半焦的花瓣。我觉得这真不是吉兆——明知花草没有不凋谢的，但不该在她真实爱我时凋谢了呵！且不管她这几片残瓣，也足以使我骄傲，若不是这一束红玫瑰，那有今天的结果——呵！好愚钝的我！不因这一束红玫瑰她怎么就会病，或者不幸而至于死呵……我真伤心，我真惭愧，我的眼泪，都滴在这残瓣上了。

我将这已残的红玫瑰捧到她的床前，她接过来轻轻吻着，落下泪来。这些滴在残瓣上的，是我的泪痕还是她的泪痕，谁又能分清呢？

从此她不再说话，闭上眼含笑的等着，等那仁慈的上帝来接引她了。今夜父亲和我全不曾睡觉，到五点多钟的时候，她忽睁开眼，向四围看了看，见我和父亲坐在她的旁边，她长叹了一声，便断了气。

父亲走过去，甩手在她的鼻孔旁，知道是没有了呼吸，立时走出来，叫人预备棺木，我只觉一阵昏迷，不知什么时候已躺在自己床上了。

她死得真平静，不像别的人有许多号哭的烦扰声。这时天才有一点淡白色的亮光，衣服已经都穿好了。下棺的时候她依旧是含笑，我把那几瓣红玫瑰放在她的胸前，然后把棺盖关上。唉！——多残酷的刑罚呵！我只觉我的心被人剜去了，我的魂立刻出了躯壳,我仿佛看见她在前面。她坐在一个奇异的球上披着白云织就的大衣,含笑吻着一束红玫瑰——便是我给她的那束红玫瑰,真奇异呵!……

唉,我现在清醒了!哪有什么奇异的月球,只是我回溯从前的梦境罢了。

十一月三日　今日是她出殡的日子,埋在城外一块墓地上——这墓地是她自己买的。她最喜欢西洋人的墓,这墓的样子,全仿西洋式作的,四面用浅蓝色油漆的铁栏,围着一个长方的墓,墓头有一块石牌,刻着她的名字,还有一个爱神的石像,极宁静的仰视天空,这都是她自己生前布置的。

下葬后,父亲只跺了跺脚,长叹了一声,就回去了,等父亲走后,我将一束红玫瑰放在坟前,我心里觉得什么都完了。我决定不再回家去。我本没有家,父亲是我的仇人,我的生命完全被他剥夺净了。我现在所有的只是不值钱的躯壳,朋友们只当我已经死了——其实我实在是死了。没有灵魂的躯壳,谁又能当他是人呢,他不过是个行尸走肉呵!

我的日记也就从此绝笔了,我一生不曾作过日记,这是第一次也是末一次。我原是为了她才作日记,自然我也要为了她不再作日记了。

绍雅念完了,我很顽皮的趁逸哥回头的工夫,那本书已掷到逸哥头上了。逸哥冷不防吓了一跳,我不觉很好笑!但同时也觉得心里怅怅的,不知为什么?

这寂寞冷清的一天算是叫我们消遣过了,但是雨呢,还是丝丝的敲着窗子,风还是飒飒摇着檐下的竹子,乌云依旧一阵阵向西飞跑,壁上的钟正指在六时上,黄昏比较更凄寂了。我正怔怔坐着,想消遣的法

191

子，忽听得绍雅问道："我的小说也念完了，你们也听了，但是我糊涂，你们也糊涂，这篇小说，到底是个什么题目啊。"被他这一问，我们细想想也不觉好笑起来。逸哥从地下抬起那本书来，掀着书皮看了看，只见这书皮是金黄色，上面画着一个美少年，很凄楚的向天空望着。在书面的左角上斜标着"父亲"两个字。

逸哥也够滑稽了，他说："这谁不知道，谁都有父亲吧！"我们正笑着，又来了一个客人，这笑话便告了结束。

归　　雁

　　三月四日　　北方的天气真冷，现在虽是初春的时节，然而寒风吹到脸上，仍是尖利如割，十二点多钟，火车蜿蜒的进了前门的站台，我们从长方式的甬道里出来，看见马路两旁还有许多积雪，虽然已被黄黑色的尘土玷污了，而在淡阳的光辉下，兀自闪烁着白光。屋脊上的残雪薄冰，已经被日光晒化了，一滴一滴的往下淌水。背阴的墙角下，偶尔还挂着几条冰箸，西北风陡峭的吹着。我们雇了一辆马车坐上，把车窗闭得紧紧的，立刻觉得暖过来。马展开它的铁蹄，向前途驰去，但是土道上满是泥泞，所以车轮很迟慢的转动着。街上的一切很逼真的打入我们的眼帘——街市上车马稀少，来往的行人，多半是缩肩驼背的小贩和劳动者——那神情真和五六年前不同了，一种冷落萧条的样子，使得我很沉闷的吁了一口长气。

　　马车出了城门，往南去街道更加狭窄，也很泥泞，马车的进度也越加慢了。况且这匹驾车的马，又是久经风霜的老马，一步一蹶的挣扎着，后来走过转角的地方，爽性停住不动了；我向车窗外看了看，原来前面的两个车轮，竟陷入泥坑里去了。一个瘦老的马夫，跳下车来，拼命的用鞭子打那老马，希望它把这已经沦陷的车轮，努力的拔起，这简直等于作梦，费了半天的精力，它只往上蹿了一蹿便立着不动了。那个小车夫也跳下车来，从后面去推动那车辆，然而沦陷得太深又加着车上的分量很重，人，箱子大约总有四五百斤吧，又怎样拔得起来呢？因此我们只得从车上下来，放在车顶上的箱子也都搬了下来，车上的分量减轻了，那马也觉得松动了，往前一挣，车轮才从泥水里拔了出来，我们重新上了车，这时我不禁吐了一口气——世途真太艰难了！

　　车子又走了许久，远远已看见一座耸立云端里的高楼，那是一座古老的祠堂，红色的墙和绿色的琉璃瓦，都现出久经风日的灰黯色来。但是那已经很能使我惊心怵目——使我想起六年前的往事，那是我母亲带着我们兄弟姊妹住在楼的东面——我姑妈的房子相邻比的那所半洋式的房子里，每天晨光照上纱窗的时候，我们就分头去上学，夕阳射在古楼的一角时，我们又都回来了，晚上预备完功课时都不约而同齐集在母亲的房里，谈讲学校里的新闻，或者听母亲述说她年轻的时候的遭遇，呵！这时怎样的幸福呢，然而一切都如电光石火转眼就都逝灭了。这番归来的我，如失群的迷羊，如畸零的孤雁，母亲呢，早到了不可知的世界，因此哥哥妹妹也都各自一方，但是那高高的白墙和蓝色的大门，依然是那样巍立于寒风淡阳里。唉！我真不明白这短短的几年，我竟尝尽人世的难苦，我竟埋葬了我的青春，人事不太飘渺了吗？我悄悄咽着泪，车已到门前了，下车后我的心灵更感到紧张了，我怔怔的站在门口，车夫替我敲门，不久门开了，出来一个三十多岁的男仆向我上下打量了一番，问道："您找谁？"我镇定我的心神，告诉他我的来历。他知道我是侄小姐，立刻现出十三分的殷勤，替我接过手里的提箱。正在这时候，里面又出来一个四十多岁的女仆，我看她很面熟，但一时想不起她姓什么，她似也认得我，向我脸上注视半天，失声叫道："您不是侄小姐吗？怎么几年不见就想不起来了呢？"我点头道："太太在家吗？""在家呢！快请里边去！"她说着便引着我进了那个月洞门，远远已看见姑妈站在阶沿等我呢。我一见她老人家——两鬓上添了许多银丝,面目添了不少的皱纹,比从前衰老多了,不禁一阵心酸,想到天真是无情,永远用烦苦惨伤的鞭子,将人们驱到死的路上去。——母亲是为烦苦忧伤而逝了,唉!这残年的姑妈呵!不久也是要去的——我的泪涮涮的流下来了!我哽咽着喊了一声"姑妈",心里更禁不着酸凄了,泪珠就如同决了口的河水滚滚的打湿了衣襟,姑妈也是红着眼圈,颤声道:"天气冷!快到屋里坐去,只怕还没有吃饭吧?"说着用那干枯的瘦手牵着我进去——屋里的火炉正熊熊的燃着,一股热气扑到脸上来,四肢都有了活跃的气,心呢,也似乎没有那么孤寒紧张了。我坐在炉旁的椅上,姑妈坐在我的对面的小床上,她用那昏花的老眼看了我许久,不禁叹道:"我的儿!我几年不见你,竟瘦了许多,本来也真难为你!那一年你母亲病重,听说你在安徽教书,你哥哥打电报给你,你虽赶回去,但是已经晚了……你母亲的病,来得真凶,听说前前后后不到五天就完了,我们得到电报真是好像半天空打了一个霹雳……"姑妈说到这里也撑不着哭了,我更是忍不住痛哭,我们倾泻彼此久蓄的悲泪,好久好久才止住了。姑妈打发我吃了些东西,她又忙着替我收拾屋子,我依然怔坐在炉旁,心思杂乱极了。正在这时候,忽听见院子里,许多脚步声和说话声;跟着进来了一大群的人,我仔细的一认,原来正是舅母、表嫂、表弟、表妹们,他们听说我来了,都来看我。我让他们坐下后,我看见大舅母是更苍老了,表嫂也失却青春的丰韵,那些表弟妹都长大了。唉!一切都变了,我心里忽感到一种说不出的滋味;又是怅惘,又是欣慰,他们也都细细的打量我,这时大家都是想说话,然而都想不起说那一句话,因此反倒默默无言了。

晚上姑妈请我吃饭,请他们做陪,在大家吃过几杯酒,略有些醉意的时候,才渐渐的谈起从前的许多事情来,后来他们说到我的爱人元涵的死,我的神经似乎麻木了,我不能哭,我也不能说话,只怔怔地站着，我失了魂魄，后来我的舅母抚着我的肩，一滴滴的眼泪，都滚落在我的头发上，我接受了这同情的泪，才渐渐恢复情感。我发见我的空虚了，我仿佛小孩般的扑在舅母的怀里痛哭，后来我的表妹念雪将我扶到床上睡下，她坐在我的身旁安慰我道："姊姊！千万不要再伤心了，事情已经到了这个地步，只好扎挣点，保重你有用的身体吧——其实人世也没有永远不散的筵席，况且你对于元哥也很可以了，听说他病了一个多月，都是你看护他，他死时，也只有你在他跟前。他一定可以安慰了——现在你应当保重自己，努力你的事业才是，岂可以把这事放在心里，倘若伤坏了身体，九泉下的元哥一定也不安的……你这次来，我本想请你到我们那里去住，不过我们那里也比不得从前了，自从父亲去世以后——真树倒猢狲散——没有作主的人，又加着我们家里的情形太复杂，所以一切都特别凌乱，因此我也不愿请你去；你暂且就住在姑妈这里吧，好在我们相隔不远，我可时时来陪伴你，唉！说起来真够伤心了，这才几年呵！……"念雪的眼圈红了，声音带着哽咽，我将头伏在枕上也是泪如泉涌。

今夜念雪因为怕我伤心，没有回去，就住在我这里，午夜醒来，看见窗前一片月光，冷森的照在寂静的院子里，我翻来覆去的睡不着，搅得念雪也醒了，两人又谈了半夜的话，直到月光斜了，鸡声叫了，我们才又闭上疲倦的眼皮打了一个盹。

三月五日　　今天天气很清明，太阳也似乎没有昨天那样黯淡，看见浅黄色的日光，射在水绿色的窗幔上，美丽极了。从窗幔的空隙间，看见一片青天，澄澈清明，没有飘浮的云，仿佛月下不波的静海，偶尔有几只飞鸟从天空飞过，好像是水上的沙鸥。我正在神驰的时候，听见壁上的自鸣钟响了十下，我知道时候不早了，赶紧翻身坐起，念雪早已打扮好了。

吃完了早点后，我就打电话通知朋友们来了，当然我是希望他们来看我，下午果然文生、萍云都来了，他们告诉我许多新消息。文生并且已替我找好了事情——在一个书局里当编辑，萍云又告诉我某中学请我教书，当时我毫不迟疑的答应了，因为我自己很明白像我这样的心情，除了忙，实在没有更好的安慰了。

文生我们已经五年不见，他还是那样有兴趣，不时说些惹人笑的滑稽话，不过他待人很周到，他一眼就看出我近来的窘状，临走时他给我留下三十块钱。但是我因此又想起元涵来了，他若不死我何至如此落魄——到处受别人的怜悯的眼光的注视呢！唉！元涵！！

文生走后，莹和秀来了，这是我幼年的好友，我们曾共同过着青春的美妙的生活，因此我们相见时所感到的也更深刻。在彼此沉默以后，莹提议逛公园，我也很愿意去看看久别的公园；到公园时，柳枝依然是秃的，冷风也依然是砭人肌骨，只有河畔的迎春，它是吐露了春的消息，青黄色的蕊儿，已经在风前摇摆弄姿了。我们沿着马路，绕了一圈，大体的样子虽还依稀可认，但是却也改变了不少，最使我触目的是那红绿交辉的十字回廊，凭添了许多富丽的意味。那山上的小松树也长高了，河畔上的土墙也拆了，用铁栏杆作了河堤，我们在小茅亭里可以看见缓缓的春波，不休的向东流去，我们今天谈得高兴，一直到太阳下山了，晚霞灰淡了，我们才分途归去。

到家时舅母家的王妈正在那里等我呢，因为舅母今晚请我吃饭，我稍微歇了歇就同王妈走去了。

到了那里，表嫂们正围在炉旁谈天，见我进来都让我到堂屋坐——我来到堂屋只见桌上已摆了许多的糖果和瓜子花生。我们都坐好后，我舅母告诉表嫂说："今晚谁都不许提伤心的话，总得叫菁小姐快活快活。"念雪表妹听了这话就凑趣道："今晚我们吃完饭，还得来四圈呢，菁姊好久没和我打牌了，一定也赞成，是不是？"我没有说什么，只笑了笑。吃饭的时候她们要我喝酒，以为叫我开开心，那里晓得酒到愁肠愁更愁？我喝了十杯上下就有点支持不住了，心幕被酒拉开了，一出出的悲剧涌上来，我的眼泪只在眼皮里乱转。但是最后我忍住了，我将咸涩的泪液悄悄的咽下去，她们看出我的神气不好，劝我去歇一歇，我趁着这个台阶忙忙的出了席，走到我表嫂屋里睡下，用被蒙住头悄悄的流泪，好久好久我竟睡着了，醒来时已经十二点了，他们打发马车送我回来。路上静寂极了！

三月六日　　这几天的生活真不安定，亲友请吃饭，一天总有一两起，在那盛宴席上，我差不多是每日泪和酒并咽的，然而这是他们的善意，我也无法拒绝，因此整天只顾忙碌，什么事都做不了。

今天上午文生请我到他家里吃便饭，没有喝酒，因此我倒吃了一顿安适的饭。回家以后我告诉看门的：今天无论谁来都回绝他——只说我出去了，我打算今天下午定定心，写几封信——姑妈替我收拾的屋子幽雅极了，一间长方形的屋子，靠窗子摆了一张三尺来长的衣柜，柜面上放着两盆盛开的水仙，靠西边的墙角放着一盆淡白的梅花，一阵阵的香气不住的打入鼻孔。我静静的坐在案前，打算给南方的哥哥妹妹写信，但是提起笔，还没有写上两三句便写不下去了。心里只感到深切的怅惘，想到了我离开上海的时候，哥哥送我上火车，在那汽笛尖利的声响里，哥哥握住我的手说："你既是心情不好，暂且到北京去散散心也好，不过你哪一天觉得厌倦的时候．你哪一天再回来，我希望你不要太自苦……保重身体努力事业……"妹妹呢，更是依恋不舍的傍着我，火车开时，我见她还用手巾拭泪呢。唉！一切的情景都逼真的在眼前，然而我们已是相去千里了。况且我又是孤身作客，寄栖在姑妈家里，虽说她老人家很疼爱我，然而这也不是结局呵！前途茫茫，我将何以自解呢？噢！天呵！

我拭着泪把几封信勉强写完，忽接到我二哥哥寄来的快信——我来京的时候他同我的二嫂嫂都在宁波，所以他们并不知道我来，不过我临走的时候曾给他们一封信。

二哥的信上说："……我接到你的信，知道你到北京去了，我很不放心，你本是个多愁善感的人，况且现在又在失意中，到北京住在舅舅家里，又是个极复杂的环境，恐怕你一定很难过。去年舅舅死后情形更坏了，至于姑妈呢，听说近来生意也不好，自然家境也就差了。你岂能再受什么委曲，所以我想你还是到宁波来吧，你若愿意请即电复，我当寄盘缠给你，唉！自从母亲死后，我们弟兄姊妹各在一方，我每次想到就不免伤心，所以很希望你能来，我们朝夕相聚，也可以稍杀你的悲怀，你觉得怎样呢……"

我接到这封信，我的心又立刻紧张起来，我明知道二哥所说的都是实情，然而我才息征尘，又得跋涉，我实在感到疲乏；可是不走呢，倘若将来发生不如意事又将奈何？我真是委曲不下，晚上我去找文生和他谈了许久，但是结果他还是劝我不走，当夜我就写了一封长信复我二哥。

今天疲乏极了，十点钟就睡了。

三月七日　　今天早起，文生打电话叫我十点钟到某书局去——经理要和我细谈，我因怯生就请文生陪我去，他已答应九点多钟来。打完电话，表妹就来了，她说星痕下午来看我，我答应在家候她，不及多谈什么话，文生已经来了，我们一同到了书局的编辑处，遇见仰涤、玄文几个熟人，稍微应酬了几句，不久经理出来和我们相见——他坐在我的对面，态度很英爽，大约三十多岁，穿着一身靛青哔叽呢的西服，面貌很清秀，额上微微有几道皱纹，表示着很有思想的样子，他见了我，说了许多闻名久仰的客气话后，慢慢就谈到请我到书局编辑教科书的事情，并告诉我每天八点钟到局，四点钟出局的办公规约，希望我明天就去工作，我暗想在家也是白坐着，就答应他，明天可以去。

  我们由书局出来，文生到东城去看朋友，我就回家了。吃完午饭姑妈邀我同去市场买东西，回来的时候已经三点多了，心想星痕一定早来了，因忙忙跑到屋里，果然星痕正独自坐在案前，翻《小说月报》呢。她见我进来抬头向我看过之后，用着慨叹的语调说道："你瘦了！"我握她的手，久久才答道；"你也瘦了！"她眼圈一红低声道："本来同是天涯沦落人，你瘦我安得不瘦？"我听了这话更觉凄伤，只垂头注视地上的枯枝淡影，泪一滴一滴的泻下，星痕只紧紧握住我的手嘘了一口长气，彼此就在这沉寂中，各自心伤。

  今天我们没有深谈，自然星痕她也是伤心人，她决不愿自己再用锥子去刺那尚未合口的创痕，因此只得缄默的度过这凄凉的黄昏，天快黑的时候她回去了。

  三月八日 昨夜是抱着凄楚的心情安眠的，梦中走到一所花园，正是一个春天的花园，满园的红花绿草开得璨烂热闹，最惹人欣羡的是一丛白色的梨花，远远望去一片玉白，我悄悄的走到梨树下面的椅子坐下。忽见梨树背后站着一个青年男子，我心里吃了一惊，正想躲避，只见那男子叹息了一声叫道："菁妹？你竟不认识我了呵！"我听到那声音十分耳熟，想了一想正是元涵的声音！我心里不觉一惊失声叫道："你怎么来到这里？……这又是个什么地方呢？"元涵指那一丛玉梨说道："这里叫做梨园，我为了看护这惨白的玉梨来到这所园中……""为什么别的花都不用人看护呢？"我怀疑的问道，元涵很冷淡的说道："那些都是有主名花，自然没人敢来践踏，只有这玉梨是注定悲惨飘泊的命运，所以我特来看护她。"我听了简直不明白，正想再往下问，忽见那一丛梨树，排山倒海似的倒了下来，完全都压在我的身上，我吓醒了，睁眼一看四境阴黯，只见群星淡淡的幽光闪烁于人间。唉！奇异的梦境呵，元涵这真是你所要告诉我的吗？你真不放心你的菁妹吗？天呵！这到底是怎么一件事呢！我又大半夜没睡觉了。

　　天色才朦胧我就起来，今天是我第一天走入陌生的环境去工作，心情是紧张极了，我想那书局里的同事，用锋利的眼光注视我，分析我，够多么可怕呢？！所以我脚踏进公事房的时候，我禁不住心跳，我真像才出笼的一只怯鸟儿，悄悄的溜到我的公事桌前的椅上坐下，把白铜笔架上的新笔拔了下来，蘸得满满的墨汁，在一张稿纸上，写了"第一课"三个字，再应当写什么呢？一时慌乱得想不出来，只偷眼看旁边许多同事，一个个都在销磨灵魂呢，什么时候将灵魂销磨成了灰时，便是大归宿了。有时他们也偷眼瞧瞧我，从一两个惊奇的眼光中，我受了很深的刺激，只觉得他们正在讥笑我呢！似乎说，"你这么个女孩儿，也懂得编辑什么吗？"本来在我们的社会里，女人永远只是女人，除了作人的玩具似的妻，和奴隶似的管家婆以外，还配有其他的职业和地位吗？我越想越觉得他们这种含恶意的注视使我难堪，我只有硬着头皮，让他们爱怎么想就怎么想吧——我如同傻子似的坐了一上午，什么也没有写出来，吃午饭的时候就溜了，下午也懒得去，打电话去请了半天假。

　　三月九日　　今午到公事房去，恰好碰见仰涤了，他替我介绍了许多同事，情形比昨天好得多了，我的态度也比较自如了。

　　我们都一声不响的用心构思，四境清静极了，只听见笔尖写在纸上涮涮的声音，和挪动墨水瓶、开墨盒盖的声音。但是有的时候，也可以听见一种很奇特的声音，好像机器房的机器震动的声音。原来有一位三十左右的男同事，他每逢写文章写到得意的时候，他就将左腿放在右腿上面，右脚很匀齐的点着地板，于是发出这种声音来了。我看了看他那种皱眉摇腿的表情，惹起我许多的幻想来，我的笔停住了，我感觉到人类的伟大，在他们的灵府里，藏着整个的宇宙呢。这宇宙里有艳凄的哀歌，有沉默深思，可以说什么都有，随他们的需要表现出来，这真是奇迹呢；但同时我也感到人类的渺小，他们为了衣食的小问题，卖了灵魂全部的自由，变成一架肉机器，被人支配被人奴使……唉！复杂的人间，太不可思议了。

下午回家的时候，接到星痕请客的短笺，我喜极了，拆开看见上面写道：

> 菁姊！我今天预备一杯水酒替你洗尘，在座的都是几个想见你的朋友——那是几个不容于这世界的放浪人，想来你必不至讨厌的，希望你早来，我们可以痛快的喝他一个烂醉。
>
> 星痕

在短笺的后面，鸟明宴会的地点和时间，正是今日午后六点钟，我高兴极了，我觉得这两天在书局里工作，真把我拘束苦了，正想找个机会痛快痛快，星痕真知趣，她已窥到我的心曲了。

六点钟刚打，我已到了馆子里，幸好星痕也来了，别的客人连影子都不见呢。星痕问我这几天的新生活，我就从头到尾的述说给她听，她瞧着这种狼狈相不禁笑了说："你也太会想了。人间就是人间，何必探思反惹苦恼！"我说："那你只好问天！为什么赋与我如是特别的脑筋吧！"星痕点了点头没有说什么。

半点钟以后客人陆续的来了，共有七个客人，除了我和星痕外都是三十以下的青年。其中有几个我虽没会面，却是早已闻名，只有一个名叫剑尘的，我曾经在一个宴会席上见过一面，经星痕替我们彼此介绍后，大家就很自然的谈论起来。我们仿佛都不懂什么叫拘束，什么叫客气,虽然是初会,但是都能很真实的说我们要说的话,所以不到半个钟头,彼此都深深认识了。只有一个名叫为仁的我不大喜欢他——因为他是带着些政客的臭味——虽然星痕告诉我他是学政治的,似乎这是必有的现象,然而我觉得人总是人,为什么学政治,就该油腔滑调呢?

今夜我喝了不少的酒,并且我没有哭——这实在出我所意料的,我今夜觉得很高兴,饭后星痕陪我回来,她今夜住在我这里。

三月十日　　今天在公事房里编了一课书,题目是《剿匪》,我自己觉得很满意。晚上回家的时候,接到剑尘给我一封信,他问我昨天醉了没有,并安慰我许多话。唉!苦酒还是自己悄悄的咽下好,因为在人面前咽苦酒是苦上加苦的呵!

晚上我给剑尘写回信,我不想多说什么,无奈提起笔来便不由自主的写了许多,其中有几句我觉得很有记下来的必要,我说:"我自己造成这种的运命,除了甘心生活于这种运命中有何说?!——况且世界上还有比我所处更凄楚的环境的人,因为缺限是这个世界必有的原则呵!……"

凄苦的命运是一首美丽的诗,我不愿从这首诗里逃出,而变成一篇平淡的散文呢;但是剑尘他那里知道呵!我青春的幻梦已随元哥消逝了。此后,此后呵,就是这样凄楚悲凉的过一生吧!

三月十三日　　唉!这几天真颓丧,每日行尸走肉般进公事房,手里的笔虽然已写秃了,但我自己都不明白,我为什么要这样压榨自己,将一个活人变成一座肉机器,只是为了吃饭呵!太浅薄了!当我放下笔的时候,就不禁要这么想一遍,我感到彷徨了,日子是毫不回头的,一天一天逝去,而且永不回来的逝去,我就随着它的逝去而逝去,也许终此生永远是这样逝去。天!你能告诉我有什么深奥的意义吗?唉,我彷徨极了。

下午剑尘打电话来，说熙文请我到便宜坊吃饭，我真懒得去，但是熙文一定坚持要我去，他知道今天是星期六没有什么事，我没法拒绝，只好勉强去了。

熙文今天请了十位客人，都是些什么博士学士太太，那一股洋气，真有些咄咄逼人的意味，我和他们真是有点应酬不来，我只俯着窗子看楼下的客人来往，而他们在那里高谈阔论，三句里必夹上一句洋文，我越听越不耐烦，心想这才是道地的人间，那洋而且俗的气味，真可以使人类的灵魂遭劫呢。

我一直沉默着，到吃饭的时候，我也是一声不响的拼命喝酒，我愿意快些醉死，我可以休息我的灵魂，因此我一杯一杯的不断的狂吞，约莫也喝了二十几杯，我的世界变了，房子倒了似的乱动，人的脸一个变成两个三个，天地也不住的旋转，我什么都不知道了！

不知道过了多少时候，我清醒了，睁开眼一看，那些博士学士都走了，只剩下熙文和他夫人汝玉坐在我的左边，剑尘站在我的跟前，他们见我醒来，汝玉用热手巾替我擦脸，我心里一阵凄酸，眼泪流满了衣襟，熙文道："这是怎么说呢？唉！"汝玉也怔怔的看着我叹气，剑尘跑到街上去买仁丹，我吃过仁丹之后略觉好些，汝玉扶我下楼，送我上了马车，剑尘陪我回来。

到家我吐了，吐后胸口虽是比较舒服，但是又失眠了——今夜真好月色，冷静空明，照见窗外树影，有浓有淡，仿佛是一幅美丽的图画。月光渐渐射进屋来，正照在书案上的一角，那里摆着元哥的一张遗像，格外显得清秀超拔，但是这仅仅是一张幻影呵！我的元哥他究竟在那里呢？此生可还能再见一面？唉！天！这是怎样的一个缺憾呵！——万劫千生不可弥补的一个缺憾！唉！元哥，我的青春之梦，就随你的毁灭破碎了，我的心你也带走了！但是元哥你或者要怀疑我吧！有时我扮得自己如一朵醉人的玫瑰，我唱歌我跳舞……这些，这些，岂不都可以使你伤心吗？但是元哥这只是骗人自骗的把戏呵！盛宴散后，歌舞歇时，我依然是含着泪抚摸着刻骨的伤痕呢，唉，元哥你知道吗？聪明的灵魂！

三月十六日　　今天下午我正想出去看文生，忽然见邮差站在我的门口，递给我一封信，我拆开看道：

纫菁！

你既是知道你的命运是由你自己造成的，那你为什么不造一个比较更好的命运呢，为什么把自己永远沉在悲哀的海里呢？……我以为一个人，既是已经作了人，就应当时时想作人的事情……但是你一定要问了：究竟什么是人应当作的事情呢？这自然又是很费讨论的一个问题，况且处在现在一切都无准则的年头，应当作什么事就更难说了。不过我觉得我们总当抱定一个宗旨，就是不管作什么事，都用很充分的兴趣去作，生活也应当很兴趣的去生活，如此也许要比较有意义些。

昨晚我送你回家以后，我脑子里一直深印着你那悲惨的印象——你的脸色由红转白，由白转青，满头是汗，眼泪不住的流，站又站不着，坐又坐不稳，躺在藤椅上，真仿佛害大病的神气，我真不知怎样才好，纫菁！你太忍心的摧残自己了。

我不明白你为什么这样狂饮，借酒浇愁吗？而我不敢相信你的深愁是酒可以浇掉的——并且你每喝酒每次总要流泪的，唉！纫菁！那么你的狂饮，是想糟蹋自己吗？那犯得着吗？纫菁！我并不是捧你，以你的能力，的确很能作点有益社会国家的事，不但应当为自己谋出路，更当为一切众生谋出路。我们谈过几次话，我深知道你也并不是这样想，不过你总打不破已往的牢愁，所以我唯一的希望你，不要回顾过去的种种，而努力未来的种种，纫菁！你能允许我吗？

我看完了剑尘的信，我感激他待我的忠诚，我欣羡他有过人的魄力，但是我也发愁我自己的怯弱，唉！我将怎样措置我这不安定的心呢！

三月二十日　　日记又放下几天不记了，原因是这几天没有心情，其实有的时候也真无事可记。你想吧！世界上那一个不是依样画葫芦的生活着——吃饭睡觉跑街反正是这一套——自然我有的时候是为了懒呢。

自从那次在便宜坊喝醉了以后，三四天以来头痛，腰酸，公事房也三四天没去。唉！这种颓唐的心身真不知怎样了局。但是仔细的想一想又似乎用不着叹气，就这样一直到死也何尝不是大解脱呢，总之解脱就是了，管他别的呢！

近来不知道什么原故，我的思想紊乱极了，好像一匹没勒头的奔马，放开四只铁蹄上天入地的飞奔，坐也不是走也不是。有时感到凄凉，但也不愿去找朋友谈，有时他们来看我，我又觉得讨厌。唉！可怜的心情呵！

下午被剑尘邀去逛公园，我们坐在河池畔，看那护城河的碧波绿漪，我又不免叹气，剑尘很反对我这样态度。本来我有时也觉得这种多愁善感是无聊的，世界本来就是这样的——从古到今是展露着缺憾的，如果不能自骗，不能扎挣，就干脆死了也罢；如果不死呢，就应当找出头绪——这些理智的话，也曾在我的脑里涌现过，并且我遇见和我诉说牢愁的人，我也会这样的教训他一顿，不过到了我自己身上，那就很难说了。

今天剑尘很劝了我许多话,他希望我打开一切的束缚,去作一番伟大的事业,他的态度诚恳极了,我不能说没受感动,并且我也相信国家是需用人才的时候,不论破坏方面,建设方面,处处都得人才——说到我呢,虽是自己觉得很渺小,但我也没看见比我更伟大的,如果我觉得自己是伟大的,也许就立刻变成伟大了。

我们没有系统的谈了许多话,虽然得不到结论,然而我心里似乎痛快点了。回家时已经是沿路的电灯和天上的群星争耀了。

三月二十一日　　今天我从公事房回来后,独自坐在院子里的丁香树下,树枝已经发青了,地上的枯草也长了绿芽,人间已有了春意,西方的斜辉正射在墙角上,那枯黄的爬山虎,尚缀着一两张深黄色的残叶,在斜辉中闪光。晚霞一片娇红,衬着淡蓝色的天衣,如晚浴美女。

我的心——久已凝冷的心,发出异样的呼声,自然,这只有我自己明白……唉……我真没想到我竟是如此懦弱,我看见我胸膛中的心房在颤动,我的彷徨于这含有诱惑的春光中。

燕子已经归来,而丁香还不曾结蕊,桃枝也只有微红的蓓蕾,蛰虫依然僵伏,但温风已吹绉了一池春水。我怯弱的心池也起了波浪。

独自坐在这寂寞的庭院里,听自己的心声哀诉,这惆怅、烦恼真无法摆布,无情无绪走进卧房,披上一件银灰色的夹大衣,信步踱进公园的后门,在红桥畔,看了许久的御河碧漪,便沿着马路来到半山亭,独自倚住木栏看流霞紫气,抬头忽见紫藤架下,一双人影,那个穿黑衣服的女郎很像星痕正低着头看书呢,在星痕的左边坐着一个少年,那脸的轮廓似乎在那里见过——一时想不起来,我正对着他们出神呢,星痕已经看见我了,她含笑向我招手,我连忙下去,他们也迎了来,星痕说:

207

"你怎么一个人来了？"我笑道："本没打算逛公园，一人坐在家里闷极了，不自觉地便从后门来了——这自然是我家离公园太近的缘故。"星痕笑了笑又指着那个少年说道："你们会过吗？"我正在犹疑，只听那少年说道："见过见过，上次你请客，我们不是在一桌吃饭吗？"我听了这话陡然记起来了，原来他正是星痕的好友致一，新近我很听见人们对他俩的谈论，说是他俩的交情已经很深了，我想到这里又不禁把致一仔细打量一般，见他长欣的身材，很白净的脸皮，神气还不俗，不过很年轻，好像比星痕小很多。

我们来到御河的松林下坐着，致一去买糖果请我们吃，我就悄悄的向星痕道："那孩子还不错——人们的话也许不是无原因吧？"星痕听了这话，脸上立刻变了神色冷笑道："别人怀疑我罢了！你怎么也这样说，我的心事难道你还不清楚吗？——我的心早已随飞鸿埋葬了……"自然我也相信星痕不至于这样容易改变她的信念，不过爱情这东西有时候也真难说，并且我细察星痕的举动，有时候迷醉得不能自拔，所以我当时没有再往下说什么，我只点了点头表示我明白她的意思就完了。恰好致一买了东西回来，我们饱餐后又兜了一个圈子就回去了。

三月二十二日　　这一天过得平淡极了，差不多没有什么事可记，晚上接到一个远方的朋友的信，他里头有一段话说：

　　纫菁！我真不明白世界为什么永远是奏着这哀音呢？呵！我真感到灰心！——昨夜我去看一个亲戚的病，那晓得他的病象已经很危险了，他的太太脸色焦黄的呆呆的站在床前，他的大女儿雅致低头垂泪，灯光是那样惨淡的，一切都沉入恐怖与寂寞，我慢慢推开门进去，她们只是垂泪呜咽；床上的病人正在发喘，和上帝争命呢，我不忍走开，过了半点钟那病人两眼向上一翻便去了！永远的去了！她们惨号，雅致竟昏蹶过去，大家手忙脚乱，仿佛宇宙都颠倒了，我心头只觉发梗，后来我只得暂且离开她们。唉！你想人间每天都演着这种可怕的惨剧——我们总有一天也是逃不掉这个劫数的，唉！……

我看完这封信，我忽然生出一种奇异的感想，我觉得人生既是谁也不能逃此大限，那么在有生之年，为什么不尽量快乐呢？为什么自己压扎呢？……我从今以后应当毫无顾忌的去追求快乐才是。

三月二十七日　　我病了一个星期，不知辜负了几许春光，今天早晨起来，已经看见窗前的丁香了，浅紫色的那一株已经开得很茂盛。我掀开窗幔，推开玻璃，一阵温香透过来；精神兴奋了不少，春真是宇宙的骄子！

下午剑尘来看我，在我家里吃过晚饭后，新月的清辉，已经照在地上，我们很高兴，一齐走出门口，沿着马路踱到公园去，这时桃花已经开残了，我们走过桃花林，踏着憔悴的花瓣，来到沿河的小山石旁，我们并肩坐在一块平坦的白石上，河里的月影，被暖风吹动，光荡波扬，我们的身影也倒映在水里，四境清幽温馨，我们都似乎沉醉于美的幻梦里。剑尘仰头看着繁星，说道："纫菁！……怎么样可以使天地翻一身呢？"我骤听这话，简直不明白他的意思，我只向他怔怔的注视，他见我这样，不禁微微的笑道："你忘了你前天对我说的话吗？"我陡然想起来——原来前天夜里剑尘来看我的病，我们曾谈到将来的命运，我曾告诉他，我愿意维持我现在的样子一直到死。他说；"永远不会改变吗？"我说："要改变除非等天地翻了一个身。"当时说过我也就丢开了，不想他今天又提起这句话，我不免暗暗心惊，我是从蚕茧里扎挣出来的困蚕，难道现在还要从新作个茧把自己装在里面吗？天呵！我又走错路了!

　　这一晚上,我的心灵不安极了!我们从公园出来,各自分道回家,他临走时低头叹着气,我虽然没有什么表示,但是也够了,在归途上我是一直含着眼泪的,我知道我自己太浅薄,虽是经过多少磨难,然而我是强不过自然,它时时布下迷局挖下陷阱,使我沉溺,使我自困。唉!天呵!我将怎样自救呢?

　　到家时已经很晚了,姑妈他们都睡了,我独在院子里,不知呆立了多少时候,后来起了风,一股飞沙扑面打来,我才如梦初醒,怅然回到屋里睡了。

　　三月二十八日　　今天下午,我被朋友邀去听讲演,听说是一个某党的领袖,演讲中国时局问题。

　　我们走进会场的时候,已经有不少的人在座,我忙在后排的椅子上坐了。不久就听见掌声如雷,在这热烈的掌声中,走进一个三十多岁的男人;态度十分沉着,下面的听众也都屏气无声,会场里的空气严重极了。他将中国时局分析得很清楚,一种爱国爱民的精神,使得我震惊了,我好像处惯囚牢的犯人早已却去知觉,但是经他一拨撩,我才感到我自己所处的境地,是污秽,是耻辱,唉!伟大的英雄呵!我不禁向他膜拜了!

　　听完讲演回来,血液一直在沸腾着。

　　三月十九日　　的确!一个人若处在被人们真心倾服的时候,他的人格就立刻伟大了千万倍,而且同时觉得任何事都有意义了,由这一点可以认识人类的伟大处,但同时也可以明白人类究竟是太有限的。

　　今天忽然想到这个问题,当我站在讲堂上给学生讲授时,由不得,就想从她们的眼光中,态度上,去体验她们对我的心,结果我是失败了，她们没有什么表示，我告诉她们什么，她们照样的作了，很平淡的作了，没有惊喜，也没有怀疑，唉！我是机器，她们也是机器。

今天一直不高兴，对于人生又起了疑念。

四月一日　　人类的思想比什么都复杂，并且无时无地不受外界的影响；我独坐发闷，不免又想起我上半年流落的生活来，那时我在某大学当指导员，领着五六十个少女，住在荒郊的寄宿舍里，她们都是青春的骄子，每天早晨钟声响后，在楼前的绿草路上，可以看见她们一个个打扮得如仙女般，陆续到大学校去上课。有时可以嗅到种种的粉香，在这时候，我骄傲如牧羊女儿——这一群可爱的驯羊都在我看护之下。

她们走后，一所大洋楼只留下我一个人，开开窗子，看见荒郊上的孤坟，虽然才过清明，但也没有纸钱的灰痕，唉！那一抔黄土下，正不知埋的是谁——这样萧条可悲！

人生真是一个飘零的旅客哟！什么事业，什么功名，真不过一个梦呢，说来真够伤心！明知生死只隔一线，但有时真解脱不了——唉！谁知我的心情呵！恐怕只有元哥——你聪明的灵魂，是已经看透我缭乱的心了！

四月三日　　今天是星期日，绝早便到北海，剑尘已经在御桥畔等我了。这时候园里开遍了芍药牡丹，我们坐在柳阴下的长椅上，温风时时吹拂我们的薄衣，真是满目春光，不由得勾起我来日的惆怅，我悲悼这灿霞似的美景，转眼便成过去，也正如那已葬送青春的男女，希望之火，冰冷不只剩下被尘世所荼毒的残余——肮脏浓血之躯，还转动于人间。唉！这是多么刻苦的刑罚呢？

剑尘握了我的手，很惊疑的问道："纫菁，你今天又为什么这样不高兴呢！"我勉强咽住我凄楚的酸泪掩饰道："没有什么。"我立刻低下头。我装作看河里的游鱼，我的眼泪一滴滴流在地上。剑尘见了我这样难过，他不期然也叹着气，我们沉默了许久。最后我们便站起来，去吃点心，吃完我就回家了。剑尘不放心一直送我到门口，唉！真罪过，为了我这个不幸的人，使剑尘无形中受了许多苦楚，每次想起我真是对他不住呢！

四月四日　昨夜又失眠了，今天头脑暴痛，也不能出门，中午接到剑尘的信，他说：

菁姊！昨天你为什么那样不高兴，我几次抬头，看见你在咽泪，我心里真难过，我不知为什么，我感到悲哀了！

唉！菁姊！我送你回家以后，我在回来的路上，一直怅怅的菁姊！你又为什么事伤心呢！我时时刻刻惦着你，惦着你呵！

菁姊！你的身世我是明白的——凄苦悲凉——但是这又有什么法子呢？但那是已经摆定的局面，白白的伤感，又有何益！而且菁姊，你的身体又既然这样虚弱，若果再这样煎熬，怎能支持？唉，菁姊！我真不敢深想下去。希望你凡事看开一点，若果你不讨厌我的话，我愿将我赤子纯洁的心来爱护你，使你在寂寞的世界上，得到一点安慰，菁姊！你接受我的诚意吧！

唉！剑尘！我怎能不感激他？我譬如一只无家可归的孤雁，蒙他这样诚挚的待我，还有什么不接受的呢！但是天呵！你太恶作剧了，你既给我一个缄情葬荒丘的环境，你为什么又给我一个纯真的爱！唉，我徘徊，我苦闷，我跑到无人的郊野痛哭，我的神志完全混乱了！

四月五日　今天东风特别温暖，薄棉袄已经穿不住了，院子里的藤树也开了花；香气特别浓厚，一群一群的蝶蜂绕着花心采花粉，我站在阶前看花，轻衫被风吹起襟角，飘洒如仙，我很想骑上一匹神驹，去到没有人烟的春山上，看美丽的春之女神，她把世界装得这样漂亮，她自己不知怎样沉醉欢欣呢——我正在遐想时，忽听见壁上的钟敲了几下，已到上公事房的时候了，无可如何，只得抱起书报稿纸去上工，唉！人生好景能有几次，况且每每又为生活问题所耽搁？不能尽兴欣赏，真是"秋月春花等闲度"了！

今天心里很愁闷，晚上虽然又是好月色，但是意兴慵懒也无心赏玩，而且心里还有点怕看月光，最后，仍旧回到房里去睡了。

四月六日　　星痕许久不见了，我正想去看她，下午她恰好到公事房来找我，她告诉我，今天在北海里有一个聚会——因为今天是月望，致一和剑尘预备夜里在北海划船。

我收拾了书报，星痕和我慢慢走到北海，这一路都种着槐树和杨柳，槐花的香气，很好闻；柳梢轻轻拂在我们的肩上，真是人在画图中。

到北海的时候，更是春江浪缓，遍山开着紫色的野兰花，花畦里有木芍药，有牡丹，有月季；到处都是清香扑鼻，我走到濠濮园的时候只见致一、剑尘笑着迎了出来！我们在万绿丛中的茶座上坐下，举目一望，草绿花红，流水缓潺，在河的当中，架着一道石桥，我和星痕走到桥上站了许久，星痕说这里诗意很厚，她让我作诗，我说一时那里有诗，留着诗情回家去写吧，彼此一笑而罢！

致一从山上采了一朵野兰花，他含笑道："别看这花倒也有些香味。"星痕道："春神本来是一视同仁，她要不香蜂蝶也不光顾了。"我们正说着剑尘也来了，大家又说笑了许久，太阳已经西斜了，我们便到仿膳吃饭，我和星痕都喝了几杯酒，心里又都有些怅怅的，我们出了仿膳，就到船屋去雇了一只船——是一只白色的小划子，我们上了船，恰好陆萍也赶来了，在船上我和星痕分配他们三个的工作，剑尘把舵，致一和陆萍划船，我坐在船头，星痕坐在船尾，不久船已驰到河心，荷梗才有半尺多高，浮萍散飘在水面上，我和星痕都采了不少。天色渐渐晚了，月儿也慢慢高起来，照得水面如同泻银一般，四面静悄悄没有什么声音，我们仿佛睡在母亲的摇篮里，舒服极了，远远忽传出铁笛的声音来，那声音非常凄凉清越，星痕低低的唱着《送春归》的哀调，我们都有些伤感，真是心情萦绕着绮丽的哀愁呢！

　　十点多钟，我们从船上下来，游兴未阑，又约着大家，上了白塔，这时月光比以前更空明皎洁，我们从白塔上俯视古城，万家灯火仿若天上星辰，那些房屋如梳子齿儿般排列着，我们站在白塔顶上，地高风大，吹得我们夹衣如蛱蝶似的飞舞。我这时低头往地下看，忽然发生了奇想——倘若这时我用白色的绸帕，蒙住头向下一跳，不是什么都完了吗？人类真太渺小了！想到这里又不免叹气！致一说道："时间不早了，回去吧！"但是陆萍一声不响的睡在白石上；剑尘说："回去睡吧！看回头着了凉！"陆萍仍是不理，似乎脸上还有泪痕，我们也不敢再向他看，致一和剑尘勉强把他拉起来，才一同下了白塔，各自回去了。

　　四月七日　　昨夜玩得太高兴了。——也许心情是过分的奋发，因之今天似乎起了反应，事情是懒得作，心灵里萦绕着一种微妙的哀感，不时想到昨夜飘浮海心，对月噙泪的情景，从早晨起，一直怔怔的坐在房里——今天又是星期日，书局不办公，有了空闲的时间，免不得万种闲愁兜上心来，更觉得苦闷的时光，无法排遣了。

　　下午接得致一的信，那孩子真聪明，在昨夜绮丽哀凉的情景里，他了解了人间的悲哀，他的信上说："昨夜的情景太凄凉了，我看着你和星痕的一双泪影，深深的了解人间的哀愁，我虽没有你们那样的难过，但是心情也感到从来所未有的惆怅。"

  我把致一的信从头到尾看了两遍以后，我莫明其妙的落下泪来——这一个黄昏便在悄声咽泪里销磨尽了。唉！

  四月八日 最近我常常感觉到我心情的消沉，不是好现象，有时候和星痕谈起，彼此都不免叹气。我们几次想变换我们的生活，但是到处都插不下脚去，不消沉又将奈何！可怜！我们谈来谈去都无结果，最后星痕说道："纫菁！我们还是忍着吧！……你看露文跑到南方去，形式上似乎比我们热闹，其实还不是一样潦倒。……"自然星痕近来的心情，自不免过分的颓唐，在她的眼光里看过去，世界上也真没有什么事可作呢……我本来也是最不喜欢活动的人，我的脾气，倔强乖僻，和一般人周旋不来，从前在学校的时候已经对处世有所惧慑，现在到社会上来生活，更是走一步怕一步；况且现在的情形，比从前更坏更复杂——就是作一个教员吧，也不能像从前那样安适，往往三四个月拿不到薪水，因之生活屡屡起恐慌，精神自然也就更痛苦了。

  今天和朋友们谈到救国，整顿民生的问题……在他们激昂慷慨的态度里，使我久已压熄的灵焰，又渐渐重燃起来，我恨不得立刻放弃一切，到敌前去——我想像匹马奔驰于腥风血泊中的生活，一腔热血几乎喷了出来，但是惭愧，这又有什么用呢！？几分钟以后，一切又都缓和了。我真是怯弱无用的人呢！

  下午我站在院子里，看晚霞，小翠，我的表妹，递给我一封信，正是剑尘的，我倚着葡萄架，遥对着流霞，将信拆开看了，他说：

    菁姊：前天晚上北海之游，真美妙极了，可是你大约又
   勾动了心伤吧！我一直惦着你，不知道你现在的心情如何？
   我希望你好好的扎挣吧！你的身体不好，最大的原因，还是心

情的抑郁——昨天我听致一说你病了，我真不放心，现在好了吗？……

唉！我如痴如呆的望着半天流霞出神，手里的信已掉在地下，小翠正蹲在葡萄架下采野菜花呢，她不提防到吓了一跳，抬头望了我一眼，把信递给我道："怎样！？……这信不要了吗？"我摇了摇头，把信放在衣袋里，走回屋里——小翠看了我这样子诧异极了，一声不响地跑到上房找姑妈——大约总是告诉姑妈什么去了，唉！聪明的小翠你知道我的心事吗？

四月九日　　今天接到超西从英国寄来的一封信，他说：

纫菁吾友：我自从去国以后，生活完全变更了，心情也不同了，近来到各大图书馆念书，很感兴趣——并且发现了几本在国内买不到的绝版中国书，真如同哥伦布发现新大陆的欢欣，所以我打算天天到图书馆去抄一份，预备将来带回来。

你近来的心情怎样？我时时念着你。有时候我独自跑到公园，坐在芭蕉树下的巨影下，常常默想国内的朋友，不知近来怎样？尤其是你那清瘦的身影，时时浮上我的心头，使我不禁叹气！……日子也真快，元哥已死了三年了，回想当年我们住在上海的时候，几个人没有一天不在一处谈笑捣乱，你还记得我们曾组织过改革社会团？成立会是在松社开的，当天兴高采烈聚餐以后，还拍了一张照片，现在这张照片还在我的书架上放着，但是像上的人，都不是从先的样子了，元哥与绍哥死了，其余的平和琦也都没有消息，唉！真是往事不堪回首呢！

我有时想到我们这些人，若果还像从前那样勇敢热诚，今天的国事，或者不至糟到如此地步！我想着真不免痛哭，元哥他实在是我们友人中最有才略担当的，偏偏短命而死，真叫人情愤难平呢！

　　超西的信好像是一把神秘的钥匙，将我深锁的灵箱打开了。已往的事迹，一件一件展露在眼前，尤其使我痛心的是永远不能再见的元哥，我拿起他的遗像，我轻轻的呼唤，但是任我叫干了喉咙，从不曾听见他一声的回应。唉！我哭了——真的两三个月以来，今天是最难过了。我紧紧握着自己的手，心也绞成一团唉！我无力的睡倒了。

　　四月十一日　　昨夜是低咽着，流了一夜的泪，今天心里觉得好闷，头目作痛，我恐怕又要病了。公事房不能去，请表弟打电话去告假，我只凄楚的躲在床上，下午星痕听见表弟说了，她不放心，立刻跑来看我，她坐在我的床沿，怔怔的看着我叹息，她也说不出话来，只是握了我的手垂泪，姑妈见了这种样子，也禁不住用衣襟拭泪，小表妹只是怔怔的望着，四围的景象真凄凉极了。

　　星痕今夜没有回去，我们对谈对哭的又闹了一夜，不过心情倒比较舒服了，天明时，我们都沉沉的睡去。

　　梦中我看见元哥了，他还是生前一样沉默无言的望着我，眼角似乎尚有泪痕，他凄楚着说道："菁！我苦了你！……"他嘘着气，同时听见窗棂里呼呼的风鸣，真是可怕的鬼境呢！我吓醒了，睁眼看见窗户幔上，已射上晓日的光辉，星痕还睡着呢。我悄悄披上衣服下床，走到穿衣镜前，看见自己憔悴的瘦影，心头兀自酸梗，唉！命运之神呵！我永远是你手下的俘虏！

　　四月十二日　　两天没到公事房办公了，不免积下许多应办的事情，整整料理了一个上午。编辑教科书，有时真感到干燥，没有兴趣，尤其因为我的心，正是时时涌起波浪的海，我拿着笔不知写什么好，只感到自己是生于梦幻中——理智的工作譬如是断续的警钟，一声响动，也能从梦幻里醒来，但是钟声一停，便又恢复原状。

有时作得不耐烦，就想放下笔，辞别这单调的公事房，永不再进去，但是想到吃饭的问题，这个决心又动摇了。唉！渺小的人类往往为了物质的生活，而牺牲了意志的自由，在这种环境之下，人间那里还有伟大！

下午回家，接到剑尘的电话，约我明早到北海去玩——今天人很觉疲乏，不到九点就睡了。

四月十三日　　今天天气特别晴明，当我还没起床的时候，已看见金黄色的太阳，照在东边的墙上，窗前的藤花，一穗一穗的都开了，颜色是浅紫——这是我生平最喜欢的颜色，所以每年藤花开时，我是有工夫就向它饱看，直到香消色退，它是软疲得抬不起头来，我也不忍再去看它，只是每日从外面回来时，经过藤萝架，偶尔踏着那飘零花瓣时，总要为它不幸的命运叹气。

但是这时候却是藤花的黄金时代，叶子有的是深碧如翡翠，有的淡绿如美玉，花穗倒悬着，如美人身上的绣香囊，娇丽可爱。那浓郁的香气，更是使人迷醉，我从床上下来，便推开纱窗，怔怔的望着藤花，我醉于它的丽色，我醉于它的温香，这时我如高贵的王子！我感到幸福了。

我坐车到北海去，经过金鳌玉栋的时候，已看北海的绿漪清波，远远的白塔，和景山都罩于紫气朝雾中，我进了北海的大门，就沿着北边那条山路前进，一群白羽如雪的鸭，正浮在水面，真是"白毛浮绿水，红掌拨青波"，我不觉看呆了。后来布谷鸟在树上，"快快布谷，快快布谷"的叫着，才把我唤回人间，我提起青油小伞，向前走去，看见园里的一草一木，都娇媚的披上新装，在含笑欢迎我呢！

我数着自己匀齐的步伐，不知不觉已来到红色牌楼的石桥上了。远远已看见剑尘站在漪澜堂旁边的山坡边等我，那半山腰的木芍药开得灿烂如锦，我们就在半山的藤椅上坐下谈话。剑尘报告他这几天的工作，又报告我关于时局的几种消息，我只默默的听着，后来他又谈到那夜在月下荡舟的情景，心里又起了莫名所以的怅惘，后来他又要再三问我的病状，我告诉他已经好了，他似乎不相信，只注视着我的脸道："纫菁！你又在骗我了，看你的两个眼窝，是那样陷入而且又围着一圈灰色……唉！叫我也没办法！我几次劝你看开些，我也知道这是白说……我深知道你的烦愁，绝对不是几句话所能劝慰得来的……我自己的能力又薄弱……但是纫菁……"他说到这句上便顿住了，眼圈红了红，我更觉得难过，眼泪禁不住滚了下来。

在回来的路上，我一直是咽着眼泪坐在车上，我近来觉得剑尘待我太好了。这一方面固然使我得到安慰，但是另一方面呢？我自己的事情，我自己是明白的……唉！他要是希望从我这里得到人生幸福，那末我更是对不起他，我是不幸的人，我所能给人的，只有缺陷悲哀……唉！天呵！你太播弄我了！

可怜剑尘他是英秀挺拔的青年，但是我怀惧，我恐慌，我是怯弱无用的人，总有一天，我自己把持不住，不定什么时候，我将让他看到我赤裸裸的心——那是一颗可怕的足以诱惑他的心，然而天知道，这不是我故意造成的罪孽，只是我抗不过命运的狡狯，我们彼此都是命运的俘虏。

现在我还是努力的扎挣，我还能咽着泪拒绝他纯洁的爱，所以近来他虽在说话时，或信中有所表示，我只是背人滴够了泪而后掩饰着——正像我真一无所知的样子。

可怜我宛转的心谁又明白！人们只觉得我是受过大阵仗的，一定能

219

如老僧般一无所动，但是事实又那里如此简单！我近来为了这可怕的前途，不知又绞了多少血泪，戳了几处心伤——明明知道蚕子作茧，终是自缚，而明知故犯，甘作愚钝。唉！可怜！

我们黄昏时才由北海回来，到家后心神一直不安，我写了一封信给剑尘道：

> 剑尘：你想吧！一只孤零的疲雁，忽然在这冰天雪地的古城中，停在枝枯叶落的梧桐树上，四境是辽阔得找不到边际，没有人烟，没有村落，你想这孤雁将如何的忍受这凄凉！但是剑尘：你要知道，如果它是永远永远被造物所弃，让它孤栖的僵死在这广漠的荒郊，也倒有了结果；然而就是这一点希望它都得不到！结果它被一个旅人，捉下来放在檀木雕成的鸟笼里了。那是旅人的善意，它本当感激，从此忠忠实实的作个依人小鸟，不也就完了吗？无奈它天生成的不羁之性，况且心创难平，因之它几次想悄悄的逃避，到底又放不下待它忠诚的旅人，而且前途也太孤凄了。唉！从此它将彷徨歧路，它将自己焚毁自己。
>
> 剑尘！这只孤雁真值得可怜呢！聪明的剑弟！我不敢再在你面前装英雄了，我实在是一个平庸的人，我有人所应有的情感，我一样的易被人感动，不过我们遇见太晚了，只这一点便足铸成我们终身的大憾！我们将永远辗转于这大憾之下，直到我们的末日来临……

四月十四日　　今天到公事房去，表面上虽然是作了不少的事，可是心神仿佛野马般放开四蹄，不知跑到那里去了。时时想到黯淡无光的前途——荆棘遍径的前途，以后是迈一步险一步，这可怎么好呢！我想到凄迷的时候，手里的笔落在纸上，墨汁污湿了稿纸，在这黑团当中，我似乎看见魔鬼在狞笑，我不禁气塞咽喉，浩然长叹，同事们都惊奇的向我注视，我被他们冷严的眼光所恐慑，才慢慢的镇静了。

下午回家，觉得心灰意懒、四肢疲弱，放下蚊帐悄悄的睡了，但是那里睡得着，只觉思绪万端，如怒潮如白浪，不止息的搅扰着，中夜才蒙眬睡去。

四月十五日　恹恹心情仿佛一只困鹤，低头悄立于芭蕉荫下，无力展翅便连头也懒得抬起来，唉！病又乘隙来侵，怎样好！？今天公事房又不能去，只静静的睡着，有时掀开幔帐，看看云天过雁，此心便波掀浪涌。

下午剑尘打电话来，我告诉他我病了，他很焦急立刻跑来看我。

今夜是极美丽的星夜，天上没有一朵浮云，碧澄澄的天空上，满缀着钻石般的繁星，温风徐徐的吹拂着，我披上夹衣，同剑尘在白色茶花丛前的长椅子上坐了，我无力的倚在椅背上默默注视着远处的柳梢——那是轻盈柔软的柳条，依依于合欢树间，四境幽寂，除了星群的流盼，时时发出闪电似的光华外，大地是偃息于暗影中了。

寂静中我听见自己心弦的颤动，同时我也听见剑尘心弦的幽音了。我们在沉默中过了许久，剑尘银钟般爽朗的声音，忽然冲破了寂静，他说：

"菁！我告诉你一件可笑的消息……那文学教授在打你的主意呢？"

"这本是我早已预料到的笑话……但是你从那里听来？"我向剑尘追问。

剑尘微微笑了笑，他并不回答我的话，又过了许久，他又说道："你知道除他以外还有人也作此想呢？"

这确是我所未之前闻的事，不觉惊奇的问道："真的吗？……谁？请你赶快告诉我吧！"剑尘低了头道："我不告诉你，你自己猜去吧！"我有些焦急了："我真想不出还有什么人在……"剑尘不等我说完，他忽然向天长叹——这实在是很明显的暗示，我的心抖颤了，我不愿意再往下问，于是我们又沉默了。

剑尘走后我兀自在院子里坐了许久，直到夜露浸湿了我的衣裳才回到屋里睡下。

四月十六日　　今天扶病到公事房作了一上午的工，回家来，已经神疲力倦，正打算睡下休息，忽然张妈拿进一封信来，看是剑尘的笔迹，我手发抖，我心发颤，忙忙拆看道：

菁姊：昨夜在你家小园里的谈话，我知道你是想不到的——当时我还有许多话。但是我怕你怪我唐突，所以不敢说。不过菁姊！隐瞒又有什么用呢，求你还是让我说了吧！我明明知道，我所希望于你的……无论如何是办不到，但我自己也不晓得，何以我会发生这类愿望——等于幻想的愿望。

菁姊！我自己也不明白为的是什么？先是同情于你，后是可怜你，最后是——这句话我不该说，不过不说也是事实。菁！你原谅我吧！——最后我是爱你！唉！菁！我明明知道自己是幻想，但我也不能不让你知道，即使现在不说，我以后也得设法使你知道。

其实你过去的残痕，我知道得很清楚，别人可以作这种幻想，按理说，我怎么也不该有这些幻想——而且幻想能成事实的，从来所未有过。然而菁！我告诉你，幻想虽然是幻想，但是你无论如何是不能阻止我的心幕上印上你的印象呵！这种的幻想我也不敢奢望它能成为事实，菁！我们就走到这里为止吧！不过我最后还要告诉你，菁姊：你的印象已经很深很深的印在我的心幕上了。这也许是我们生命史上一点痕迹吧！

唉！真是罪孽——剑尘终于赤裸裸的向我表白了，我今后将怎样处置呢？剑尘呵！我对不起你，我将终身对你负疚！

我的眼泪湿透了信笺，我的心将碎于惨酷的命运的铁拳下，我伏在床上，我默默的祷告了。但是那里有神的回声呢！

四月十七日　　夜像死般的寂静，便连风吹树叶的声音也不容易听见。只有暗影里的饥鼠，在啮啃木头，发出一些刺耳的声音来。我倦倚在窗前的藤榻上——我的心伤正在暴烈呢。唉！可怜由战场上逃归的败兵哟！我的心弦正奏着激烈的战曲，然而我已经没有勇气，没有力量了。最后我将成为敌人的俘虏！

唉！我真浅薄！我真值得咒诅！我永远不能赶出心头的矛盾的激战！

现在更糟了，不知什么时候，连一些掩饰能力也失却了。今晚在淡淡的星光下，我一切无隐的向他流露了。我迷惘得忘了现实，我只憬憧在美妙的背景里，我眼里只有洁白的花；热烈的情感——如美丽的火焰似的情感，笼照了整个的宇宙，温柔舒适迷醉。但是我发现了我的罪恶，我不应当爱他，也不配承受他的爱，我的心是残伤的，而他的呢——正是一朵才绽蕊的玫瑰，我不应当抓住他，但是放弃了他吧，然而天知道这是万分不自然的，我也曾几次想解脱，有时他的信来，我故意迟些回信，打算由我的冷淡而使他灰心，可是我又无时无刻的不希望他的信来，每次从街上回家，头一件就是注意到书桌上的信，如果桌上是空的，我便不自觉的失望，心神懊丧得万事都没心作，必等到他的信来了我才能恢复原状。唉！这是多少可怕的迷恋呵！

　　这几天我的精神苦痛极了，我常恨我自己不彻底，我一面觉得世间的一切可咒诅，一面又对于一切留恋着，有时觉得人间万事都可以拿游戏的态度来对付，然而到了自己身上，什么事都变成十分严重了，唉！这心情真太复杂了。因此我的喜怒无常，哀愁瞬变，比那湖面上的天气，变得还快，但是心情虽然是如此，为了生活，整天仍是扎挣于车尘蹄迹之中。未免太可怜了！

　　四月十八日　　人真太神秘了，最聪明也就是最糊涂，比如一个人对于某一件事情已经看到结局了，但是没有走完这条路，他总不肯止步的，我早已推测到剑尘和我的恋爱是不能成功的，按理我就不应当再往前走。可是事实上又不是这样，我觉得心灵中有一种不可抗的力，时时支配着我，在心波平定的时候，还有自制的能力，不过微风过处，又吹起一池波浪！

　　今天我决心——打定主意到此以后不再给剑尘写信，纵使有必须写信的时候，我也再不说一句感情话，慢慢的使他冷下去……但是太可耻了，今午接到剑尘的信后，我又不能自禁的给他写了信。自然这也许是因为剑尘的信太有力了，他说：

　　　　敬爱的菁姊！我看见你昨天的信，不知为什么，我觉得你信中的每一个字，都似利锥般，在我心头狂刺，我看到第三遍时我不禁流下泪来。

　　　　菁姊！我只知道你是一只飘零的孤雁，所以不愿意我来同情你，爱护你——你的意思是我们俩的境遇差太远了，其实你错了，菁姊！你真错了……唉！我不忍说……可怜我也只是一个落魄的旅人呵！我走遍了郊野，我爬尽了山峦，然而我依旧是孑然一身，我到如今——除了你没有第二个伴侣，不幸你再弃我不顾，叫我怎样惨凄呢？

　　我也很清楚你的心——你确是茹忍着苦辛呢，但是我也不敢有非分的希望，我只求你让我将我一腔热烈的同情，贡献于你的面前，你收纳了吧！

唉！我流出了怯弱的眼泪还有什么？！现在我顾不得许多了，暂且骗骗他和我自己吧！说来真够伤心了。

今夜我依然给剑尘写了回信，而且是一封情辞绮丽的信，封上信时，我觉得羞惭，我恨我自己呢！

　　四月十九日　　今天我到学校去，恰好遇见星痕，她紧锁着双眉，泪光盈盈的对我说："整天这样，失了知觉似的混着，真不知如何是了？"我默然无言，我本想劝她看开点。可是这话我觉得碍口，我们不是只有应酬而无真情的朋友，我不能对她说那不关痛痒的安慰话，她的身世和心情我很清楚，我不能安慰她，正如同我不能安慰我自己是一样的情形；所以当时我只有叹气，后来我将要走的时候，我咽了咸涩的眼泪说道："星痕想法子自己骗骗自己吧！"她瞧了我一下，眼圈红了，拿起粉笔盒子，低着头到课堂去了。我直看着她伶仃的瘦影，转过夹道，我才黯然的回家去了。

今天家里真寂静，姑妈也出去了，我独自坐在书房里翻了几页书，心头觉得闷闷的，便信步到后院的小花园里看看。只见葡萄架已经搭好了，嫩绿的葡萄在温风里摆动，丁香桃杏都已开残了，满地残红碎紫，使人不忍细看，我正在替花悲伤的时候，忽然间一阵风过，又吹落了不少丁香花朵，洒在白色的衣襟上。我将它兜起来，都倒在金鱼缸里，那些金鱼都受了一惊，蓦然沉到缸底去，后来看见没别的动静，才又慢慢的浮上来,摆动着它那美丽的金色尾巴,在花下游来游去。

我觉得有些倦了,回到屋里,姑妈也已经回来了。

四月二十日　昨夜作了一个怪梦,梦见我独自一个人,不知怎么跑到乱山错杂的荒野去,而且天又是十分阴沉昏暗,我站在十字路口,四境沉寂,没有人,连飞鸟也都绝迹。我正在惊慌失措的时候,忽听见远远有哀乐的声音——还有人唱着进葬的挽歌,远远的有许多人向这边走来,恍惚有人告诉我,他们是替元哥送葬的。我听了这话,果真相信是这么回事,心里一阵凄酸。我望着那些人哭了。正在万分凄楚的时候,忽见我死去的朋友伊文在我肩上拍了一下,叹道:"走吧!跟我们一同走吧!这种世界究竟有什么可留恋的,而且你又是这样孤寒?……"我听了真伤心,想道:"果然!活着究竟有什么意义,还是同他走吧。"我正要迈步的时候,忽然听见有人拦阻我道:"走不得,你还有多少事呢?"我踌躇了,伊文似乎鄙视我的抛不下,他冷笑着推了我一下,叹道:"早呢!早呢!你的梦醒!"我被他一推冷不防摔了一跤,便惊醒了。睁眼一看原来是一个梦。为了这奇怪的梦,我怅惘了大半夜,我恨我自己愚钝,不知什么时候才是大解脱呢!

我的梦虽然奇怪,但是细想起来,也并非无因,可怜我平日就是在生和死的矛盾中生活着。

近来的心情,似乎有点异样,比较从前更复杂,从前只是一味的诅咒人生,感觉得四境的冷寂,但是我还很镇定,如同冻成坚冰的湖水,永远不起波浪。近来呢!似乎坚冰已经解冻了,心底的残灰又重新燃烧起来——那里来的燃料,天呵!我知道——然而这不过是毁灭自己的结果呵!

不幸我又跑到歧路上来了,前面是乱山丛杂,后面是虎吼狼号,我不能停在十字路口,然而我也找不到我应走的道路!这真太可怜了,自己几次踏践着自己的足迹，恨不得扯碎宇宙的一切，使之都化归乌有，不然我是将要死于矛盾的生活中，万劫不回呵！

四月二十二日　　今天是星期日，比较清闲，天气又特别好，太阳照在翡翠色的葡萄叶上，光芒四射，杜鹃鸟在海棠花荫，不住哀啼，风是温馨得使人沉醉。我起床后，随便擦了脸，覆额的短发飘拂在肩上也无心梳整，只呆呆倚着门槛出神。

这些日子，我实在变了一个人，我的心由冷漠而温暖，现在又由温暖而沸腾了。唉！灵的火焰，灼灼的烧着了，怎么好，我有些沉醉了。好像喝了毒酒后的沉醉，我竟失却自制的能力。

午饭后剑尘来看我，我们坐在丁香花下的椅子上，这时小园中的一切，都似浴后美女，娇慵无言，便是鸟儿也似乎有了些春困，蜷伏在叶底，四境阒寂，我们就在这阒寂中，迷醉了，剑尘从丁香树上摘下一小丛丁香花来，插在我的衣襟上笑道："有花堪折直须折，莫待无花空折枝。"我听了这句话心里禁不住一阵悲惘，想到人生数十年，除了衰老病死，得意的时期真太短促了；况且像我这样的身世，自己打碎了青春的梦，便连那短促的得意也失却了，这时我的心抖颤着，我不禁流下泪来！剑尘很诧异地望着，他自然不明白，我这突如其来的悲感；他握住我的手，安慰我道；"纫菁！不要伤心吧！以前的一切都算是昨天死了，现在我们好好的快乐，好好的生活吧！"我只点点头，我不愿多说什么，尤其在剑尘面前，我不忍深说什么，因为我深明白他是十分热烈的希望我因他而振作，我也希望我能从他那里得到刹那的迷醉，使我灰色的生命，偶尔也放些光芒。这时我的心弦颤动了，眼前的一切都变了形色，一张温柔的绮丽的情网展开了，我如同初恋的少女，迷醉于爱的醇浆里，我无力的倚在剑尘的怀里；他好像是牧羊人，骄傲而得意的抚摩着这只驯羊。

我听见剑尘的心弦的颤动,它弹出神秘的音调,他轻轻的说道:"纫菁!我从你那里认识了生的伟大和美丽,所以设使我离开你,我便失却生的意义了。"

我蓦然受了良心的责谴,我错了,我不应当故设陷阱使他探溺呵!我陡然抬起头,我离开他温暖的怀抱,我抱住梨花的树干,我呜咽了!

剑尘如同堕在五里雾中,他莫明其妙的望着我,最后他叹着气将我送到房里……直到深夜他才走了。

四月二十三日　　今天早晨我到公事房的时候,在路上遇见许多马队和背着明亮刺刀的步兵和警察,压定五辆木头的囚车奔天桥去。路上的行人,如一窝蜂般跟在后面看热闹,来往的车马都停顿了,我的车便在一家干果店的门前停着。那些马队前面,还有一队兵士,吹着喇叭,那音调特别的刺耳动心,我真有生以来头一次听见,简直是含着杀伐和绝望愁惨的意味,使我不自主的鼻酸泪溢。兵队过去了一半,那五辆囚车陆续着来了,每一辆囚车上有四五个武装警察,绑定一个犯人,在犯人后面背上插着一根白纸旗子,上面写着抢匪一名李小六,那是一个三十多岁的男子,面容焦黄样子很和平,并不是我平日所想象的强盗——满脸横肉凶眉怒眼的那样可怕。又一辆囚车上是一个灰色脸的病夫模样的人,此外还有两辆囚车被人拥挤得看不清,最后一辆囚车上是绑着一个穿军装的人,他把头藏在大衣领里,看不清楚,听路上的人议论,那是一个军官呢!不知犯了什么罪……囚车的左右前后都是骑马的兵队密密层层跟着,唯恐发生什么意外,其实人到了这个时候,四面都是罗网,那里还扎挣抵抗呢?

这一大队过去了,我又坐上车子到公事房去。在车上不住想这些囚人就要离开世界,不知他们在这一刹那是咒诅世界呢?还是留恋世界?是忏悔呢?还是怨恨?我很想从他们脸上的表情窥察他们的心,但是我看不出他们有特别的表示，还很平常的，也许他们是真活够了，死在他们也许认为是快乐的归宿，我虽这么想，而我不敢深信我的话是对的。目为我自己的体验，死，实在是无可奈何的事情，除非我不知道我什么时候死，忽然出其不意的死了。那也许没有什么苦痛。否则预备去死的那一段时间，又是多么难忍的苦痛和失望呵！

我的思想乱极了，在公事房里办着公，依然魂不守舍，一直惦记着早晨那一出人间的惨剧，我真觉得烦闷，为什么人总是那样自私呢！这几个被枪决的囚犯，是为了他们的自私而作出杀人放火的事情，现在大家又为了大家的安逸、自私——而枪决了他们，这世界上都是些褊狭的人类吗？唉！我为了这个要咒诅世界的人类了。

四月二十五日　　现在是将近暮春的天气了。我起得很早，七点钟的时候已经到书局去了，在城门洞里我遇见一个奇异的老人，头发须眉都白得像一把银丝，被温风吹得四散飘扬，一张发红光的圆胖脸十分精神，手里拿着四五十份报纸向着走路的人叫道："卖报呵，卖报！"接着就唱起朱买臣的《马前泼水》来了。我的车子从他面前走过，看见他含笑高唱我不禁怔着了，觉得这真是一个奇异的老人，虽然已经有了一把子年纪还是这么有兴趣，同时我不免伤悼自己人世虽然只有二三十年，已经被苦难消磨得毫无生趣了。为了这意外遇见的老人，又使我怅然终日。

下午致一来看我，他近来意兴也很萧条，我们谈些不关紧要的话，大家都像有什么心事似的。我忽然想到星痕。我要问致一他们的近况，但我很明白，这就是使致一很难过的原因，我何忍再去撩拨他，后来致一对我发了半天牢骚，他说他觉得烦闷觉得苦恼，他觉得近来内心和外形的不妥协，往往外面越冷静心里越沸腾，这一颗心好像海洋中的孤舟一刻不能安定……他说着凄然了，我也无法安慰他，只有陪他垂泪，后来致一看见我桌子底下放着一瓶玫瑰酒，他拿来打开接连喝了两茶杯，那神气凄楚极了，我不忍看下去，夺过酒杯来藏到别处去了。但致一已经醉了，他伏在椅背悄悄的垂泪，我将他扶在沙发上睡下，我掩了门回到卧房里，心神也十分不快，不免把那瓶里的余酒一气喝完，昏昏有些想睡，不知不觉睡着了。醒来的时候已近黄昏了，致一还睡着没有醒，我把他叫起来，让他喝了两杯浓茶似乎好些了，又坐了些时，就走了。

四月二十七日　昨夜睡的很不安稳，头半夜一直作着可怕的梦，后半夜又失眠了，睁着眼看月亮，先是清光照在我的墙壁上，后来渐渐移到窗子上，最后看不见月光。天已经快亮了，疏星在灰蓝的天空闪烁着，远远的公鸡唱晓了，不久老仆人起来扫院子，宿鸟也都起来，站在枝头吱吱的叫唤。而我呢，还是白睁着眼无论如何都睡不着，头部觉得将要暴裂似的痛。

今天公事房又去不了，只得打电话去请假，下午接到剑尘的信，他说：

> 菁姊，我告诉你一件很悲惨的事情，前天我由你家里回来已经是深夜了，可是还有一个人坐在我的书房等我——他是我中学时的同学，他见我对我说："姓史的祖父快死了，希望我明天去看看他，他家里贫寒，实在很可怜。"我想姓史的也是我朋友的兄弟——虽是我的朋友已经死了，但是看见他兄弟这样的境遇，自然应当去看看他。
>
> 昨天早晨我由东四牌楼乘电车，到了那条街找了许多时候，才找到他的那条胡同，真狭窄极了，况且他又是住在一个大杂院里，一家七八人只住一间破房子，他的祖父又正病着，一家大大小小都围在那老人的床前，等候医生呢。那位姓史的

正在院子里，一张破桌上抄书呢——因为他家现在就靠他抄书得几个钱过活，这情景真够悲惨了。我见了他几乎落下泪来。

　　他见了我脸上的颜色更惨淡了，他低声告诉我说，他祖父的病恐怕没有什么指望了，若是早晚发生了意外，钱是一个也没有着落呢！他说着眼圈红了，我真不知怎样安慰他才好。当时我摸摸衣袋，通身只剩一块多钱，我就把那钱塞在他手里，说道："我今天手边没带什么钱，这一点先送给你零用吧，以后我再替你打算一点。"他接了钱，对我谢了又叹道："当年祖父也曾作过总督，谁想到下场是这样凄凉呢！"我听了这话真是更难过了。忙忙告别走了。到家以后心里一直发闷，想到世界上可怜的人太多了，可惜自己又没有能力，遇见这种事情只有难过一阵子算了，唉，菁姊，世界难道永远这样黯淡吗？……

我看完剑尘的信，心里更是烦上加烦，恨不得立刻死了，便什么都看不见听不见了。

我也懒得写回信，没有吃晚饭我又睡了。

四月二十八日　　今天心情依然不好，早晨看报，知道智水被枪决了。我更禁不住伤心，智水我认识他很久了，我很相信他是一个有志趣有作为的青年，但是他的结果是这样悲惨，怎样不叫人愤恨呢？唉！什么叫做正义，什么叫做人道，谁又是英雄，谁又是反叛，反正是自私的结果呵！那一个倒霉便作了枪下之囚；走运呢，叛徒立刻又成了伟人了，唉！上帝呵！望你发个慈悲把宇宙毁灭了吧！

我愤恨了一阵，又想到智水身后的可怜了，他的妻也是我的朋友，今年才二十三四岁吧，他最大的儿子也只有六岁，小的一个还未满周岁呢。智水这一死，这一家寡妇孤儿又将何以聊生，我想到这里真不知怎样才好，什么事也作不下去，吃完午饭，我就跑到智水家里去看他的夫人……唉，天呵！这是一种什么世界呢？太阳失了往日的光色，风发出悲怒的呼声，我才迈进他们家的门槛时，我的眼泪便泻下来了，我的两腿有千斤重，简直抬不起来了！我的心忐忑的跳着，他的夫人满身缟素，伏在灵桌上哀哀的哭，我一把掣住她，什么话也说不出来，只有放声痛哭！最伤心是他的六岁的儿不住声叫道："爹爹呵！我要爹爹！"我将他抱在怀里，他的热泪都滴在我的手背上，唉！我的心真仿佛碎了，这那里是人间呢，简直森罗地狱也不过如是吧！

我到晚上才回家，深夜时我又找到智水送我的一本书——那是我们第一次见面时他给我的纪念品，那里知道这本书真成了我毕生纪念智水的唯一纪念物了！我看了这本书不免又想到人事太无凭了！

一夜有没好生睡。可怜的菁！呵！一重重的刺激，接二连三的向我侵袭，怯弱的心又怎么担负得起。唉！

五月六日　　连日心情不好，身体也失却康健，终日卧床昏睡，日记也间断了五六天，在病里剑尘时常来看我，他的热情使我暂时忘了形体上的苦痛，但是当他离开我的时候，我的心受了更深的谴责。

今天早晨他敲着我的房门的时候，我为了他那惯熟的声音，我流泪了，我转过脸去，闭上眼睛，装作睡着了；他轻轻开了门进来，见我睡着，他就悄悄的坐在对面的椅子上，我等到咽下泪液拭干了泪痕，才装作初醒的样子。睁眼向他点头招呼，他走到我的床前，看了我半天，他叹了一口气道："纫菁！今天你的脸色更憔悴了，神情更黯淡了，唉！……难道我真不能安慰你吗！"我听了这话，不禁眼圈又红了，我转过头去。

四境现出可怕的死寂，我装作睡着了，听见剑尘轻轻的离开我的屋子，他叹着气出了房门，我知道他走了，我才敢呜咽的哭……唉！天呵！这真是太惨酷的刑罚呢，我那里是不需要安慰的，剑尘以赤心来爱护我安慰我，我那能拒绝，但是天已诏示我悲凉的前途了，我那敢任情，当热情如怒火在我心里焚烧的时候，我自己替自己浇下一桶冷水，我自己用剑扎伤我自己，我喝自己的鲜血，唉！这一切一切只有我自己明白……可怜我已是这样压制自己了，而结果剑尘还是受了我的影响，他现在的态度完全变了，从前他是很积极的，似乎不大明白悲哀的意义，然而自从认识了我，他感到人间的缺陷，他觉得自己的不幸，他前几天的信里有一段话说："菁姊！我近来也常常感到烦闷，所有的朋友，只看到我的表面，他们都认为我是乐观的人……其实我内心的苦痛是说不胜说呵！不过除了你没有懂得我的人罢了……"唉！剑尘太不幸了！我辞不得拉人下水的嫌疑……最使我惭愧的是一面要想追求生命的火花，一面自己又来扑灭它，这是多么矛盾的思想呵！

五月八日　　今天已经起来了。下午星痕、致一、剑尘都来看我，并邀我到公园散散心，我答应了他们，吃完点心以后，我们便到公园去，这时已经是暮春天气，满地落红，残英碎瓣，因风飘零，真是春色阑珊花事了啊！我不免又想到人间花草太匆匆，不知不觉又是悲从中来，唉！真太脆弱了哟！可怜的灵魂！我自己慢慢的叹息着，但是星痕已看出我的神色来，她不由的也叹了一声，这时我们已来到荷池畔，致一露着有意撩拨的神气，对我道："呵，纫菁！你看流水落花春去也，天上人间。"剑尘听了这话，笑道："得咧！得咧！你几时也学会了这一套！"致一明白剑尘不愿意他惹我们难过，想到刚才所说的话，也不免有些后悔，因此东拉西扯的说些笑话，剑尘也是拿腔作势的谈了些作人的大道理。他们这样傀儡似的扮演，惹得我们又可笑又伤心，星痕不时拿眼瞟着我，我们的心灵正交通着呢，所以当两个人四目相对时，那一种无名的凄酸都冲上心来，眼泪打湿了眼睫毛。

233

我们在河畔坐了许久，才离开它，经过那条最热闹的马路到后门去。那时我们看见马路两旁坐了许多的人，当我们走过他们面前的时候，人们的眼光似乎都在我们身上激射，星痕悄悄说："纫菁！你信吗？……也许有人正在羡慕我们是青春的骄子，幸福的宠儿呢。"我道："这是可能的，而且我们也并不希望他们了解，是不是？"致一和剑尘听了这话，都说："你们也真是太神经过敏了。"我们不禁也笑了！

我回来以后记了今日的日记，也就睡了。

五月十日　这几天的生活已比较安定，每日按时到公事房去办公，下午没事的时候，不是找朋友谈谈，就是看些新出版的文学书，一切都很平淡的过去。

下午剑尘来看我，我们谈得很痛快，他说："纫菁！我们真是弱者，你想吧！现在的这种社会，我们自然对它表示不满，按理我们应当打破这个社会的组织，而创造一个新的，比较差强人意的才是，但是我们仔细的想一想，我们整日的咒诅现实社会，可是同时我们还是容纳这个现社会，甘心生活于现社会之中，这不是弱者是什么？……"剑尘这一段话很使我受感动，我从来不大相信我是弱者，因为我的思想，是对一切反抗过；不过事实呢，我是屈服于一切。从前，我曾作着理想生活的梦，我要找一个极了解我而极同情于我的人，在一个极美丽的乡村里过一种消闲单纯的生活……最初是因为找不到同调毁灭了我理想的一半，现在以至于将来，假使有了这么同调的人，我又顾虑别人的不了解，或者更加以种种恶意的猜疑，卑鄙的毁谤，最后还是去不成。我太没出息。为什么我要受环境的支配呢？！……不过我相信只要是一个人，不论是天才，或是平庸，谁都不能从环境的镣铐下面逃亡的。……不过天才是时时感觉得那镣铐的压迫，时时想逃亡——时时作着逃亡的梦，而平庸的人呢，他们渐渐的习惯了，不感觉镣铐是镣铐，最后他们与镣铐作了好朋友；天才与平庸之间，所差的不过这一点，要说逃出，谁也办不到，除非是死的时候。

　　五月十二日　　这两天的心情又变了，实在最近一个月来，我虽然也常伤心，但是恍惚中还有一件东西，可以维系我——那就是剑尘纯挚的"爱"，但是现在，现在，我的梦又醒了，使我梦醒的原动力，与其说是受外面冷刻的讽刺的打击，不如说是我先天的根性是如此——我的根性是飘浮的云，又是流动的风，我时时飘浮，我时时流动，有时碰到山岫中，白云也可以暂时安定，有时吹到山谷里，风也可以暂时息止，但是这仅仅是暂时的，不久云依然要冲出山岫，风也仍旧要逃出山谷，恢复它的自由——我的灵魂本来就是这样一个不可捉摸的东西，剑尘固定的"爱"怎能永远维系得住我？到了这个时候，一切一切都失了权威。

　　晚上作了一首诗：

　　　　晨风不住的吹，吹起灵海里的悲浪，我咒诅，咒诅这惨酷无情的剧场！个个粉饰自己，强为欢笑舞蹈于歌场。

　　不幸这幻梦，刹那便完，最后人类了解那刻骨的悲伤！吁！这时候呵！爱情的桂冠也遭了摧残！翼覆下的一切，从此都沉默无言！
　　只有我的咒诅，仍充溢于这惨酷的剧场！
　　我把这首诗寄给剑尘去了，但是当我将信放在信筒里的时候，又不免有一点后悔……我知道剑尘他虽然很同情我，一切都肯原谅我，而同时他也最关心我的言谈举动，他比我站的地方要牢固得多，他的见解是比较冷静而理智的，因此我这首诗对他更是一个大打击了。唉！我越想越后悔，只得打电话给剑尘，告诉他我那首诗是写着玩，请他看过之后就烧了，或者根本就不用看吧！信差送到时就立刻烧了，但是他说他不能不看，最后他应许我无论如何，他不以这首诗介怀的。打完电话以后，我又不免可怜自己的不彻底。

今晚月色非常清明，我在院子里坐到夜深才去睡觉。

五月十五日　　天气渐渐燠暖起来，热烈的太阳光，炙得窗前的藤叶，都软弱得低了头，人们呢也都是十分困倦的，扎挣着一直等到黄昏将近的时候，一切的生物才恢复了活泼的精神。

六点钟的时候，星痕来了，她手里拿着一束鲜花，穿着一身缟素，衬着静穆淡白的面容，一种脱然冷淡的表情，使我震惊了。真的，我每次看见星痕，我的灵魂都得到一种特别的启示呢。

她放下手里的浅红芍药，向我道："你这时候有工夫吗？……"我点头道："怎么样？你要我陪你到南郊去吗？""真的。"星痕说完叹了一口气。我说："好吧！我也觉得这几天太沉闷了，出去玩玩也许痛快些！"

不久我们到了南郊，这时的斜阳，温柔的照着一望无际的碧草。一阵阵的清风，吹干了身上的汗液，身体上一切的压迫都轻松了，这时候的灵魂也得了自由，不必为着身体的痛苦而撑持了。

我同星痕顺着一条土道来到坟园。那里有许多坟墓，有的是土堆起来的，坟头上已长了野草，有的上面新添了土，旁边有纸钱的残灰。有的建筑得很讲究，坟是用白石砌成的，坟前树着白色的石碑，碑上的字都糁着石青，颜色碧绿。星痕走到这座坟前叹了一口气，将鲜花放在石碑前，怔怔的静立着，我偷看她的脸，十分悲惨，一滴滴的眼泪直泻下来，流到坟前的土里去。我的心也正绞着酸辛的情绪，我不能安慰她，只有陪她落泪。

她哭了许久，才渐渐止住了，这时天色渐渐黑下来，郊外的地方，人少坟多，再加着晚风吹过碧苇，发出凄凉肃杀的声音，使得我们不禁胆寒；只得忙忙找着我们的车子回来。

我约星痕到我家来玩玩，她似乎很难过的拒绝我，我知道她的脾气也不愿勉强她，我们的车子进了城时就分路了。

今晚我独自坐在葡萄架下看北斗，寂静的小园中，时时听见蟋蟀的鸣声，不知不觉又惹动了我的愁绪，想到今天和星痕郊外悲楚的神情，胸头犹有余酸，我想着我和星痕两个人，真可以算是一对同命的可怜虫，这个世界除了我没有人了解她；除了她也没有人了解我，我们常常把自己粉饰得如同快乐之神，我们狂歌，我们笑谑，我们游戏人间，但是我们背了人便立刻揩着眼泪。有许多朋友对我说："纫菁！你原来是这样活泼，而多情趣的人呵！但是在你作品里，我所认识的你，却和你正相反，到底哪一个是真的呢？……"我听了这话，常常只有一笑，因为我不愿意对不了解我的人解释我自己，而且这是我仅有一点虚伪的幸福，我只要作得到，我总把自己扮饰得比谁都高兴，比谁都快乐，在这个世界上，能够多骗得一个人羡慕我，我就比较多一分的幸福。假使有一个人，为了我的快乐而嫉妒我，我更感到幸福了。我最怕人们窥到我的心，用幸灾乐祸的卑鄙的眼光怜悯加之于我的时候，那比剐了我还要难过，因之我从来不愿向人诉苦，我永远装作快乐的面孔，对于伤心的事情，似乎都不足引起我的注意。——除非那一个伤心人能了解我，那末都等到欢筵散后，舞台闭幕的时候，我可以找到她，我们一同流泪，一同掏出心的创伤彼此抚摸。……无论如何！我总不肯向幸福的人的面前叹一口气，我总得装得我比他更幸福，我总得挫了他骄傲的气焰，我要看他如小羊般服服帖帖跟着我，直等到他向我恳求怜悯的时候，我才心满意足，用卑鄙不屑的冷笑报复他，使得他十分难堪后，我才丢下他扬长而去。

我记到这里，忽然想到星痕给了我一个绰号，她说："纫菁！……

你是一碗辣子鸡！"我现在觉得还不够，将来总有一天，我将变成最辛辣的红而多刺激性的辣椒糊呢！

五月十七日　可笑！我不是决心要作辣椒糊吗？我要人人见了我眼泪就辣出来，但是这只能希望于不了解我的人，可不足为知我者道呢！

在知我者的面前，我是失却一切造作的能力，这时我又成一只小羊了，需要她的温存和抚爱。

下午我同剑尘逛北海，我们站在全园最高的白塔上，风很狂放的向我吹，白雪变着各种形态，向我头顶飞过去。娇艳的晚霞，横卧在西方的天上，淡淡的眉月，在万绿隙中向人间窥探，远山发出紫色的光来，这时四境真美极了。我忘了现实，只憕憧于美丽的幻景中，我仿佛一个女王般的伟大而丰富。

不久暮色悄悄的包围了大地，灰色的天空，闪烁着万点繁星，夜渐渐的逼近人间，我们便离了白塔下山找我们的归路。

一路上明月眷恋的送着我，一直送我到了家，它犹是不肯舍去，在窗外一直看着，直到我入了神秘的梦境后。

五月二十日　人真是太懦弱——我更是弱懦中的更懦弱者——因之我今天又受了不可忍的打击，直到如今我的心还是流着受伤的血。

今天在一个朋友家里吃晚饭，在座的熟人很多，致一也是一个。饭后我们在院子里闲谈，致一忽向我报告说："纫菁！你知道有人在说你的闲话吗？"我脆弱的心弦紧张了，紧张得将要绷断了，但是我还极力镇定，装作不在乎的样子冷笑道："我早知道总有这些不相干的闲话……但是你是从那里听来的，他们又是怎么个说法呢？……"致一道："自然我也知道那是不相干的话，但是人类浅薄的多……所以也很讨厌呢……""哦！到底是怎么一件事呢？你早点说罢！"我的心不住的跳，我有点沉不住气了。致一笑道："他们说你和剑尘发生恋爱……并且说你们快要结婚了。……其余还有些轻薄话，也不必说了，我听了都觉得可气。……"

我听了这话，虽是极力不去介意它，但是不能……我的眼圈红了，致一见我很难过的样子，他赶忙安慰我道："我早已替你辩白过了……随他们说去吧！又有什么关系呢……那些人真太爱管闲事了。"我们正谈到这里，萍云他们走过来，我们只得不再谈下去了，我怔怔的坐着，心里一阵一阵的酸梗上来，我想人们这样议论我们，自然不是什么善意的议论。唉！现在我又成了众矢之的了！

我知道这个闲话，一定传得很久了，前天见着星痕她曾对我说："纫菁！你要留意你的前途，现在人们都对你重视，完全是为了你能扎挣于苦厄的命运中，如果你要是在人前现露了怯弱，便立刻要被人鄙视了。"当时我听了这话不明白所指，现在我才清楚了。唉！是的，我为了要得人们的重视，我只好永远扎挣于苦厄的命运中，还有什么可说！还有什么可说！！

  五月二十三日 今天我在巽姐的家里，见着美生，她还是从前那样的娇艳，流光催老了一切，但是没有损害她的分毫——那一双含情的俏眼，细而且长的翠眉，含着愉悦的笑容，呵！一切一切都和七年前一样——她幸福的梦，也和七年前一样的沉酣，当然这不免使我嫉妒——不过嫉妒又何济于事！最后我只有恨天，为什么在所有的人群中，偏让我有点特别！唉！天，它给我的一双夜莺的眼，永远追求人们所忽略的夜之神秘，它给我的是琉璃球的头脑，我看透一切事实的背景，因此我无论在什么样的好环境里，我只感到不满足，我总是不断的追求，所以我的好梦比谁都容易醒。唉！而今呵！我造成我自己为一首哀艳的诗歌，我造成我自己为一出悲剧中的主人。

　　我们今天谈得很有趣——本来今天这样的天气，槐花的清香，时时刺激人们麻痹的脑筋，合欢树开着鲜艳的红花，时时向人们诱惑——自然这是很合宜谈讲许多浪漫事迹的环境，最初是巽姐的一声长叹，引起美生一篇有趣的议论，她说："巽姐！这正是良辰美景奈何天，赏心乐事谁家院！……"巽姐看着我凄然的一笑，我不由得对她说道："只为体如花美眷，似水流年！"巽姐听了这话不禁也低吟起来，美生就借着这个心的空隙，直攻进来，说道："巽姐！快一点找一个爱人吧！不要辜负了你的青春呵！"这句话又引起我一个特快的意想。我细细将巽姐上下打量了一番，觉得巽姐的确很美——身材窈窕如玉树临风，五官又非常清秀，真好像日光下的一朵玉簪花，但是最后找发现了一点缺陷，就是巽姐的脚，是缠过的，现在虽然放了，但仍然有包缠的痕迹，我不禁笑道："巽姐！你如果是一双天足就十分美了！"巽姐摇头道："还好我不是天足，不然岂不更可惜了吗！"美生听了这话也不禁叹了一口气说道："巽姐！人生不过几十年，何必自苦如是，我看你和纫菁都应当找个结束！"美生说到这里，停了一停，又向我问道："纫菁！……听说你和剑尘很好！……那么你们就赶快结婚罢！"巽姐听见美生的话，也回过头来看着我。唉！这时我心里不由得一阵凄酸！我想到世界上的人尽多，为什么能了解我的人，却这样少——简直少得等于零呢！美生和巽姐总算和我比较相处得久，而她们还是这样不清楚我，别人就更难说了，我一直含着泪默然无言，美生还是再三的要问我究竟，后来我忍着悲痛答道："美生你放心吧！纵使天下的有情人都成了眷属而我也是除外的……我和剑尘不能说没有感情，但是我愿意更深刻的生活下去，我不愿把一首美丽的神秘的诗歌而加以散文化……"美生点头道："自然你也有你的道理，不过剑尘他未必也这样想吧！"这话真正的又是很利害的戳了我的心，我说："唉！……如果剑尘也作此想，那么缺陷的人间，至少也有一件美满的事情了！可是现在呢……我是无意中伤害了一个青年，我只想取得人心的热情，我却没有防备其他的事实……而且剑尘的环境又是个非结婚不可的……现在他是比从前憔悴了消瘦了，唉！美生我近来正为这些事情焦愁呢！……"美生想了一想道："纫菁！……我有一句肺腑之言对你说，我想你一定能够采纳……我想你既是不能和剑尘结婚，你就应当疏远他些，不然将来的结果真不堪深想！"我听这话真是感激得流下泪来："我何尝心里不是这样想呢，但是天呵！我的心是空落落呵！"巽姐见我哭了，她也陪着我落泪，后来我实在不能再支持了，我就辞了她们回家，到家后我又喝了半瓶葡萄酒，泪痕酒滴把一件白色的绸纱弄得斑斓不堪。……直到了苦酒在心里燃烧时，我无力的躺下了，天呵！真太残忍了哟！

五月二十五日　　这两天心情坏极了，真好像是一所战场，在那里偃卧着惨白无血的死尸，满场都是殷黑色的血污，呵，多可怕的战场呵！……可怜这就是我的心哟！我不愿和剑尘结婚……我打算疏远他，但是真可羞呵！我一面替他介绍他的配偶，而我一面暗暗的揩着眼泪。我常常想：假使有一天剑尘和他的妻站在礼堂里行婚礼的时候，我心里的剑尘也就同时离开了我，这时我成了沙漠中的旅行者，而且是黄昏时唯一踯躅于沙漠中的旅人，说不定什么时候飞沙将我掩埋了，唉！这样的命运我又怎样抵抗得了呢……可怜我竟因此疲惫了！但是我还不能不拭干了眼泪写这封是泪是墨，不容易辨认的信，给剑尘。

我写道：

剑弟！……我已经撕碎了我们理想的幻影了，人间只有事实——这些事实自然要逐件的解决，那么你的婚姻也正是应当即刻解决的一件事情。唉！剑弟！你父亲的银须，雪亮的在胸前飘拂着，母亲的双鬓，也似晨霜般的闪烁着，呵！他们老了！他们希望他们的爱子赶快成家，不但那是他们的责任，也就是他们劬劳抚育所换来的一点报酬，因此剑弟！千万不可违背他们的话，他们对于你的事情真够伤心了！我记得前夜，我在你家里吃饭，我同你妹妹坐在堂屋里说闲话，你的母亲，提起有人和你作媒的事情……你母亲为了你屡次的否认，她非常伤心，她叹着气对我说："菁小姐，你不知道，我也老了，其实也管不了许多，不过我两个眼没有闭上，一口气没有断，我总不能不问他们的事，再说剑尘也已经二十五六了，也是该成家的时候了，那里承望他张家不要李家不行，将来不知要娶个什么样子的呢！……也许我看不见这个媳妇了……"唉！剑尘！她老人家的话，真使我听着伤心，当时我看了她老人家那种悲凄的样子，我真恨不得跪在她的面前痛哭，我将对她忏悔……唉！剑尘！我真觉得我是你母亲的罪人，我真对不起她！所以你如果想使我的灵魂被赦免的话，你赶快顺从母亲的意思结婚罢！剑弟！你为了你一双年迈的父母，为了你可怜的菁姊！你在人间扮演一出喜剧罢！

你的菁姊

呵！多谢上帝，给了我绝大的勇气，叫我写了这封信，但信是发了出去，我呢！深深的感到人间的寂寞了……眼前除了一片广大无边的沙漠一无所有，唉！我禁不住跪在母亲的遗像前，向她哀哀的低诉，似乎她的眼也凝着泪向我看着……呵！母亲！你如果有灵，你快些来接引你这可怜的女儿吧！

六月一日　　我现在又感到心的空虚了，有时虽然剑尘的纯情依然使我沉醉，然而天呵！我不敢不自己打破这个幻影，因为我很明白，这终于是一个自骗的幻影呵！我想在这种可怕的情形下，只有设法忘了我自己，像一个喝毒酒的醉人——虽是洒醒的时候，要更感到空虚与冷漠——不过时间总可以减少一些呵！生命在我没有恩惠，只有仇怨呢！

　　我实在想不出更好的法子——除非我是忍着心痛扮演一出又可悲又可怜的滑稽剧……然后使剑尘恨我，卑视我，从此我在他纯洁的心里，失掉从前的地位，因此也许可以增加我一些勇气！疏远他。

　　这两个月以来，我摒绝了一切无聊的酬应，我疏远了许多泛泛的朋友——我起初很想对自己的生命忠实些，换句话说就是平心静气的作人，然而现在，现在，一切都变动了，我才晓得我这样的人、就不能对我的生命忠实，我就不配平心静气的活下去，实在的，我是更深的认识了我自己，认识了天给我安排的宿命。

　　我今天的心绪乱极了，我的心绞结着种种不能清理的情绪，我好像是一个失了方向的旅行者，独自站在满目黄沙的旷野，眼看着落日只剩了一些淡淡的余晖，而我还是找不到一个躲避风沙猛兽的地方，只有看着黑暗的大翅膀，从我头顶上盖下来，那时候我将如死尸般偃卧在沙漠上，我失却了一切反抗的力，只有任运命的尖刀在我身上狂刺，我的血便如鲜艳的桃花般，一点一滴的染了我的衣服，染了黄色的沙土，直到我的血流干，我的死尸成了白骨的时候，天虽有些亮了，然而我已经等不得了！

　　不过我也有一个愿望，我不敢向宿命求赦免，我不敢向人间求怜爱，我只愿把绞刑改成枪毙，使我早一些归来……呵！我常常幻想着一个可怕的将来——我耽延我的生命直到"老"找到我的时候，那我比现在更要难堪……现在我虽是遍体疮痍，然而我还能扮饰得自己如春之女神，我的力量尚足诱惑一般浅薄的人们，使他们追逐着我，向我唱出欢乐歌调，虽然这只是使得人们听了肉麻的粗俗的歌调。然而形式上也比较得热闹些了……可是到了老来的时候，我连扮演的力量也没有，诱惑的力量也失去了，那么那些浅薄的人们也都远远的躲着我了，呵！到这个时候呵！不但心是寂寞得不能形容，身也将枯寂得如同到了鬼境，唉！这怎么能再忍受了呢？……这个可怕的幻影时时在我眼前涌现，使我心里觉得快死的必要……可是我生性更是脆弱得可怜，积极的自杀，无论如何我是没有勇气的——而且我一想到自杀时那种的狞状，我的什么心都歇了，我还是让运命慢慢的消磨吧！总有一天生命的火灭了，我自然可以闭目安静的死去，并且我也算和星宿奋斗了一场，最后虽是失败，但可以无愧于心了。

呵！天！我现在是决定间接的自杀，我想尽能糟蹋我自己的方法，烟酒不是最伤身的吗？然而现在爱它，我要时时刻刻的亲近它，熬夜不是最伤身的吗？现在我每夜都要到歌舞场中，或者欢宴席上，消磨夜的时光，总之怎样能使我生命的火，快些熄灭，我便怎样去作。

六月三日　　今天我又醉了，醉得失了知觉——

黄昏的时候，我到报馆去找致一、萍云，恰好遇见莫君和锡——这是我最近才认识的朋友，莫君是一个有孩子气的大人，他的相貌非常有趣——好像痴呆同时又是特别的深刻，最有趣是他说话的语气和腔调，滑稽有趣，但是有时言浅意深，使人笑口才开，立刻又感到深心的打激，至于锡呢，平日我们谈话的机会不多，不过今天听萍云说他的过去——有诗意的哀艳的过去，因此帮助我对他不少的了解——他是一个深于情的伤心人呢！我们谈得很有趣，谈到前几天莫君请我们吃饭，我和萍云的酒，都不曾尽量，我对他说："莫君！一个人是那样希望刹那的沉醉，而且忘掉暂时的痛苦，这种人是怎样的可怜，你为什么偏偏忍心不让他醉——连这一点微小的愿望都不许他满足呵！真使我永不能忘记你的残忍……"莫君听了我的话，皱起那一双浓眉，细眯着眼，叹了一口气说道："呵！纫菁！何必呢！……下次一定请你痛饮如何。"锡说："纫菁！我今天请你痛饮……你可以尽量好不好？"萍云没有等我答言就接着说道："真的吗？……锡，我虔诚的恳求你一定履行你的约言，今天谁也不许阻止我们！让我们这些可怜人醉一醉吧！"锡说："一定！一定！……不过也不要闹得太狼狈了呢！"萍云说："管他呢！狼狈又怎样，我们反正是消磨精神，出卖灵魂的呵！……"锡似乎很脆弱，禁不起再深的打激似的。他低下头，默默的注视着地板。后来他又仰头吟道："举杯消愁愁更愁……"致一这时又坐在旁边微微的笑着"唉"了一声道："你们这是干什么的？……要喝酒就走吧！时间不早了，恐怕巽姐和美生都已经去了呢！"我们被他的话所提醒，才都从牢愁的梦里醒来，如疯子般狂叫狂跑的来到大门口，坐下车子到长盛楼去。

我们到那里坐了一坐，美生和巽姐就来了，于是大家点菜，而我和萍云两个人的心却不在菜上，只预备如鲸鱼吞江海似的大喝一场，如果能够就此把世界吞下去了，也许人间的缺陷也同时消逝了！

不久伙计摆上冷荤碟子，跟着两瓶花雕也放在桌上，先是锡替我们每人斟了一杯，美生和巽姐还斯斯文文的没有端起杯子来，而我和萍云彼此高举玉杯，看着叫一声"喝"，一杯酒便都干了，跟着又是第二杯，我们两人不过每人七八杯，已经把两斤花雕弄光了，萍云对着锡叫道："快些来酒！锡今天晚上可不能再失信的……谁要不让我们喝够了，你瞧着，我们有本事把这桌子推翻了！"锡忙应道："喝吧！喝吧！不用着急，有的是酒！"美生瞧了我们那近于疯狂拼酒的样子几乎吓呆了，在她的生命里只有温柔与甜蜜，她从来没有尝过这种辛辣的味道，也没有看过这种悲惨的样子……她拉着巽姐的手说道："这是为什么？唉！我看了真难过，你快叫她们不要喝吧！"巽姐摇头说："她们已经疯了,那里管得住呢……唉!来!让我也陪你们喝一杯。""好!巽姐你也许比我们幸福些,不过你能陪我们这一杯酒,我们要深深的感谢你呢!"美生的脸色都变了,她呆呆瞧着我们,锡也是陪着我们一杯一杯的吞下去,莫君只把紧酒壶说:"慢慢的!你们要喝酒可以的,何必这样拼呢?……呵!纫菁、萍云!——"我和萍云这时已经喝了二十几杯了,大约总有三四斤酒罢!菜一碗一碗的摆在桌上,谁也顾不得吃了!后来萍云对我叹道:"毒醉吧,菁!……至少可以忘去你一切的伤痕!……唉!什么梦都作过了,而什么梦也都已经醒了哟!"我听了萍云的话,好似听见半天空一声焦雷,把我从醉昏昏的世界里抓出来,摔在冰凌的深渊里,我感到刻骨的冷硬,我觉得非常的痛苦,我无力的倒在一张藤椅上,我辛酸的眼泪便从那一双紧闭的眼里流出来……我看见母亲惨淡的面靥了,我听见元哥长叹的声音了,一切过去的悲哀,又都一幕一幕重现眼前,而目前的一切现实,反倒模糊得如从重雾摸索前尘,只见一片茫茫,什么也看不见了。

不知什么时候,她们把我扶上汽车,也不知什么时候,我睡在自己的床上。……在我醒来时,我头涔涔的痛,我的口干得像要冒火,低头一看,出门时所穿的衣服也不曾脱,大襟上满了黄色和血色的斑点,大约是醉后吐的残痕,其中还有许多水点,大约是眼泪了,我为了自己这种狼狈的佯子,由不得又流出辛酸的泪来。……隐隐的看见窗上的星光,和在星光下树影的摇摆。呵!光那样幽碧而烂烁,影子呢是那样捉摸不定!夜之神哟!你显示着我可怜的心的象征呢!……我追寻着这幽光暗影下的一切,不知什么时候入了梦。

六月五日　这两天以来,害了酒病,什么事都不能作,全身的骨节酸痛!动弹不得,心里呢,也是怅怅如同失了什么,唉!这是刹那沉醉后的报酬呵!

下午剑尘有电话来，我告诉他我病了，他似乎已经知我是因为拼酒而病的，当他用那种又似怨愤，又似怜惜的音调说道；"纫菁何必那样糟蹋自己？……"我什么说也再说不出来，我怔在电话边，如同失去了知觉，好久好久，才被电话那面"突突"的声音震醒了，我只说了一句"没有什么事了挂上吧！"……我也不等他的答复便挂上耳机，跑到屋里，不禁痛苦的哭起来。"唉！天，我何必那样糟蹋自己？！"……我也曾想过真是何必呢？无奈我无法忍耐这缓刑的长时间的难过，还不如我自己用力刺伤自己的心，也许痛苦可以减少一些。可是天下的事太复杂了，我所感受的也太复杂了，我现在好像困在缪辘杂乱的网罗里，我真不知道怎样可以逃出这可怕的环境。唉！只好让它去吧！不必求解脱也总有一天自然解脱的。

今天下午依然扮饰得如娇艳的玫瑰似的，去赴友人的盛筵。……反正不到那一天——手足僵硬得没有办法了，脸成了枯蜡脂粉也涂不上了，我总得打起精神来扮演的。

六月八日　　美酒高歌，我又厌倦了，不但厌倦，我简直对于这一种生活发出诅咒的呼喊了，可怜我寂寞的心，更寂寞了！我的心弦，永远弹着孤独的单音，我静静的听，甚至整夜不睡静静的听——我希望万一能发见谐和我这单音的歌调。然而那有——这只是永永远远的幻想啊！我将永远弹和单音，直到我死去吗？然而我总不甘心，我还要奋勇的敲开人们的心门，我不信我永远是站在人们心门之外的。

我近来的行为，也许是更无羁了。我自己可是并不觉得，不过据剑尘说，我近来的态度大大的变了；他为了我这种不可捉摸的态度很伤心，他怀疑我对他有什么不满意，他畏惧将要从我心里失去从前的地位，他那种因疑虑而憔悴的精神，真使我难过！他有时很气愤我对他的不忠实，我也不愿意申辩，因为我怕申辩之后，更显然他的不了解我。——我不是更要感到寂寞了吗？而且我故意疏远他的一片隐衷，他那里知道，他近来见了我总是露着怨愤的颜色。唉！可怜我也只有咬着牙忍受吧！

　　近来我的心是分外空虚，而我的思想却如乱麻般在心底交萦着，我的灵魂，它是多么狼狈啊！因此我现在的生活更不安定了。我好像一个渴极饿极的夜莺！我捉住玫瑰的枯瓣，用力的吮吸，我看见萤虫的绿光，我以为是深夜的露珠，我拼命的抓住……及至明白我的错误时，又将怎样失望呢！我，渴得几乎发了狂，心头的火焰看它高起来，一尺一尺的向上高去，最初看见我血淋淋的心被它烧干，渐渐成了灰，以后我的全身慢慢的都变成冰冷的灰了。唉！天啊！这是多么残忍的荼毒呢！

　　昨夜我几乎通夜没有安眠，我对着满天星斗卜我的未来的命运。我对着黑影问我未来的休咎。然而无效！它们永远是沉默着。冷淡的看着我！我愤恨极了！从床上跳了起来，把绿色的窗幔撕碎了；一片一片的飘在地上，然而一切仍然是那样冷淡——没有同情，这时我才明白我真正是世界上的孤独者，我禁不住发抖，我悄悄的倒在地下，也不知道经过多少时候，我是失了知觉。及至我醒来时，世界已经变了，夜早不知躲到什么地方去了！明晃晃的阳光，射在我的身上，好惭愧我依然还扎挣于人间！

　　六月十日　　我真没有方法使我自己安静，我甚至不敢一个人独坐在房里，因为我的心是太纷乱了，它好像一架风车一般不住的鼓荡着，我真是支持不了，我无"目的"的坐上车子到街上乱跑，当车夫拉起车把问我到那里去？我怔住了，只得胡乱答应道"上西单牌楼吧！"车夫如飞的跑了，不一刻就到了西单牌楼，我惘然的下了车，站在电车站旁，车夫以为我是等电车的，就说道："您上那儿去，我再拉您去不好吗？"我摇摇头拒绝他了，他只好扫兴的走开了，我等他走远了，我又跳上一部车子说："到天桥去"，到了天桥，我又坐着车子回到家里，当走进我自己的房门的时候，我不禁掉下泪来，世界这样小，我跑了半天依然还在我的屋里！？而且我跑了半天，我怎么什么也没得到，依然是空虚的。……

下午睡在床上，仿佛失了知觉，直到太阳下了山，夜幔盖住了阳光，我才渐渐的醒来，我照着穿衣镜，慢慢的看见了我的形体，我漂泊的灵魂才又回到这可嫌憎的躯壳里来。

吃完晚饭的时候，姑妈问我今天一天到什么地方去了？我瞪着眼注视着姑妈，我不知道怎么样回答才好。姑妈见了这种样子，露出惊奇的眼光，向我脸上打量，我被这种探索的眼光所惊吓了，我不禁打了一个冷战，我撒谎了，我说我去找羼姐玩去了……此刻不知为什么头很痛呢！自然这话可以把她们对付过去，不过姑妈很聪明，她好像知道我有说不出来的苦衷，她连忙应了一声，低下头吃饭不再看我，但是我觉得，她的眼还不时偷偷的瞟着我呢。

六月十二日　　天呵！我耐不住了——暗愁的压迫使我失去了常态，这时我想从这个压迫底下逃亡，我去找那些不相干的人玩，素日我最看不上的，那些只有躯壳没有灵魂的人，现在我似乎离不了他们，天天和他们厮缠着，于是看电影，吃馆子，一天天的接着这样鬼混下去，也许他们是故意的敷衍我，然而我现在不管这些，我总认为他们陪着我玩，是再好没有了。

现在我不愿意看见比较了解我的人，因为我正扮演着一出神出鬼没的滑稽戏文，我不愿谁用灵的光，来点破我所创造出来的愚迷，所以我好几天不见剑尘，他有时来看我，我也淡淡的不大同他说话。他自然是摸不清我的心，因此他恼怒了，也是冷淡的对待我，但我好像一点不觉得似的，好像这种冷淡是很自然的。

今天他来看我,一走进门我只冷冷点头让他坐下,他默默的望着窗外的天出神,我呢,低头看一本新买来的小说,大家都像有什么芥蒂似的,屋里的空气,和我们的心,都是一样的紧张。然而我们是一直的沉默着,后来他站了起来,拿着帽子预备回去,他含着怒愤对我说:"纫菁!你也稍稍给我留一点余地。"他的话自然是指着我近来的态度了,不过他又那里知道我的苦衷呢?!当时本想分辩几句,然而再想想,一个人既然找不到能了解自己的人,而偏去向他解释,太没有意思了。因此我只淡然的苦笑,并不去理他,他自然更是含着愤恨,最后他长叹了一声,头也不回的去了。他刚走,我的眼泪就禁不住流下来,我把门用力的推上,"砰"的一声响,震醒我自己因伤愤所迷失的灵魂,四面一看,我才更清楚地认识了我自己,认识了我现在的地位呵!天!我太孤单了哟!

晚上我接到剑尘派专差送来的信,我的心忐忑不宁,我怕——那冷酷的讽刺,我把信拿到手里很久很久,我的心只是不停的抖颤。我不敢拆开来看,我睡在床上,我努力的镇定我的心,我好像立刻要绑赴法场的罪囚,我想象那将要来的荼毒。唉!我真恨不得把我的灵魂,赶快离开这个世界!

我睡的时间也许没有我觉得的那样长久,当我起来拆信时,我仿佛听见报时的钟声只打了九下,送信来的时候大约是八点四十分,可是天知道我恐惧战兢的心,好像经过一个可怕的长世纪呢!现在我把信拆开了,我往下一字一字的念了。他说:

菁姊:(请你恕我还是这样称呼你)

你是知道我的为人的,我不愿意在平淡无奇的生活里鬼混,我更不愿意在虚伪欺骗里生活。如果是个极相得的朋友,只要他曾经有一次欺骗我,而被我知道的时候,我就不愿意再和他交识，我情愿没有朋友，一个人永远孤独，我不愿勉强敷衍面子。

　　我的为人虽然没有一点长处，虽然只是一个平淡无奇的人；自然我不配得到社会任何人的赏识与了解。不过倘使有人要能以国士相许的时候，我也很能忠诚的为这人服务，无奈这都等于梦想，从来就没遇到这一种幸运！

　　我自己也许没有确定的见解，然而是非恩怨我是懂得的，只要别人不以虚伪相加，我也绝不会以虚伪待人；否则耍耍手段我也不见得不会。

　　我平常虽然很理智，但同时我也有热烈的感情，我也是很易受刺激的，所以当我看见你和别人亲近，而把我置之脑后的时候，我就如同受了极剧烈的弹伤，我当时的气愤和灰心，我自己真也形容不出，大约我那苍白的面色，和失望的神情，你也不至于没有见吧？！纫菁！你难道真这样忍心吗？

　　唉！世界上的事情变化得太利害了！但是我真想不到你的变化，更是不可捉摸的呵！纫菁！最后我只希望你不要忘记了自己的前途，好好努力你的事业……酣歌宴舞，固然可得到刹那的快乐，但是你要想到欢宴有散的时候，舞台也有闭幕的时候呵！再见吧！菁姊！

剑尘

　　这封信是看完了，当时我心情的剧变，比夏天的云的变化还要厉害，我一时觉得伤心，一时又觉得气愤，一时又觉得委曲，一时又觉得世界上的人太浅薄了，我有些鄙视他们，这种多料的毒剑，刺伤我的心，我看着那一滴一滴的鲜血，由胸前流了下来，那血总有一天把我飘起来，送到天为我预备好的坟墓里去，那便是我的归宿。

六月十三日　　昨夜睡不着，心里是满着绝望的凄调，在夜深人静的时期，我悄悄的坐了起来，天上有点薄薄的凉云，星宿在凉云后面静静的闪视，我跪在母亲的遗像前，虔诚的祈祷，我告诉母亲我坎坷的运命，但是母亲只含愁凝注着我，她再不肯用温柔的声音诏示我，那时我怎样需要安慰呵？我如同恶虎得不到食物般，由悲哀而变成狂愤，我用怒火燃浇着的眼光注视母亲的遗像，我要把我还给她，我再不愿意扎挣了！然而我忽见我母亲的眼里，似乎流出泪来，星光闪在玻璃框上，是那样静默幽深，我的愤火低下去了！我抱住我的头痛哭……最后我失了知觉……

今天早晨心口作痛，又犯了肝气病，然而我不愿意爱惜这无用的身体，现在我就希望它一天一天的破损，等到那一天成了灰，我的灵魂便解脱了！

下午想到回剑尘一封信，怎样的写法呢？他的信是那样的有刺……唉！可是同时我想到这种由愤恨而淡忘的情形，本来就是我的计划，现在第一步已经作到了，不是可以骄傲了吗！为什么倒因此而怨恨呢？唉！太愚蠢了哟！……可是剑尘的性情我是很清楚的，他有时可以作出出人意料的激烈行为，因此我这封回信更难写了！我只得暂时先缓和他紧张的心吧！唉！纫菁！一劫未平，一劫又起！然而这是天心呵！反抗又有什么用处呢！

我扶枕给剑尘写信——我的眼泪是一直不曾干过，我写道：

剑弟！

我病了！我心口痛，头晕，然而这都不算什么，可怜我的心是受了毒镖的射击！我的心是得了可怜的伤损！现在我是睡在床上给你写这封信。唉！剑尘！请为了我的苦难，特别的原谅我——冷静些听我凄楚的诉说：

剑弟，你说我近来态度变了，不错！真的变了！但是我所以变的原因，乃由于我的苦闷所迫成的，我怯弱。我没有伟大的扎挣力，我受不了苦闷的锤子的打击，我要想从那里逃亡——逃亡的唯一方法，就是毫不顾忌的浪漫，然而不幸！你是爱我太深了！你所希望于我的太大了！结果我的浪漫，就变成你最深刻的苦闷了。唉！剑弟！你对我的诚挚，我虽粉身碎骨也难图报千万一，我何敢亦何忍使你过分难堪！不过近来我的心境太坏了，因此我们每次见面，差不多都是不欢而散——我的心太郁抑了，我只有设法消遣，因此我对我自己的生命，开始不忠诚，我欺骗我自己……也许这要影响到对你的态度——你所说的欺骗了。

可是剑弟！我求的是刹那的遗忘我自己，我求的是暂时休息我苦楚的灵魂，那里知道，这又是铸成今日彼此苦痛的原因，当然是我对不起你！不过请你再认清我的身世——我是塞外的一只孤雁，我是被幸福摒弃的失望者，我不希望在人间有悠久的岁月，因此在这短促的生命里．我希冀热闹些，为的这日子比较容易混些，况且我也不愿任何人对于我沉迷太深，以致妨害他们将来的幸福，因此我不愿用愚笨的忠诚对待我的朋友，尤其是我认为好的朋友。

我自从觉悟到这一点，我变了我处世的态度，我要疯狂，我要浪漫，我要热闹我自己，同时我也要蹂躏我自己，总之越快收束越好！

剑弟！世界上对我最忠诚的是你，所以我最后希望你认我是你的亲姊妹——一个可怜飘泊的姊妹，你原谅她，你包容她吧！

你看见我和别人亲近，你自然要感到气闷，不过你看明白我对别人的态度，更明白我的委曲的心事。呵！剑弟！我知道你绝不忍以鄙视的眼光对待我，以残酷冷笑讽刺我了！

唉！剑弟！各人都有前途，而我的前途呢，也许是有的，然而那只是孤单黯淡的前途呵！到倦鸟各归林的时候，我还是独自踯躅于荒郊。剑弟！像这样的人你又何忍过严的责备她呢！

剑弟！我不恨别的，我只恨命运太捉弄人了，我永生都是命运手中的泥；但是剑弟！你太不幸了，我对你将终生负疚，我只祷祝你将来有一快乐的家庭，好好的生活，那时候我或者可以免除一些罪孽。

剑弟！我现在是你阶前待罪的囚犯，我只求你大量的赦免我吧！

我也知道这个世界，绝不是我的世界，总有一天我将由这个世界逃亡，我现在是更深一层的感到悲凉了，我不敢希冀任何人的温存了，我愿生命愈短促愈好，我实在不能忍受这残酷的折磨！剑弟！我虽然是你认为虚伪不堪的怪物，但是这封信我确是含着凄楚的眼泪写的，你相信否？我没有请求的权力，只愿将来我死后，能因为了这封可怜的信，你少恨我几分吧！！

纫菁

六月十六日　　这两天的空气燥闷极了，太阳闪着灼炙的热光，人的体温抵抗不了外面的高热，感到十分的疲软，更加上我狼狈的心情，真是内外交攻，我简直没有扎挣的力量。下午美生邀我吃饭，我也拒绝了，往日我能够压抑住悲伤，在人生的舞台上扮演，今天我觉得我失去了这种能力，我只感到心底的凄酸，我只看见我破裂的心房，不停的流着血滴……整日昏沉的睡在床上，看着窗前的藤叶，在风中涌起碧浪——我便直觉到我孤独的，飘浮海心，无援的悲伤，在这种绝望的时候，我只希望世界发生剧烈的变动，我或者可以在一切经常的束缚中逃出来，然而这只是些无益于事实的空想，造物主那肯轻易释放了他的罪囚呢！

晚上剑尘有电话来，他说他接到我的信了，他很难过，他要想即刻到我这里来谈一谈，我听了这话禁不住心酸落泪，我实在怕见他，我不愿使他看见我可羞的怯弱，我不愿使他看见我冷寂空虚的心，这时我是在追求生命的意义，但同时我是避免我所追求到的东西，我回答他今天时候太晚了，明天再谈吧，他怅叹的挂上了耳机，同时我的心感觉到不安和压迫！

六月十七日　　今天剑尘绝早就来了，他憔悴的神色和微红的眼圈，很鲜明而剧烈的刺激我的神经，我全身不住的发抖，我怔怔的望着他，我连请他坐都忘记说了，他抬头望着我，也许他已看出我的狼狈，也许他正在后悔他对我过甚的责备，他挨近我的身旁，很温和的抚着我的肩说："纫菁！不要难过吧……今天我们好好的谈一谈！"我听了这话，心里凄酸更克制不住，我不禁伏在他的怀里呜咽起来。他就势坐在我身旁的沙发上，颤声说道："请你原谅我吧！你要知道我的心也够难堪了，这几天我什么事都提不起兴趣去作，你想吧，一件顶心爱的东西，忽然间不见了，我怎么不伤感，同时我又看见这个心爱的东西，为旁人所得，我怎能不怨愤，当然我不免要想到你忍心，而责备你了！……但是纫菁！你的苦楚我也很清楚，不过你这样放浪，就真能逃出苦闷的压迫吗？唉！你的身世本来是很凄凉了，但为什么自己还要找悲苦来受呢！我希望你不要只希图一时的癫狂，一时的兴趣而造成终生更深的痛苦！"

唉！剑尘的话何尝不对，但是他太理智了！他只能以平常的眼光，来定我的价值，他那里知道我的癫狂，有更深的意义呢！……这时我真想告诉他，我的心是怎样的需要他……然而我不敢！我用力压下我激荡的感情，我冷然的说道："将来的痛苦怎么样，我现在没有余力去预料；我只望眼前稍微松动一些！……生命在我绝无可恋，也许因此可以很快的收束也难说……总之剑尘！你是认错了人，我们绝不是这世界上的好伴侣……如果你对我有伟大的同情，你只当我是你的姊姊！我希望你始终帮助我，但我不愿你爱我——因为我们的方向不同，既然宿命是如此，我们就应当早些分手……今天我极诚恳的求你……你快些找一合意的伴侣，把你纯洁完整的情爱贡献于她……到那时候，我敢担保我们的友谊更可以维持到永远……而且也使我飘泊无定的孤雁，有一个依傍的所在……剑尘你答应了我吧！你看！我是怎样的狼狈，你还忍心不赦免我吗？……"

剑尘怔怔的听着我哀婉的诉说，他的热泪溅到我的头发上了，很久很久他不能回答我的话，他只叹了一口气说："呵！难道说这就是我们的收场！……"我不愿意再去挑动他的心，故作得意的神态说道："剑尘！这样的收场不也很好吗？……我觉得天下的事情能留些有余不尽的缺陷，是最有意味的，我们好好保留着这一段美丽的而哀伤的印象吧！……"

我们谈到这里彼此的心情似乎都超脱些，我们已经跳出人间的羁绊，而游心于神秘之境了！这时我们不感到悲伤，也不感到欣悦，我们只感到飘洒和泰然。

六月二十日　　唉！我真算得可怜……变把戏的人，是骗看把戏人的钱，他自己虽然知道这完全是假的，而看把戏的人却能满足他们的好奇心，而发生欣悦，在这种欣悦中两方就都有了意义，但是假若变把戏的人，变出把戏自己看，这其间是含着滑稽的悲哀，我不幸现在就是自己变把戏自己看，并且妄想从这里得些安慰。唉！太笨了哟，我在剑尘面前，幻想出种种超然的美丽的影子，我虽是想安慰他，其实我是更想安慰自己，昨天剑尘在我这里谈话，我说到许多奥妙美丽的生活，我强把灵和肉分开，我说我们的形迹虽然终久要隔离的，然而我们的心灵可以永远交绕，我说这话的态度非常真切，剑尘也许受了我的催眠，他也曾一度向这条路上追求，他说："好吧！我们的关系仅此而止，我们了解了超然之爱……我们可以向一般的俗人骄傲了。"他虔信我的幻想的态度使我惊奇了，当时我也受了他的催眠，我狂喜得流出欣悦的泪来，然而天知道，这是太滑稽而可怜了！我送剑尘出去，我独自转来，院子里静悄悄的一片通明的月光，从淡雾里透出来，照着我伶仃的身影，夹竹桃的温香，一阵阵由风里吹过来，我如同喝了醇酒般，心身都感到疲软，我斜身坐在碧草地上，隐约看见草隙中的小虫跳动，忽然间我感到寂寞了，我觉到这种美丽的风景，是不宜孤独赏鉴，这时我们灵魂发出饥渴的呻吟，我急切的追求和协的音调……但是很快的，我就觉得这种的追求是永远无望的。

这时一阵夜风穿过藤幔，发出澎湃的叶浪声，同时我也听见我心海激潮的声音，呵！什么超然的美，我是需要捉住那美丽的一切，我用我的心眼捉住他们，然而同时我的手也想捉住他们，可是捉来捉去都是空的，因之我感到不满足，在这种心神恐慌的时候，我忽然看见藤幔背后，有一双洁白而柔嫩的手，我不问他是谁，我发狂似的跳了起来，将他牢牢的捉住，唉！这是怎样柔滑的！……不知那一个英雄的手呵！我将他这双手按着我剧烈跳动的心房，同时我希望他低声的叫我……温柔的叫我，但是我等待了许久，还是寂然，我不禁抬起头来看他。唉！怎么美丽的英雄不见了，再看我手里握住的是一朵白色的茶花，我羞愧，我悲愤，我咒诅这美丽诱人的幻影。我不敢再在这种神秘的境地逗

257

留了。我回到屋子里,有明亮刺人的灯光下,我逐件的再认尽现实的一切,唉!一切都是粗糙的,一切都是污浊的,我站在穿衣镜前,看见我那可憎的形体,我真不能再向她逼视,我如同遇见鬼似的,急忙跑开,我全身发冷,我如同发了疟疾似的,上下牙齿战战有声,我用夹被蒙上我的头,昏昏沉沉不知过了许多时候,才入了梦境。

六月二十三日　　唉!天呵!这是真的吗?……这是想到的事情吗?星痕死了!今天早晨我到医院去看她的时候,她已经失了知觉,我握住她枯瘦如柴的手,那手是冰冷的,我由不得打了一个寒噤,就在这个时候,她喉间响了一声,两只眼珠便不动了,她怔怔的向上翻着的眼,好像在追求什么,我赶快放下她冰冷的手,我看她漆黑散乱的头发,我看她无血的口唇,我看她僵硬没有温气的尸体……然而我不信她是死了。死到底是什么东西?它一向藏在什么地方?它为什么忽然光临到她?呵!死!我知道了它的伟大,它是收束一切的英雄,它是人类最后的家,然而死是有一双黑色的大翼,当它覆盖在某一个人的身上时,这个人便与生隔离了,然而是谁给它这一双黑翼呢……哦!我的思想杂乱极了!我站在星痕的尸旁一直想着这些问题,剑尘拭眼泪,致一顿脚痛哭,然而我没有一滴眼泪,我一点都不感觉到心酸,我只感到神秘,我只感到死时候的伟大!"真奇怪,她平常那样爱哭,今天则不哭了。"致一和剑尘悄悄在议论我!我听了这话也在想:"哭吧!人人都哭,我为什么不哭?"但是我无论怎样努力想哭,可是还没有眼泪,我也想我真有点奇怪,怎样平日心一酸,眼泪便如泻的流下来,今天却这样麻木呢?我真有些不好意思,我悄悄的躲开了,我坐上洋车回家,我的心神一直是麻木的,到了家里,我刚一走到院子里,我忽然间想起星痕素日的行动来了。我坐在书房里,只要听见急促的皮鞋声,就是她来了,我一定放下笔跑去欢迎她,有的时候我觉得在人生的道上跑得太疲倦了，我就跑到她的面前求些安慰……难道说这一切从此便不会再有了吗？难道说她死了就更不能活了吗？难道说从此再不能听见她的温和的说话了吗？难道说从此就不能看见她潇洒的丰容了吗？……我问……唉！我向空虚上苍问，然而那里有回音呢！唉呀！我才知道死是这样残酷的，我抱住她的遗像放声痛哭——我失去的灵魂我觉得它已经回来了，我能感觉到别人所感到的悲喜了，我才明白刚才我的灵魂是超脱了，现在我自己恋着这个臭皮囊，又把灵魂寻了回来，使它受折磨，唉！星痕呵！你的死又在我心上插上一把利刃了！

六月二十七日　　今天是星痕出殡的日期，我失了魂似的跟着她的灵棺去到庙里，许多人都围着她的遗像哭！——尤其是那些天真的学生。她们流着纯洁的热泪，深深的感动了我。——平时看不到的同情，在这一刹那间我是捉到了，为什么一个人在生的时候，所得到的同情，绝没有她死的时候的伟大呢……我想到这里不禁发出鄙视的冷笑，人总是人——浅薄利己是人的本性，彼此都在人生的舞台上充一个角色的时候，唯恐失却了个人的利益，互相倾轧。等到一个人死了，他是离开了人生的舞台，这时候他绝不能有所争夺，因之便可以大量的去赞美他，惋惜他。唉！真是太无聊了！

我看着许多人在拭着眼泪，我怀疑他们的眼泪是真因惋惜死者而流的，我看见他们的眼泪含有利己的成分呵！我对于人间的一切怀疑了，我看见人和人中间的隔阂了，谁说人的心是相通的？

我忍不住剑镞的穿刺，我不愿再在人群中停驻，因为人越多越足映出我的孤单来，我只得悄悄的逃开。

我抱着漠漠深哀的心情，回到我凄清的书房里，我的头发晕，我的眼发花，我的耳壳里轰轰的发响，我要发狂了！

七月五日　　这几天以来，我的精神发生剧烈的变化，我的心太不安定了，我憎厌所有的人类，我要想逃避，今天我拟想种种逃亡的方法，吃安眠药水吧……触电吧……但是我太没有勇气了！我不能自己来收拾生命的残局，只有等待自然的结果……好在我的身体已经渐渐的衰弱了，好像是将终的蜡泪再让它滴几滴也就要熄灭了。

　　今天黄昏的时候，天气骤然起了变化，天空遮满了阴云，气压非常的低，似乎将要压着人们的眉梢，不久就听见树叶上面雨点淅沥的声音，雨势越来越紧，檐前的铁管里的水涌了出来，院子里积成了一个小池塘，约有两点钟的光景雨止了，凉风习习的吹着，赶散了天空的薄云，太阳如浴后美女，停在西方的天上，一道彩虹卧桥似的横亘天际，一切的生物都从困闷压抑中苏醒，真是太美丽了！我站在廊子上看彩虹，听风吹柳枝，涮涮飘落的残雨声，一切的烦闷都暂时隔离，我沉醉了。

　　七月八日　　今天是我的姑丈生日！姑妈从昨天就忙着收拾房屋，又从花厂买来许多月季和玉兰花，每一个花瓶里都插上了。芬馨的花气充溢了四境，表妹们都收拾得齐齐整整，我看着她们欣悦的忙碌着，我也仿佛有些兴奋。我也换了一件漂亮的衣裳，很消闲的坐在藤椅上，屋子里的一切都似乎含着微笑，到处都充溢着喜气，最初我沉醉于其中，但是不久我发现我的寒伧，我是没有父母的孤儿——看见人家骨肉团聚的快乐——虽然他们待我也和家人一样，但是我总感到我在这一群之中是个例外，他们越待我好，我越觉得自己的单寒似乎到处需要人们怜悯的眼光，后来我仍然躲到自己的房间去。

　　下午客人来得更多了，而且她们是那样不知趣，不管人心里高兴不高兴，偏偏问长问短，我又不能不应酬，唉！在这种身不由己的时候，只好像傀儡似的，扮演吧！

　　十二点多了客人才算散尽，我悯然的坐在屋里的藤椅上，我感觉到四境的压迫一天一天重起来，生命还有多少时候，我虽然说不定，不过这种日渐加重的压迫，恐怕我是扎挣不得了，唉！我想逃……

　　七月十二日　　这些日子多半是在昏沉的状态中度过，烟抽很可怕的多，有时一连气抽十几枝。鼻管里常常出血，姑妈几次婉言相劝叫我戒烟，我知道她的好意，但是天呵！姑妈呵！恕我不能接受你们的好意，我这种失了主宰的心，好像一个无家可归的流浪者，如果不借烟酒的麻醉，那么，这悠悠长日，又将怎样发付呢！

　　剑尘近来有些怨我，或者也许有恨我……自然他是不了解我，近来他的行为偏激得使我流泪，人真是太浅薄了，为的是爱一件东西，必要据为己有，否则爱将变为怨恨！

　　读法国小仲马的《茶花女》——我有些看不起亚猛了，他那样蹂躏马克，看着她死灰色的脸而发出有毒的笑——其实马克的牺牲，他那里体谅到分毫，直到他知道个中曲折，后悔时，但已经晚了！晚了！

　　唉！我现在也只有盼望在我死的时候，或者可以得到别人一滴忏悔的眼泪罢了。

　　七月二十四日　　事情是越来越离奇，今天和我剑尘在一个朋友家的宴会席里遇见了，他的态度是那样辛辣，他故意作出得意的颜色对一般的来宾说："近来我得到了教训——金钱实在是万能的，尤其是恋爱缺不得这个条件……"他说这话的时候，轻鄙的眼光不住的扫射着我。呵！我几乎昏了过去，我觉得全身作冷，我悄悄的逃到回廊上，装作看缸里的金鱼，那不能克制的泪水便滴在水缸里，幸喜他们都没有看出，不过致一有些疑心，他走到我的背后说："喂！纫菁！你干什么呢？"我勉强答道："看金鱼。"自然那声音是有些发颤，致一拉着我的左臂说："去吧！到那边看看荷花去。"我只得惘然的跟着他走了。

荷花果然开得很茂盛，而且气味异常清香，然而我流着血的心，正像那艳丽的红花瓣。我觉得我所看见的不是荷花，只是我浴血的心，我全身又在发寒战，致一怔怔的望着我，低低的叹了一声说道："你们葫芦里到底卖的是什么药呢，怎么剑尘说话总好像有刺似的。"

我听了这话，我只好苦笑着走开了！……

七月二十五日　　我真不明白人间的友谊是怎样发生的——昨夜我为探究这个问题，通夜不曾安眠，我很渴望从这里找到一些人间的伟大和纯洁，然而太不幸了，结果我的答案是：友谊就是互相利用，而这个利用又必须是均衡的，如果那一天失掉均衡，那一天友谊就宣告死刑。唉！人与人的关系是这样组成的，人类真太可怜了！

我近来的思想总是向使自己更为孤独的方面跑，致一说我是变态，但我自己以为与其说是变态，不如说是有计划的，因为只有这样，我才能够超脱，我才能够作出好像伟大的事情，近来我能对剑尘这样冷淡，真要多谢这种思想的帮忙，我能鄙视一切众生，我才能逃出作茧自束的命运，不过这种思想究竟维系我到什么时候，我是毫无把握的。

我最近的生活，表面上是异常的孤寂，不过精神的变化却最为剧烈，在我眼前展露着无数的道路，然而我并没有选择到一条，不过在无数的路口上徘徊，盘旋，最后我恐怕是徒劳而死……死于矛盾冲突中。

我听见两个绝对不同方向的魔鬼在呼喊，同时他们又用尽技巧来诱惑我，我怕同时我又迷恋，在他们的搏斗中我看见生命的火花在闪烁着，可是我这样脆弱的心身怎能负荷这繁巨的重担，最后我倒了，倒在泥泞污秽的沟涧中，拖泥带水。呵！我的两腿抖颤，我一步也不能走了，我的呼吸急促，天呵！我要发狂了！我要发狂了！谁能救一救我呢……

七月三十日　　今天下午我无意中遇见一个朋友——她从前和我同过学，是一个很深刻的人，一般人都觉得她脾气有些乖张，而我觉得她很合脾胃，她很直爽有些带男性，她对于我是很关心的，常常问到我的生活，所以她今天看见我第一句话就问道："你近来的心境好吗？"我说："现在很平静，每天很规则的工作休息。"她听了这话似乎有些不相信，接着又问道："果真能如此吗？……那我白替你难受了一场。"我听了这话莫明其妙的动了心，我似乎预感到一种不幸的打击，又要临到我身上了。我很诚恳的握住她的手道："请你明白告诉我吧，你究竟又听到什么消息？"这时我的脸色有点发白，我听见心跳得非常快，说话的声音也有些发抖，她自然多少明白我内心的空虚，无论话说得怎样漂亮，也是掩饰不来的，她极力的先劝解我一番，然后她报告我一个使我难受的消息。她说："剑尘已经有了爱人，你应当知道了吧！"这真是一根锋利的针，恰恰刺在我的心上，但是我不愿意把自己心里的矛盾显示给她，我极力镇定，故意作出非常冷淡的情形说道："这我虽不大清楚，但是我却早已预料到了，而且可以说正是我计划的成功，但不知是怎么个始末，你明白的告诉我吧！"她叹了口气道："剑尘那个人利害起来真够人怕的，但是殷勤起来却也比任何人都会，前天我去看电影，在电影场遇着他同着一个年轻的女人——那个女人也并不漂亮，不过皮肤还白净，他们俩坐在一处作出非常亲热的表示，剑尘对她是十三分的柔情，当时我很奇怪，而且我又替你设想，自然我有些不满意剑尘……不过你说是你的计划那就当别论了，不过男人总是男人……""其实这种事情我也早听惯看惯了，只要他快乐，我就安心了！"我对她说过这话以后，就连忙设法躲开了，我不愿我的怯弱被她看出。

　　回到家里，我的心一直在隐隐作痛，我想到人情真是太不可靠了，我常梦想一个牺牲自己，而成全别人的伟大情感之花，能有一天在我面前开放，结果呢，梦想永远是梦想，没有一个对象是值得我给他这样的神奇的礼赠，同时也没有人肯给我这种礼赠，在这个世界除了求利避害之外，没有更多伟大的事情了，我真有点对于自己的愚笨发笑，在世界奔波了二三十年究竟追求到什么？我是从母亲怀里赤裸裸而来，最后我还是赤裸裸而去，除了身上心上所刻镂的伤痕没有更多的东西了，呵！我怨恨吗？……谁值得我的怨恨！

八月十五日　　今天下午我独自到南郊去看星痕的新坟，当我走到人迹稀少的旷野时，我的心有些酸梗，这是我半年来常同星痕游憩洒泪的地方，曾几何时她已做了古人，在累累群冢上又添了一座新坟，人生真太不可思议了！

她的坟前有两株茂密的白杨树，在这将近黄昏的淡阳里，发出瑟瑟的声音，我站在白杨树下凝视她安息的佳城，我仿佛看见她腐烂的尸体和深陷的眼窝，孤露的白牙，我禁不住有些发抖，远处丛苇在风里摇曳，似乎万千的阴灵都在那里出没，况且斜阳更淡了，夜幕渐渐往下沉，使我不能再留恋了，我只低声叫着"星痕"以后，便匆匆的回来了。

到家时，空庭寂静，只听见墙阴蛙声咕咕，我坐在绿藤荫下，遥望天空星点渐繁，晚风习习，这时，我心里有着不可说的惆怅，唉！落魄的归雁呵！我为追求安慰而归来，我为休息灵魂的剑伤而归来，但是我所得到的是什么？——唉！更深的空虚，更深的剑伤罢了！

夜深了，衣上似乎有些露滴，但月已高高的升到中天，很清晰的照着我寒伧的瘦影，我的视线在模糊的泪液中闪动，我的心正流着新创的血滴！……

八月十七日　　今天萍云来看我，我们坐在回廊下面闲谈，热风带来阵阵玉簪花的香气，蜜蜂环绕着我们嘤嘤的叫，天气是多么困人，我们都似乎跋涉远路的旅人，感到心身的疲倦，萍云侧身躲在宽仅及尺的木栅杆上，我只靠着柱子看地上婆娑的树影，我们这样默默的度过了一个下午，后来萍云提议去看电影，我没有反对，因为我也正在找消闲这无聊长日的方法。

不久我们就坐在黑暗的电影场里，今天演的片子，是一出悲剧，情节非常凄楚，再加着那悲感刺心的音乐，我们都为悲情所鞭打，脆弱深忧的心流出不可制止的热泪来了。

休息的时候，我偶然回头，蓦然使我一惊，唉！天呵！只有你知道，我这时所受的槌击，是怎样的惨酷，这时我的头嗡嗡的作响，我的心如用钢绳绞紧，我用死力握住萍云的手，我的身体不住在打颤，萍云惊奇的望着我，一面低声安慰我道："纫菁！不要伤心吧！忽然间你又想到什么了？"我只摇摇头道："萍云！我不能忍受了，让我们离开这地方吧！"萍云听了这话，知道一定有点缘故，她便也回头张望，最后她看见剑尘了，他是同着一个妙年的女郎坐在一起，萍云这时站了起来道："纫菁！镇静些，把你的眼泪擦干，为什么要叫别人看出你脆弱的心，你应当装作是高兴的样子。"

我听了萍云的话，不知从那里冲起一股勇气来，我果然咽下酸泪，并在眼角两颊上扑了粉，装作很高兴很专心的样子看电影。

当电影散了的时候，我们故意慢慢的走，萍云看见剑尘已经走得很远了，她才叫我说："走吧！菁！"我们出了电影场，萍云替我叫好车，并且她也陪着我回来。

唉！可怜这一夜我们都没有睡，我们彼此谈讲着苦厄的命运，消磨这可怕的长夜。

九月一日　　我自从电影场受了深刻的打击后，我一连病了十几天，在这十几天里，只有萍云时来看我，她大约总是每天九点到十点的时间来,在她来的时间,我虽然还不时的流泪,但那已经要算我最幸福的时候了,她走了以后,我便更沉入冷漠的苦境,虽然用着一个老妈子,然而她是那样麻木可厌,我看见她的脸就要感到苦闷的压迫,所以除非万不得已,我从不叫她到屋里来。

我的病情,据医生说是因忧郁而起的,后来又加上胃病,吃了东西就要呕吐;在这种情形下我很希望死神的来临,后来我姑妈请了一位中医,吃几剂药之后竟又好了,唉!大约是磨折还没受完吧!

今天算是大好了,居然又看见阳光,又呼吸室外的空气,没有前途,我还是得准备去碰壁吧!

九月五日　这几天气候渐渐凉了,清晨我走来的时候,看见藤叶在秋风里颤动,我的心感到秋意了。秋日的蔚蓝色的天,比任何时候都皎洁,都高爽,风也是很和温的触着我的皮肤。

下午的时候,我去找巽姐,但是她出去了,我便去找陆萍,他正在写文章,见我去了,他放下笔说道:"你今天不来,我正想找你去呢!"我问道:"有什么事情吗?……"他笑了笑道:"也没有什么事情,不过听说你病了许久,我老没得工夫去看你,今天我没到学校上课,想着写完这篇文章去看你,很好你先来了,你到底生什么病呀?"我听了这话心里有些发酸,我默然的答道:"胃病。"

我不愿意他再问我什么,我便拿起一本小说来看,他呢,对着他自己的文章出神,这时候已近黄昏了,屋里的光线非常黯弱,我们都沉默着,忽听门外有皮鞋声,门开了,致一举着活泼的步伐走进来,屋里的空气顿时热闹走来,致一要我请他吃炒栗子,我叫车夫去买,这时候致一坐在我对面,忽然他凝注着我的脸说道:"纫菁!你怎么瘦了?"

陆萍没有等我答言,瞟了致一一眼道:"嘿!你别废话吧!老实等着吃栗子吧!"

致一很聪明，便笑了笑不再说什么。

我们吃着新炒的热栗子，栗皮便作了武器，致一开始用栗皮抛击我，——当然我知道他的用意，他是想变换变换空气，果然很有效力，我顿时忘了一切的伤痕，也用栗皮还击，陆萍在旁边看着我们笑，正在这个时候，剑尘推门进来了。我仿佛触了电似的，全身不由得打了一个寒颤，悄悄的退到墙角的椅子坐了。

最近我和剑尘之间，似乎竖起一座石屏，我们久已不通信，不见面了，有时无意中遇到——像今天的这种情形，大家也都是默然无言。

屋里现在是有着可怕的冷寂，没有灯光，没有月影，只在模糊的光线中浮动着几个人影。

剑尘这时是用愤怒和卑视的眼光扫射着我，并不时发出沉重的叹息，我只有低着头默默的忍受，几次我的心是燃烧着热情，我要想把我坦白的心，在剑尘面前披露，但是我不敢，我的理智不应许我，同时我不知为什么，我不能静默了，我的心将要从我的胸膛中跳出来，于是我跑到了琴边，唱起苏东坡的《满江红》来，而且我是非常高兴，非常活泼，好像春天花园中的小鸟，致一见我这样高兴，他也真高兴起来，便随着我的声音唱，我们正在要得迷离惝恍的时候，忽听见"啪"的一声响，大家不约而同的怔住了，只见剑尘把一根文明棍从中间撅成两节，然后对着致一冷笑道："你的兴致倒真不错呵！……这个年头的人真没有什么说头……"

致一莫名其妙的望着他，陆萍低头无言的看着墙上的照片，我呢，伏在琴上哭了。

过了些时，剑尘叹了一口气，拿着帽子愤愤的走了，我心里受着非常的压迫，到这时候我怎么也忍耐不住了，我呜咽的痛哭，致一再三的安慰我，陆萍只有悄悄的叹气。……

九月八日　　我近来是走到荆棘的路上来了，不断的血滴在使我非常惊吓，我再也不能扮演了，今天我思量了一早晨，结果我决计走，虽然我明知道，此去依然飘泊，前途也未必就有光明，不过这眼前的荼毒也许是可以避免。

我正预备到书局去辞职，忽然剑尘来找我，这时我的心禁不住怦怦的跳，我用抖颤的手开了房门让他进来，我的视线不敢向他脸上注射，只低声问道："你从那里来？"他的声音也似乎有点发抖道："从家里来。"隔了些时，他接着说道："我早想和你谈谈！呵，纫菁！这些日子我们的形迹却是疏了，可是我对你的心还是一样，可不知道你对我如何？……你最近的生活怎样呢？……你的心情没有改变吗？……"我听了这些话，真不知道怎样回答，过了许久我才勉强答道："我还是这样，反正是消磨时光……"我说到这句，我的心禁不住冲上一股酸浪来，我低下头去。

剑尘不住用锐利的目光打量我，后来他又说道："当然你总觉得我不了解你，在以前也许是事实，不过近来我却似乎明白些了……朋友们聚在一处谈话，偶尔谈到你，有人说你不久要和某人订婚，我虽然有些怀疑，但是我想你也不过象演剧似的，演完就算，未必真有这事吧？……"

唉！天呵！现在我应当对他说什么，我能把我一切委曲向他面前倾吐吗？……如果我这样办了，谁知道以后将要发生什么结果呢！我还是继续我的计划吧！但是这两个月以来我总算受尽了苦痛，我还有勇气再负担吗？

这种纠纷和冲突在心里交战了很久，最后理智是告诉我应作的事情了，我对剑尘说："……一个人的命运，有时候可以自己创造，有时候是要凭造物主的意旨，所以现在我不能确实答复你。我将来要作的是什么事情，总之你现在既已有了光明的前途，你好好的追逐。至于我呢，现在不脆弱了，不顾忌了……实在的我近来的思想却比从前进步了，这一点你大约也看得出，从前我虽不喜欢这个社会，但是我还不敢摒弃这个社会，现在我可不管那些了，我想尽量发展我的个性，至于世俗对我的毁誉，我不愿意理会，并且我也理会不了许多，所以近来我虽听见人们在谈论我，我也绝不能为这事动心，我已经没有力量为了讨别人的欢喜而扎挣了！"我这时的心真兴奋极了，我好像已经把人类社会的一切摔碎了，我傲然望着云天，似乎我现在是站在云端里呢！

剑尘听了我的话，看了我的样子，他似乎觉得惊奇，他笑道："你的思想的确改变了，既然这样我也就放了心，现在我把我近来的生活告诉你：从前你不是有一封信劝我结婚吗？当时我心里怎么想，不必说你一定很明白了……不过我呢，事实上最迟两年内也非结婚不可，后来恰好有一个亲戚替我介绍密司秦——这个人你大约许见过，她虽然年纪很轻，但还没有现在一般小姐们的习气，并且彼此感情也很好……大约我的问题不久也就可以解决了。……并且她很想见见你！"

"见见我吗？"我不由得有些惊吓的问他。

"是的，见见你；我想你一定很愿意，是不是？"

"对了！我很愿意见见她……的确的，我时时刻刻祝祷你们的幸福，因为至少可以补救人间的缺陷于万一……"

"既然这样，礼拜天萍云请我们吃饭，就在那里，我替你们介绍介绍。"

"好吧！……"我不能再说下去了。

剑尘走后我怔怔的好像才从梦里醒来！

九月九日　　呵！我的心现在是装着万重的悲伤，我的两眼发花，我的耳朵发聋，我的心满是新的剑镞。

呵！我掀开窗幔，院子里浮动着黑暗的鬼影，一切的人类正在沉酣的睡着，——秋凉的树叶是多么清爽，多么美丽，然而我现在摒弃了睡魔，捣碎了幻梦，我现在只感到梦醒后的惆怅，它好像利剑尖刺痛我，又好像铅块紧压着我。

想到今午在萍云那里吃饭，他说我有尤三姐的风度，不错，前此，我的确还能粉饰自己如一朵玫瑰，香甜辛辣，有时又像是夏夜的素馨，使人迷醉，但是现在我不愿意再骗自己了。

我把数月的日记，从头读了一遍，我除了自恨愚钝还有什么可说！

好了现在一切都有了结局，最初使我残灰复燃的是剑尘，现在扑灭我心头火焰的也是剑尘。

唉！我要见密司秦吗？不，不，那是比任何刑罚都难忍受，我没有勇气！没有勇气！

今天是礼拜六，唉，上帝，呵！我决不能再迟延了，让我在明晨日出之前，离开这个地方吧！

我的日记也可以从今天起告一段落。

归雁！归雁！而今负荷着更重的悲哀去了——去了！

乞　丐

　　太阳正晒在破庙的西墙角上，那是一座城隍庙。城隍的法身，本是金冠红袍，现在都剥落了。琉璃球的眼睛也只剩下一个，左边的眼窝成了一个深黑穴孔，两边的判官有的折了足，有的少了头。大殿的门墙都破得东歪西倒，只有右边厢房，还有屋顶，墙也比较完整。那是西城一带乞儿的旅馆，地下纵横铺着稻草。每到黄昏以后，乞儿们陆续的提着破铁罐，拿着打狗棒，抖抖索索的归来了。

　　西南角的草铺上，睡着一个三十多岁的男乞，从破铁罐里掏出两块贴饼子，大口的嚼着，芝麻的香气，充溢了这间厢房。

　　"老槐，你今天要了多少钱？……"睡在他对面的乞儿含笑的问。

　　他咽下满口的火烧，然后咂了咂嘴笑道："嘿！老马！够兴头的，今天又是三十多吊！……你呢？"

　　"我吗？也对付！差两大子三十吊！"老马说完也得意的笑了，从袋里拿出两个窝窝头，和一块咸菜吃着，黄色玉米面的渣子落了一身。他慢慢拾起来放在嘴里，又就着铁罐子喝了两口水，打了个哈欠，对老槐道：

　　"喂！老槐！这营生你干了几年了？"

"几年？我算算看。"老槐凝神用手指头点了点道，"整整四年咧！"老槐说完又叹了一口气道："别看干这个，虽说不体面，可是我老娘的棺材木却有着落了。去年我寄回老家整整五百块钱，我叫我爹置上十来亩地，买两个牲口，我瞎妈和老爹也就有得过了。"

"真是的，这比做小买卖，还强呢，你别看站岗的老龙穿着像是个样……骨子里可吃了苦头了！昨日我听说他们又两个月没发饷啦！老龙急得没法儿……"老马感叹着说。

"可不是吗？……这个年头的事真没法说，你猜我怎么走上这条道……这几年我们老家不是闹水灾就是闹兵荒……我们原是庄稼人，我和我爹种着五亩地，我妈我们三口儿也够吃的了。谁想那一年春夏之交发了大水，把一尺来高的麦子全都淹了！我们爷们儿没的过了，我妈天天哭，把双眼睛也哭瞎了，我爹又害病，我到处挪借，到底不是长法子。后来我爹想起我表兄在京里开杂货店，叫我奔了他找个小事作。于是又东拼西凑的弄了几块钱，作盘缠来到京里。唉！真倒运，找了三天，全城都找遍了，也没找着我表兄，摸摸兜里一个钱也没了，肚子又饿上来，晚上连住的地方也没有，我就蹲在一家墙角里过了一夜，幸好还是七月初的天气不冷，不然又冻又饿，还不要命？……天刚刚发亮，我就在马路上发怔，越想越没法儿，由不得痛哭。后来过来一个扫街的老头儿，他瞧着哭得怪伤心的，就走拢来问我怎么了。我就把我的苦处一五一十对他说了。……喂！老马！那老头儿倒好心眼，他说：'那么着吧！你就随我到区里去，我荐你作个扫街的吧。'我想了想，也实在没别的法子，就答应跟他去。到区里说妥了一天一毛钱，——这几天吃两顿窝窝头也就凑合吧！从第二天起，我每天早晨，天刚亮就到东大街扫街，晚半天还得往街上洒水。按说这种生活不能算劳苦，可是这会子东西真贵，一毛钱简直吃不饱。挨了两个月以后，谁想到区里又欠薪，连一天一毛钱，也不能按时拿到，这我可急了。有一天我只吃了一碗豆汁，那肚子饿得真受不了……我站在街角上，看见来往的车马如飞的驰过，那车影渐渐模糊起来，屋子像要倒塌似的，眼前金星乱飞，我不知什么时候竟饿死过去了。后来我不知怎么又活过来，四围站了许多人，一个警察站在旁边，皱着眉向那些看热闹的人道：'哪个是积德的！多少周济点吧！'于是就听见铜子敲在石头上叮叮当当的响。一个卖豆汁的给我一碗豆汁，我就吃下去，以后精神好多了，扎挣着站了起来，向那人道了谢。我就拿着五吊多钱到小店里吃了一顿。口袋里又只剩下一吊来钱了，看看天又快黑下来，我想着这神气是再不能过了，厚着脸皮要饭去吧。第一天我就躲在小胡同里，看见穿得整齐的先生太太们走过时，慢慢踱到他们跟前：'可怜吧！赏一大花！'有的竟肯给，可是有的人理也不理的扬着脸走开，有的还瞪着眼骂'讨厌！……'可是老马！咱们也只能忍着，谁叫咱们命运不济呢！……"

"哼！老槐！什么命运不济的，只恨我们没能力，没胆量。你不用说别的，张老虎从前不也跟咱们似的，这会子人家竟置地买屋子阔着呢！"老槐听见老马这话，由不得叹了一口气道："罢呀！张老虎虽是阔了，那孽也就造得不小，他把人家马寡妇的家当抢了来，听说他还把人家十七岁的姑娘给祸害了，这是什么德行！？……阔也是二五事，不定那一天犯了事，叫他吃不了，兜着走……那样还不如咱们穷得舒心！"

"得了，老槐！咱们别谈论别人，你再接着说你的！"老马仲着身子睡在草铺上，对老槐说。

老槐果然又接着说下去道："头一个月我也不知道我要了多少，反正除了我吃的还剩下四块钱，我赶忙托了个乡亲，带回家里去了。第二个月我要的更多了，而且脸皮也厚，大街上公馆门口都去……这会子每月好的时候，除了吃还能富裕二十多块钱呢，比干什么买卖不好！"

"正是这话了！这个年头哪有什么好事轮到咱们……老槐，再混两年在老家里置三四十亩地，你自然要回去，可是我是无家无业的呢！……"老马说到这里心里有些伤凄，老槐也似乎心里有点怅怅的，想到千里外的瞎妈和老了的爸爸再也提不起兴致了。

夜幕沉沉的垂于宇宙，这破庙里，只有星月的清光，永不见人间的灯火。这些被人间遗弃的乞儿，都渐渐进了睡梦，老槐和老马也都抱着凄怆的心情睡去了。

前　　途

　　清晨的阳光，射在那株老梅树上时，一些疏条的淡影，正映在白纱的窗帷上，茜芳两眼注视着被微风掀动的花影出神。一只黑底白花的肥猫，服帖的睡在她的脚边。四境都浸在幽默的氛围中，而茜芳的内心正澎湃着汹涌的血潮，她十分不安定的在期待一个秘密的情人，但日影已悄悄斜过墙角了，而那位风貌蕴藉的少年还没有消息。她微微的移转头来，不禁打了一个冷战："唉，倒霉鬼！"她恨恨的向地上唾了一口，同时站起来，把那书架上所摆着的一张照片往屉子里一塞，但当她将关上屉子的时候，似乎看见照片中她丈夫的眼睛，正冒火的瞪视她。

　　茜芳脸色有些泛白，悄然的长叹一声，拼命的把屉子一推，回身倒在一张长沙发上，渐渐的她沉入幻梦似的回忆中——三年前，在一个学校的寄宿舍里——正当暮春天气，黄昏的时候，同学们都下了课，在充满了花香的草坪上，暖风悄悄的掀起人们轻绸的夹衣，漾起层层的波浪在软媚的斜阳中。而人们的心海也一样的被春风吹皱了。同学们三五成群的，在读着一些使人沉醉的恋情绮语。

　　茜芳那时也同几个知己的女友躲在盛开的海棠荫里，谈讲她美丽的幻想。当然她是一个美貌的摩登女儿，她心目中的可意郎君，至少也应有玉树临风的姿态——在许多的男同学中，她已看上了三个——一个是文科一年级的骆文，一个是法科二年级的王友松，还有一个是理科二年级的李志敏。这三个都是年轻貌美的摩登青年，都有雀屏入选的资格。其中尤以李志敏更使茜芳倾心，他不但有一张傅粉何郎的脸，而且还是多才多艺的宋玉。跳舞场上和一切的交际所不断他的踪影，时常看见他同茜芳联翩的情影，同出同进。不过茜芳应付的手段十分高明，她虽爱李志敏，同时也爱骆文和王友松，而且她能使他们三人间个个都只觉得自己是茜芳唯一的心上人，但是他们三个人经济能力都非常薄弱。这是使茜芳不能决然委身的原因。

"怎么都是一些穷光蛋呀。"茜芳时时发出这样的叹息。

这一天，茜芳正同李志敏由跳舞场回来，忽然看见书案上放着一封家信，正是她哥哥给她的。这封信专为替她介绍一位异性的朋友叫申禾的。她擎着信笺，只见那几行神秘的黑字都变了一些小鬼，在向她折腰旋舞——他是一个留学生，而且家里也很有几个钱——茜芳将这些会跳舞的神秘字到底捉住了，而且深深的钻进心坎里去。留学生的头衔很可以在国内耀武扬威，有钱——呀！有钱那就好了！我现在正需要一个有钱的朋友呢……嫁了这样一个金龟婿，也不枉我茜芳这一生了。她悄悄的笑着，傲耀着，桃色的前途，使她好像吃醉酒昏昏沉沉的倒在床上，织了许多美丽的幻想。

从此以后，她和申禾先生殷勤的通信，把一腔火热的情怀，织成绮丽的文字投向太平洋彼岸去。而那三个眼前的情人呢，她依然宝贝似的爱护着。同学们有些好管闲事的人，便把她的行为，作为谈论的资料。有些尽为她担着忧，而她是那样骄傲的看着她们冷笑。

"这算什么？多抓住几个男人，难道会吃亏吗？……活该倒霉你们这一群傻瓜！"

每一次由美国开到的船上，必有申禾两三封又厚又重的情书递到茜芳的手里。最近的一封信是报告他已得了硕士的学位，五六月间就可以回国了，并希望那时能快乐的聚首。茜芳擎了这封信，跑到草坪上，和几个同学高兴的说道："我想他一回来就要履行婚约的。"

"一定别忘了请我们吃喜酒！"一个女朋友含笑说。

"当然，"她说，"不过不知道他究竟是怎么样的一个人？"

"多怪呀！你这个人，婚都定了，还在怀疑。"

"……管他呢，留学生，有钱，也就够了……"茜芳说着，从草坪上跳了起来，拈着一朵海棠花，笑嘻嘻的跑了。

那一丛茂盛的海棠花，现在变成一簇簇的海棠果了。茜芳独自站在树荫下，手攀着一根枝条，望着头顶的青天出神。"算归期就在这一两天呀！"她低声自语着。

六月十二日的清晨，茜芳穿了一件新做好的妃红色的乔其纱的旗袍，头发卷成波浪式，满面笑容的走出学校门口，迎头正碰到王友松走来。

"早呵，茜芳，我正想约你到公园去玩玩，多巧！……假使你也正是来找我那更妙了，怎么样，我们一同去吧？"

茜芳倩然的媚笑了一下，道："友松，今天可有点对不起你，我因为要去看一看刚从美国回来的朋友，所以不能奉陪了！"

"哦……那末下次再说吧！"友松怅然的说了。

"对了，下次再说吧！"茜芳一面挥着手说，一面已走出学校门跳上一部黄包车。那车夫也好像荣任大元帅般威风凛凛，得意扬扬如飞的奔向前去。不久便到了"福禄寿"的门口。茜芳下车走进去，只见那广大的食堂里，冷清清的没有一个客人，只有几个穿制服的茶役在那里低声的闲谈着。茜芳向一个茶房问道："有一位申先生来了吗？"

"哦！是茜芳女士吗？我就是申禾，请到这边坐吧！"一个身材矮小的男子从一个角落的茶座上迎上前来说。

茜芳怔怔的站在那里，心想："原来这就是申禾呵！"她觉得头顶

277

上好像压了千钧重的大石帽，心里似乎塞了一堆棉絮。"这样一个萎琐的男人，他竟会是我的未婚夫？一个留学生？很有钱？"她心里窃疑着。可是事实立刻明显的摆在她面前，她明明是同他定了婚，耀眼的金钻戒还在手上发着光，硕士的文凭也在她的面前摆着，至于说钱呢，这一年来他曾从美国寄给她三千块钱零用。唉，真见鬼，为什么他不是李志敏呢？

申禾自从见了茜芳的面，一颗热烈的心，几乎从腔子里跃了出来，连忙走过来握住茜芳的手，亲切的望着她。但是茜芳用力的把手抽了回来，低头不语，神情非常冷淡。申禾连忙缩回手，红着脸，抖颤着问道："茜芳，你有什么不舒服吗？……也许是因为天气太热，你吃点冰汽水吧？"

"不，我什么都不想吃，对不起，我想是受了暑，还是回学校去妥当些。"

"那末，我去喊一部车子来送你去吧。"

"也好吧！"

茜芳依然一言不发的坐着等车子，申禾搓着手不时偷眼望着她。不久车子来了，申禾战兢兢的扶着她上了车，自己便坐在茜芳的身旁，但是茜芳连忙把身体往车角里退缩，把眼光投向马路上去。他们互相沉默了一些时候，车子已开到学校门口。这时茜芳跑下车子，如一只飞鸟般，随着一阵香风去了。申禾怅然痴立直到望不见她的背影时，才嘘了一口气回到旅馆里去。

茜芳跑到寝室里，倒在床上便呜呜的哭起来，使得邻近房里的同学，都惊奇的围了来，几道怀疑的眼光齐向她身上投射。茜芳哭了一阵后，愤然的逃出了众人的包围，向栉沐室去。那些同学摸不着头脑，渐渐也就无趣的散了。茜芳从栉沐室出来时，已收拾得满脸香艳。重新又换了一件白绸长袍，去找李志敏。但是不巧，李志敏已经出去了，只有王友松在那里。他们便漫步的走向学校外的草坪上去。

"今天天气不坏！"王友松两眼看着莹洁的云天说。

"对了，我们到曹家渡走走，吸些乡村的空气，好吧？……我似乎要气闷死了！"

友松回过头来，注视着茜芳的脸说道："你今天的脸色太不平常了！"

"你倒是猜着了，"她说，"不过我不能向你公开！……"

友松默然的望着茜芳，很久才说道；"……我永远替你祝福！"

"呸，有什么福可视，简直是见鬼！"茜芳愤愤的叹着。

他们来到一架正在盛开的豆花前，一群蛱蝶，不住绕着茜芳的头脸飞翔，茜芳挥着手帕骂道："不知趣的东西，来缠什么呵！"

友松听了这话似乎有些刺耳，禁不住一阵血潮涌上两颊，低着头伴她一步步的前去。

日落了，郊外的树林梢头，罩了一层氤氲的薄雾，他们便掉转头回学校去。在路上茜芳不时向天空呼气！

一个星期过去，茜芳的哥哥从镇江来看她，并且替她择定了婚期，她默默不语的接受了。

在结婚的喜筵散后，新郎兴高彩烈的回到屋里，只见新娘坐在沙发角上，用手帕儿擦着眼泪。

"茜芳！你为什么伤心，难道对我有什么不满意吗？在这一生我愿作你忠实的仆从，只要你快乐！……"

"唉，不用说那些吧！我只恨从前不应当接受你的爱，——更不应当受你的帮助，现在我是为了已往的一切，卖了我的身体；但是我的灵魂，却不愿卖掉。你假使能允许我以后自由交朋友，我们姑且作个傀儡夫妻，不然的话，我今天就走。……"

"交朋友……"申禾踌躇了一下，便决然毅然的答道，"好吧！我答应你！"

茜芳就在这种离奇的局面下，解决了所有心的纠纷！在结婚后的三年中，她果然很自由的交着朋友，伴着情人，——这种背了丈夫约会情人的勾当，在她已经习惯成自然了。她这时不禁傲然的笑了一笑，忽然镜子里出现一个美貌丰姿的青年男人，她转过头来，娇痴痴的说："怎么这样迟？"

"不是，我怕你的丈夫还不曾出去。"

"那要什么紧？"

"茜！你为什么不能同他离婚？"

"别忙，等有了三千块钱再说吧！并且暂时利用利用他也不坏！"

"哦！你为什么都要抓住，要钱要爱情……一点都不肯牺牲！"

"我为什么要牺牲？女人除了凭借青春，抓住享乐，还有什么伟大的前途吗？"

"好奇怪的哲学！"

"你真是少见多怪，"她冷笑着说，"我们不要讲这些煞风景的话吧！你陪我出去吃午饭，昨天他领了薪水，我们今天有得开心了。"

"哦。"男人脸上陡然涌起一阵红潮，一种小小的低声从他心底响起道："女人是一条毒蛇，柔媚阴险！"他被这种想象所困恼了，眼前所偎倚着千娇百媚的情人，现在幻成了一只庞大的蛇，口里吐出两根蜿蜒的毒丝，向他扑过来。他禁不住打了个冷战，向后退了几步，但是当她伸出手臂来抱他的时候，一切又都如常了。

他俩联翩的在马路上走着，各人憬憧着那不可知的前途。

憔悴梨花

这天下午，雪屏从家里出来，就见天空彤云凝滞，金风竦栗，严森刺骨，雪霰如飞沙般扑面生寒；路上仍是车水马龙，十分热闹，因为正是新年元旦。

他走到马路转角，就看见那座黑漆大门，白铜门环迎着瑞雪闪闪生光。他轻轻敲打那门环，金声铿锵，就听见里边应道："来了。"开门处，只见一个十五六岁的使女，眉长眼润，十分聪明伶俐，正是倩芳的使女小憨儿；她对雪屏含笑道："吴少爷里边请吧，我们姑娘正候着呢！"

小憨儿让雪屏在一间精致小客厅里坐了，便去通知倩芳。雪屏细看这屋子布置得十分清雅：小圆座上摆着一只古铜色康熙碎磁的大花瓶，里面插着一枝姿若蛟龙的白梅，清香幽细，沁人心脾；壁上挂着一幅水墨竹画，万竹齐天，丛篁摇掩，烟云四裹，奇趣横生。雪屏正在入神凝思，只听房门"呀"的开了，倩芳俏丽的影像，整个展露眼前，雪屏细细打量，只见她身上穿一件湘妃色的长袍，头上挽着一个蝴蝶髻，前额覆着短发，两靥嫩红，凤目细眉，又是英爽，又是妩媚！雪屏如饮醇醪，魂醉魄迷，对着倩芳道："你今日出台吗？……"

"怎能不出台……吃人家的饭，当然要受人家的管。"

"昨天你不是还不舒服吗？"

"谁说不是呢……我原想再歇两天，张老板再三不肯，他说广告早就登出去了，如果不上台，必要闹事……我也只得扎挣着干了。"

"那些匾对都送去挂了吗？"

"早送去了……但是我总觉得怯怯的……像我们干这种营生的，真够受了，哪一天夜里不到两三点睡觉，没白天没黑夜的不知劳到什么时候？"

"但你不应当这么想，你只想众人要在你们一歌一咏里求安慰，你们是多么伟大呢……艺术家是值得自傲的！"

"你那些话，我虽不大懂，可是我也仿佛明白；真的，我们唱到悲苦的时候，有许多人竟掉眼泪，唱到雄壮的时候，人们也都眉飞色舞，也许这就是他们所要的安慰！"

"对了！他们真是需要这些呢，你们——艺术家——替人说所要说的话，替人作所要作的事，他们怎能不觉得好呢……"

"你今天演什么戏？"雪屏问着就站了起来，预备找那桌上放着的戏单。

倩芳因递了一张给他，接着微笑道："我演《能仁寺》好不好？""妙极了，你本来就是女儿英雄，正该演这出戏。"

"得了吧！……我觉得我还是扮《白门楼》的吕布更漂亮些。"

"正是这话……听我告诉你，上次你在北京演吕布的时候，我们有一个朋友都看痴了，你就知道你的扮像了！我希望你再演一次。"

"瞧着办吧，反正这几个戏都得挨着演呢……你今晚有空吗？你若没事，就在我这里。吃了饭，你送我到戏园里去，我难得有今天这么清闲！原因是那些人还没打探到我住在这里，不然又得麻烦呢……"

"你妈和你妹妹呢？"

"妹妹有日戏，妈妈陪她去了。"

"你妈这几年来也着实享了你的福了，她现在待你怎样？"

"还不是面子事情……若果是我的亲妈，我早就收台了，何至于还叫我挨这些苦恼。"

"你为什么总觉得不高兴？我想还是努力作下去，将来成功一个出名的女艺术家，不好吗？"

"你不知道，天地间有几个像你这样看重我们，称我们作艺术家？那些老爷少爷，还不是拿我们当粉头看……这会子年纪轻，有几分颜色，捧的人还不怕没有；再过几年，谁知道又是什么样子？况且唱戏全靠嗓子，嗓子倒了，就完了；所以我只想着有点钱，就收盘了也罢。但我妈总是贪心不足，我也得挨着……"倩芳说到这里，有些凄然了，她用帕子擦着眼泪，雪屏抚着她的肩说：

"别伤心吧，你的病还没有大好，回头又得上台，我在这坐坐，你到房里歇歇吧！"

"不！我也没有什么大病，你在这里我还开心，和你谈谈，似乎心里松得多了……想想我们这种人真可怜，一天到晚和傀儡似的在台上没笑装笑，没事装事，只不过博戏台底下人一声轻鄙的彩声！要有一点不周到，就立刻给你下不来台……更不肯替我们想想！"

"你总算熬出来了，羡慕你的人多呢，何必顾虑到这一层！"

"我也不知为什么，总觉得人们的眼光可怕，往往从他们轻鄙的眼光里，感到我们作戏的不值钱……"

……

壁上的时计，已指到七点，倩芳说："妈妈和妹妹就要回来了，咱们叫他们预备开饭吧！"

小憨儿和老李把桌子调好，外头已打得门山响，小憨开门让她们母女进来，雪屏是常来的熟人，也没什么客气，顺便说着话把饭吃完；倩芳就预备她今夜上台的行头……蓝色绸子包头，水红抹额，大红排扣紧身，青缎小靴……弹弓宝剑，一切包好，叫小憨拿着，末了又喝一杯冰糖燕窝汤，说是润嗓子的，麻烦半天直到十点半钟才同雪屏和妈妈妹妹一同上戏园子去。

　　雪屏在后台，一直看着她打扮齐整，这才到前台池子旁边定好的位子上坐了，这时台上正演汾河湾，他也没有心看，只凝神怔坐，这一夜看客真不少，满满挤了一戏园子，等到十二点钟，倩芳才出台，这时满戏园的人，都鸦雀无声的，盯视着戏台上的门帘，梆子连响三声，大红绣花软帘掀起，倩芳一个箭步蹿了出来，好一个女英雄！两目凌凌放光，眉梢倒竖，樱口含嗔，全身伶俏，背上精弓斜挂，腰间宝剑横插，台下彩声如雷，音浪汹涌。倩芳正同安公子能仁寺相遇问话时，忽觉咽喉干涩，嗓音失润，再加着戏台又大，看客又多，竟使台下的人听不见她说些什么，于是观众大不满意，有的讪笑，有的叫倒好，有的高声嚷叫"听不见"，戏场内的秩序大乱，倩芳受了这不清的讽刺，眼泪几乎流了出来，脸色惨白，但是为了戏台上的规矩严厉，又不能这样下台，她含着泪强笑，耐着羞辱，按部就班将戏文作完。雪屏在底下看见她那种失意悲怒的情态，早已不忍，忙忙走到后台等她，这时倩芳刚从绣帘外进来，一见雪屏，一阵晕眩，倒在雪屏身上，她妈赶忙走过来，怒狠狠的道："这一下可好了，第一天就抹了一鼻子灰，这买卖还有什么望头……"雪屏听了这凶狠老婆子的话，不禁发恨道："你这老妈妈也太忍心，这时候你还要埋怨她，你们这般人良心都上那里去了……"她妈妈被雪屏一席话，说得敢怒不敢言，一旁咕嘟着嘴坐着去了。这里雪屏把倩芳唤醒，倩芳的眼泪不住流下来，雪屏十分伤心，他恨社会的惨剧，又悲倩芳的命运，拿一个柔弱女子，和这没有同情，不尊重女性的社会周旋，怎能不憔悴飘零？！……

　　雪屏一边想着，一边将倩芳扶在一张藤椅上。这时张老板走了进来，皱着眉头哼了一声道；"这是怎么说，头一天就闹了个大拆台……我想你明天就告病假吧，反正这样于是演不下去了！"张老板说到这里，满脸露着懊丧的神色，恨不得把倩芳订定的合同，立刻取消了才好，一肚子都是利害的打算，更说不到同情。雪屏看了又是生气，又是替倩芳难受；倩芳眼角凝泪，凄然无语的倚在藤椅上，后来她妈赌气走了，还是雪屏把倩芳进回家去。

第二天早晨，北风呼呼的吹打，雪花依然在空中飘洒，雪屏站在书房的窗前，看着雪压风欺的棠梨，满枝缟素，心里觉得怅惘，想到倩芳，由不得"哎"的叹了一声，心想不去看她吧，实在过不去，看她吧，她妈那个脸子又太难看，怔了半天，匆匆拿着外套戴上帽子出去了。

倩芳昨夜从雪屏走后，她妈又嘟嚷她大半夜，她又气又急！哭到天亮，觉得头里暴痛，心口发喘。她妈早饭后又带着她妹妹到戏园子去了，家里只剩下小憨儿和打杂的毛二，倩芳独自睡在床上，想到自己的身世；举目无亲，千辛万苦，熬到今天，想不到又碰了一个大钉子；以后的日子怎么过！那些少年郎爱慕自己的颜色虽多，但没有一个是把自己当正经人待……只有雪屏看得起自己，但他又从来没露过口声，又知道是怎么回事……倩芳想到这里，觉得前后都是茫茫荡荡的河海，没有去路，禁不住掉下泪来。

雪屏同着小憨儿走进来，倩芳正在拭泪，雪屏见了，不禁长叹道："倩芳！你自己要看开点，不要因为一点挫折，便埋没了你的天才！"

"什么天才吧！恐怕除了你，没有说我是天才！像我们这种人，公子哥儿高兴时捧捧场，不高兴时也由着他们摧残，还有我们立脚的地方吗！……"

"正是这话！但是倩芳，我自认识你以后，我总觉得你是个特别的天才，可惜社会上没人能欣赏，我常常为你不平，可是也没法子转移他

285

们那种卑陋的心理！这自然是社会一般人的眼光浅薄，我们应当想法子改正他们的毛病。倩芳！我相信你是一个风尘中的巾帼英雄！你应当努力，和这罪恶的社会奋斗！"

倩芳听了雪屏的话，怔怔的望着半天，她才叹气道："雪屏！我总算值得了，还有你看得起我，但我怕对不起你，我实在怯弱，你知道吧！我们这院子东边的一株梨花，春天开得十分茂盛，忽然有一天夜里来了一阵暴风雨，打得满树花朵零乱飘落，第二天早起，我到那里一看，简直枝垂花败，再也抬不起头来……唉！雪屏！我的命运，恐怕也是如此吧？"雪屏听了这话，细细看了倩芳一眼，由不得低声吟道："憔悴梨花风雨后。……"

西窗风雨

　　天边酝酿着玄色的雨云，仿佛幽灵似的阴冥；林丛同时激扬着瑟瑟的西风。怔坐于窗下的我，心身忽觉紧张，灵焰似乎电流般的一闪。一年来蛰伏于烦忧中的灵魂恢弘了元气，才知觉我还不曾整个毁灭，灵焰仍然悄悄的煎逼着呢——它使我厌弃人群，同时又使我感到孤寂；它使我冷漠一切，同时又使我对于一切的不幸热血沸腾。啊！天机是怎样的不可测度！它不时改换它的方面，它有时使昊昊的烈日，激起我的兴奋，"希望"像蜿蜒的蛇般交缠着我的烦忧久溃的心，正如同含有毒质的讥讽，我全个的灵魂此时不免战栗，有时它又故示冷淡，使凄凄的风雨来毁灭我的灵焰。这虽是恶作剧，但我已觉得是无穷的恩惠，在这冷漠之下至少可抑止我的心波奔扬！

　　正是一阵风，一阵雨，不住敲打着西窗，无论它是怎样含有音乐的意味，而我只有默默的诅咒似的祈祷，恳求直截了当的毁灭一切吧！忽然夹杂于这发发弗弗的风雨声中，一个邮差送进一封信来，正是故乡的消息。哎！残余生命的河中，久已失却鼓舞的气力了，然而看完这一封信，不由自主的红上眼圈，不禁颠覆的念着"寿儿一呕而亡"！

　　正是一个残春的黄昏里，我从学校回家，一进门就看见一个枯瘦如柴的乡下孩子，穿着一身鸠结腥龌的蓝布衣裳，头光秃秃的不见一根头发，伏在一张矮凳上睡着了。后来才知道是新从乡下买来的小丫头，我正站着对这个倒运的小生命出神，福儿跑来告诉我说："她已经六岁，然而只有这一点点高，脖颈还没邻家三岁的孩子肥大呢。那一双只有骨架的手和脚，更看不得。"我说："她不定怎样受饥冻呢，不然谁肯把自己的骨肉这样糟践……你看这样困倦足见精神太差了，为什么不喊她到房里去睡？……""哦！太太说她满身都长着虱子，等洗了澡才许她到屋子里，她不知怎样就坐在这里睡着了。"我同福儿正谈着，邻舍的阿金手里拿着一块烧饼跑过来，一边吃着一边高声叫："快看这小叫化子睡觉呢。"这乡下孩子被他惊醒了，她揉揉眼睛，四处张望着，看见阿金手里的饼，露着渴求的注视，最终她哭了。福儿跑过去，吓她道："为什么哭？仔细太太来打你！"这倒是福儿经验之谈，（她也不过七岁买来的，现在十七岁了。）不过我从来没用过丫头，也不知道对付丫头的心理，这时看见这小丫头哭，我知道她定是要想吃阿金手里的饼。如果是在她自己母亲跟前，她必定要向她母亲要求，虽是母亲不给她，她也终至于哭了，然而比这时不敢开口的哭，我总觉是平淡得多。我想若果是我遭了不幸，我的萱儿也被这样看待，我将何以为情！我想到这里不由得十分同情于那小丫头，因拿了两个铜元叫福儿到门口买了一个烧饼给她，她愁锁的双眉舒展了，露着可怜的笑容在那枯蜡般的两颊上。我问她："你家有什么人？"她委委缩缩的往我跟前挪了两步。我说："走过来，不要怕，我不打你，明天还买饼给你吃呢。"她果然又向前凑了凑。我又问她："你爹和你妈呢？"她说："都死了！""那么你跟什么人过活……"她似乎不懂，看着我怔怔不动，我又问她："谁把你卖了？"她摇摇头仍然不回答。"唉！真是孺子何罪？受此荼毒！"我自叹着到屋里。

萱儿这时正睡醒，她投到我怀里，要吃饼。福儿把炖好的牛奶和饼干都拿来了,她吃着笑着,一片活泼天机,怎么知道在这世界上有许多不幸的小生命呢。

　　过了两天,这个乡下孩子已经有了名字,叫寿儿。于是不时听见"寿儿扫地"的呼唤声。我每逢听到这声音,总不免有些怀疑,扫帚比她的身量还高,她竟会扫地?这倒有些难为煞人了!那一天早晨,她居然拿着扫帚到我房里来了,她用尽全身的力气,喘吁吁的,不自然的扫着。我越看越觉得不受用,因叫她不用扫了,但她一声不响,也不停止她的拿扫帚的双手,一直的扫完了。我便拉住她的手说;"我不叫你扫,你为什么还在扫?"她低着头不响。我又再三的问她,才听见从咽喉底发出游蜂似的小声道:"太太叫我扫,不扫完要挨打。"她这句话又使我想起昨天早晨,我还没起床的时候,曾听见她悲苦的声音,想来就是为了扫地的缘故吧!但我真不忍再问下去,我只说道:"好,现在你扫完了,可以去吧!"实在的,我不愿我灵魂未曾整个毁灭之先,再受这不幸的生命的伤痕的焚炙。我抚摸着萱儿丰润的双颊,我深深的感谢上帝!然而我深愧对那个寿儿的母亲,人类只是一个自私的虫儿呵!

　　桌上放着的信,被西风吹得飘落地上,我拾了起来。"寿儿一呕而亡!"几个字,仿佛金蛇般横据于我灵区之中,我仿佛看见那可怜的寿儿,已经用她天上的母亲的爱泪,洗清她六年来尘梦中的伤污了,上帝仍旧是仁爱的,使她在短促期间内,超拔了自己,但愿从此不要再世为人了!我不住为寿儿庆幸。

　　这时西窗外的风雨比先更急了,它们仿佛不忍劫后的余焰再过分的焚炙。不过那种刻骨悲哀的了解,我实在太深切了,欢乐是怎样麻醉人们的神经,悲哀也是同样使人神经麻醉,况且我这时候既为一切不幸的哀挽,又为已经超脱的寿儿庆幸。唉,真是说不上来的喜共愁——怎能不使我如醉如梦,更何心问西窗外的风雨,是几时停的呵!

289

一个女教员

在张家村里,前三年来了一个女教员。她端婉的面目,细长的身材和说话清脆的声调,早把全村子里的人们哄动了。李老大和牛老三都把他们的孩子,从别的村子里,送到这儿来念书。

这所村学正是在张家村西南角上,张家的祠堂里。这祠堂的外面,有一块空地,从前女教员没来的时候,永远是满长着些杂草野菜,村里的孩子们,常到这里来放牛喂羊;现在呢,几排篱笆上满攀着五色灿烂的牵牛花,紫藤架下,新近又放了一个石几,几张石鼓,黄昏的斜阳里,常常看见一个白衣女郎,和几个天真的孩子在那里讲故事。

在几个孩子中间,有一个比较最小的,她是张家村村头张敬笃的女儿,生得像苹果般的小脸,玫瑰色的双颊,和明星般的一双聪明伶俐的小眼,这时正微笑着,倚在女教员的怀里,用小手摩挲着女教员的手说:"老师!前天讲的那红帽子小女儿的故事,今天再讲下去吗?"

女教员抚着她的脸,微微地笑道:"哦!小美儿,那个红帽子的小女儿是怎么样一个孩子?……""哈,老师!姐妹告诉我,她是一个顶可爱的女孩儿呢……所以她祖母给她作一顶红帽子戴……老师!对不对?"

别的孩子都凑拢来说:"老师!对不对?"女教员笑答道:"美

儿！……可爱的孩子们，这话对了！你们也愿意，使妈妈给你们作一顶红帽子戴吗？"

小美儿听了这话，想了一想，说："老师！明天见吧！……我回去请妈妈替我作帽子去。"小美儿从女教员的怀里跑走了，女教员目送着她，披满两肩的黑发的后影，一跳一蹿，向那东边一带瓦房里去了。

其余几个孩子也和女教员道了晚安，各自回去了。女教员见孩子们都走了，独自一个站在紫藤花架下，静静地领略那藤花清微的香气。这时孩子们还在那条溪边，看渔父打鱼，但是微弱的斜阳余晖，不一时便沉到水平线以下去，大地上立刻罩上了一层灰暗色的薄暮，女教员不禁叹道："紫藤花下立尽黄昏了！"便抖掉飞散身上的紫藤花瓣，慢慢地踏着苍茫暮色，披着满天星斗，回到房里去。

一盏油灯，吐出光焰来，把夜的昏暗变成光明，女教员独坐灯下，把那本卢梭作的教育小说《爱米尔》翻开看了几页，觉得自己现在所处的环境，正是卢梭所说天然的园子，那个小美儿和爱米尔不是一样的天真聪明吗？

她正想到这里，耳旁忽听一阵风过，窗前的竹叶儿便刷刷地发起响来，无来由的悲凉情绪，蓦地涌上心头，更加着那多事的月儿，偏要从窗隙里，去窥看她，惹得她万念奔集……想起当年离家状况，不禁还要心酸！而岁月又好像石火流光，看看已是三年了！慈母倚闾……妹妹盼望……这无限的思家情绪……她禁不住流下泪来！

夜深了！村子西边的萧寺里，木鱼儿响了几数遍，她还在轻轻地读她母亲的信！

敏儿：

一去三年，还不见你回来，怎不使我盼望！……去年你二哥二嫂到天津去，家里更是寂寞了！我原想叫你就回来，但是为了那些孩子的前途，我又不愿意你回来，好在你妹妹现在已经毕业了，她可安慰我，你还是不用回来吧！

你在外头不要大意了，也不要忘了"努力"，你自己的抱负固然不小，但我所希望于你的，更大呢！敏儿！你缺少甚么东西，写信回来好了！

你的母亲写

她知道母亲的心，是要她成一个有益社会的人类分子，不是要她作一个朝夕相处的孝女，她一遍两遍地念着母亲的信，也一次两次地受母亲热情的鼓励，悲哀恋家的柔情，渐渐消灭了！努力前途的雄心，也同时增长起来，便轻轻地叹道："唉！'匈奴未死，何以家为'！"想到这里，把信依旧叠好，放在抽屉里，回头看看桌上的小自鸣钟，已经是两点多了，知道夜色已深，便收拾去睡了。

过了两天正是星期日，早上学生来上了课，下午照例是放半天假，小美儿随着同学们出了课堂，便跑到女教员面前，牵住她的衣襟说："老师！我妈妈说，明天就给我戴上那顶红帽子了。"女教员见了天真纯洁的小美儿，又把她终身从事教育的决心增加了几倍，因而又想起人类世界的混浊，一般的青年不是弄得"悲观厌世"，便是堕落成"醉生梦死"，交际场中，种种的龃龉卑污，可怜人们的本性，早被摧残干净，难得还有这个"世外桃源"！现在的我，才得返璞归真呢！她想到这里，顿觉得神清气爽，因笑着把小美儿的手，轻轻地握着，叫她跟自己回到屋子来。

小美儿才跨进门槛，就闻见一阵果子香，往桌上一看，在一个大翠绿的洋磁盘子里，堆着满满一盘又红又圆的苹果，女教员走到那放苹果的桌子跟前捡了一个最红艳的，给了小美儿，并且还告诉小美儿说："可爱的小美儿，你脸上的颜色，好像这个苹果。你好好爱惜这个苹果，不要使它变了本来的样子，你也永远不要失了你的天真……可爱的孩子，你愿意吗？"美儿笑着点了点头。于是女教员又说："好！你现在去叫他们都来，我们今天该讲小亨利的故事了。"

小美儿一边唱着，一边跳着出去了。女教员便从里间屋子里搬出好些小椅子来，在外头那间书房的地上，把椅子排成一个半圆形，中间放着一张小圆几，几上放着一盘鲜红的蜜橘，还有一盒子洋糖。女教员自己又从院子里荼䕷花架上剪下两枝茶色的荼䕷花来插在一个粉红色的花瓶里。女教员安置清楚了，便坐在中间的那张小椅子上，等了一刻，许多细碎的脚步声，从外面进来了，女教员照例地唱起欢迎小朋友的歌道：——

"可爱的小朋友呵！

污浊的世界上，

唯有你们是上帝的宠儿；

是自然的骄子；

你们的心，像那梅花上的香雪，

自然浸润了你们；

母爱陶冶了你们；

呵！可爱的小朋友！

她为了上帝的使命，

愿永远欢迎你们，

欢迎你们未曾被损的天真！"

孩子随着歌声，鱼贯而入，静静地挨着次序坐下，女教员现在准备说那小亨利的故事了，孩子们都安静听着，女教员开始说了：——

"亨利是个黄头发，像金子一样黄，和蓝眼睛的外国孩子，他有一把顶好的斧子，是他父亲从纽约城里买来给他的。……"

孩子们都喜欢得笑起来了，一个孩子问女教员说："老师……那把斧子是不是前头有尖？……"一个孩子抢着说："老师，我家里也有一把斧子，是我爹爹的……"

孩子们就这么谈起话来，这个故事也就不再往下说了。女教员把果子加糖分给他们。到了黄昏的时候，孩子们就要告辞回去了。女教员收拾完了桌椅，想到院子里去散步，这时候管祠堂的老头儿，拿了一个纸卷和一封信进来，女教员见是家里寄的信，便急忙打开看了一遍，知道没什么事，这才把心放了，再去拆那捆纸卷，原来是北京寄来的新闻纸，她便摊开来，一张张往下看，看到第三张，忽见报纸空白地方，注着几个红色的钢笔字道"注意这一段"，她果真留意去看，只见这一段的标题是：

"社会党首领伊立被捕！"

她看了这个标题，脸上立刻露着失望和怆凄的神色，对着那凝碧的寒光流下泪来，心中满含着万千凄楚的情绪，更加着墙根底下的蟋蟀不住声的悲鸣，似乎和她说，现在的世界已惨淡到极点了！她真不知何以自慰，拿起报纸来看看，竟越看越伤心……历年来，百姓们所受的罪苦已经足够了，这次伊立又被捕，唉！从此国家更多事了！这种不可忍的罪恶压迫，谁终能缄默？她想到这里，勇气勃发，她决意要出去和惨忍的虎狼奋斗了！她从笔架上拿下一支笔来，向那张雪花笺上，不假思索地写道：

"振儒同志：

去年在九月里得到你报告近况的信，并且蒙你劝我立刻到广东去，当时我一心从事教育事业，有毕生不离开张家村的志愿，因为我厌恶城市的伪诈，和不自然的物质生活，所以回信便拒绝了你……但是心里也没有一时不为这破裂的时局愁虑！

今天看你寄来的报，知道伊立终至被捕，这种没有公道的世界，还能容我的缄默吗？我的血沸了！我的心碎了。

振儒！我决心……咳！我写到这里我的气短了，你知道这一阵西风送来的是甚么声音吗！……小美儿，——可爱的孩子们的歌声呵！……唉！我不能决定了！……我现在不告诉你走不走吧！……清净的环境，天真的孩子，他们已经把我的心系得牢极了！……"

她现在不能再往下写了，只是怔怔地思前想后，愤怒，悲伤……种种不一而足的情绪全都搅在一起，使她神经乱了，使她血脉停滞了，昏沉沉倒在床上，到了第二天她病了。孩子们走到她床前慰问她，亦使她的心酸辛得痛起来。她想，无辜的孩子，若是她走了，他们的小命运谁更能替他们负责任呢？……眼看得这些才发芽的兰花儿，又要被狂风来摧残了……她想着眼圈红了，怕伤孩子们的心，便假托睡觉，把头盖在被里了。

孩子们见老师睡了，便都慢慢地溜出去，在院子里，小美儿便说道："老师病了，亨利的故事不能讲，咳，也不知道亨利的父亲给他那把斧子作什么用？"

一个孩子说："我知道，一定是叫他帮着他父亲去割麦子，前天库儿不是告诉咱们说，他用一把斧子，替他爸爸割了好些麦子吗？听说他爸爸还为了这个给他买糖吃呢！"

孩子们谈到这里忽又都跑开了，因为小桂儿，又牵出那黄牛，到东南角去放去了……小桂儿又会吹笛子，他们常看见他骑在黄牛背吹出顶好的调子来，现在他们又都赶到那里去听了。

女教员的病，过了两天也就好了，孩子们仍旧都来上课，只是小亨利的故事老没机会接着讲下去，并且天天黄昏的时候也不见女教员坐在那紫藤架底下了。孩子们谁也猜不到为甚么。小美儿有一天走到女教员的身边，问她什么时候再讲亨利的故事，女教员就哭着说："可爱的孩子，不要着急，我将来一定要告诉你们亨利怎么样用他的斧子，你们以后大了，或者也能和小亨利一样好好去用，那是上帝所赐给你的斧子……现在你还小呢，不能作这件事，但在你的小心眼里，不能不常常这么想！聪明的孩子，你懂得我的话吗？我希望上帝赐给你更大的机会，使你明白了我的意思那就好了……呵！可爱的孩子，天不早了，你回去吧！"

小美儿也就答应着回去了。

有一天下课以后，女教员绕着那清澈的小河，往张敬笃家里去，和敬笃请了一个星期的事假。第二天早晨，太阳刚晒到房顶上，小桂儿牵着那头老黄牛，在草地里吃草，忽见女教员手里提着一个竹子编成的小箱子和一个生客，二十多岁的男人，往城里的那条大道上去。后来小桂儿听张家村里的人说，那是女教员的哥哥，来接她回北京去，因为她的病还没大好，这次回去养病，他们心里这么揣度着，嘴里也就这么说着，女教员自己并没和他们这么说过。

孩子们因为女教员回去了，便都放下书本，到田里帮助爹妈去作活，拾麦穗。小美儿有时也能帮她妈提着小提篮，给她爹送菜到田里去，她现在果真戴上那小红帽子。初秋的天气本不很凉，戴了这红帽子竟热得出了汗，帽子的红颜色便把她的小白额和双颊都染得像胭脂一般，于是村子里的人们便都叫她作小红人了。

日子过得像穿梭那么快，女教员已经是走了六天，孩子们预算着第二天女教员便应该回来了。他们不敢再和小桂儿玩，各人都回去把书包收拾了，把书温习了两遍，提防着第二天女教员要问，并且他们又记挂着那没讲完的小亨利的故事，他们十分盼望女教员回来。

到了黄昏的时候，孩子们看着他们的父母作完活，大家都预备着回去了，孩子又聚拢来互相嘱咐，明天早点起来到书房去等女教员，或者就要讲亨利的故事了。

第二天是阴天，小美儿起来了，还以为没出太阳，早得很，十分的高兴，她妈替她梳好了头，她自己戴上了那顶红帽子，拿着书包，到书房里去。她跳着进了门，迎面便见库儿拿着一把亮晶晶的小斧子，往外走，见了小美儿便站住道："美儿，你看这把斧子，不是前头有尖吗？我带来等会子问老师和亨利的斧子一样不一样？"

小美儿高兴得跳起来道："好，好，你拿进来吧！"他们两个小人儿便牵着手进去了。

这时候别的孩子们全都早来了，见了小美儿他们更是欢喜。小美儿走到自己的位子上坐下，他们心里筹算着老师总该来了！孩子们便都安静坐着。过了十分钟孩子们又等得不耐烦了，库儿拿着斧子在鞋底上磨，小美儿怕他碰破了脚，竟吓得叫起来，这时候就都乱哄哄地噪起来了。书房的门忽然慢慢地开了，女教员轻轻走了进来，孩子们又都安静了！小美儿又站起来，给女教员恭恭敬敬鞠了一躬，别的孩子也都想起来了，接二连三的和女教员行礼貌。女教员对着孩子们勉强笑了一笑，但是微红的眼圈里满满盛着两眼眶的珠泪儿，静静地站在窗户前头，好像要哭的神气；孩子们便都呆呆地望着女教员不敢出声，便是最淘气的库儿也轻轻地把斧子放下了。

女教员极力把眼泪向肚子里咽尽，慢慢地转过头来，对孩子们叹息着"咳"了一声说："可爱的孩子们！这几天你们都作了甚么事？"孩子们又活动起来了，库儿更急着从那桌子底下把斧子举起来，小美儿便拍手道："斧子，斧子，小亨利的故事，老师，小亨利的斧子和这个一样吗？前头也有尖吗？"

女教员现在坐在讲台上的那张椅子上了，孩子们也都安静坐下，等着女教员说话，但是今天奇怪极了，女教员坐下半天，还没听见她开口，只是对着每一个孩子的脸，不住地细望；越望脸上的颜色也越转越白，最后竟发起抖来，孩子们真是糊涂极了，在他们的小脑子里，现在都布上了一片的疑云，从他们的眼里的确可以看得出来呢！

等了一会儿，女教员才轻轻地问道："孩子们……你们都记挂着小亨利的故事吗？好！我现在可以告诉你们以下的事了：小亨利拿了他父亲给他的那把尖利的斧，恭恭敬敬站在父亲的面前，父亲就抚着他的头说：'好孩子，你是上帝的使者，这把斧子也是上帝命我赐给你的，因为你所住的园子里，现在生了许多的毒草，你拿了这把斧子，赶紧除掉它，使那发芽的豆子黄瓜好好长起来。'小亨利是个顶有志气的好孩子，当时领了父亲的命，便独自到园子里去了。"

"那些毒草上面长了许多刺，把小亨利的手刺破了，流了许多的血，小亨利虽然痛得要痛哭，但是他为了父亲的命令和瓜豆的成长，他到底忍着痛把毒草铲尽了。他又来到父亲的面前，交还这把斧子，他父亲喜欢得在上帝面前替小亨利祝福……"①

孩子们听完这段故事，个个喜欢得嚷起来，女教员便走到孩子们面前，柔声地说："孩子们，你们都愿意用你们的斧子和亨利一样吗？"孩子们都齐声应道："愿意！愿意！"

女教员退到讲堂那边，打开放在桌上的那个纸包，拿出十几张相片来，对孩子们说；"愿意看这个相片吗？"孩子们都一齐挤拢来看，里头有一个眼睛最快的阿梅，这时已嚷起来道："老师，老师，那像片是老师！"于是别的孩子都急起来，因为他们没有看到。女教员说："孩子们，坐下，我分给你们每人一张。"孩子们这才都回到他们自己的坐位上去。

女教员把照片一张张都写上他们的名字，然后走下讲台，一张张送

---

① 本篇提到用斧子割麦、铲草，原文如此，疑为作者当时对农事用具的一种误解。——本书编辑者。

到孩子们面前，并且在每一个孩子的额上吻了一下，到最后的一个正是小美儿，女教员的眼泪忍不住竟滴在她的额上，小美儿仰起头来，用疑惑的眼光，对女教员望了一望，轻轻说道："老师！老师！"女教员的心更是十分痛楚！

这时候门外一阵脚步声向这里来，女教员心里明白，和这些可爱的小羔羊分别的时候到了。她的眼泪更禁不住点点滴滴往下流，孩子不明白，只吓得发怔。

一个少年推开门进来了，孩子们见了这奇异装束的生客，大家都静默了，不敢出一点声音，他们想这个生客穿的衣裳，好像那书上画的外国人。孩子们正在心里猜想，忽听那生客说："是时候了……他们都在门外等候。"只听女教员点点头并不答言，那生客回过头来对着那些孩子望了望；也不禁叹息一声，眼圈红着，把脸转到外面去了。

孩子们正在不得主意的时候，忽听见女教员抖颤的声音说："可爱的孩子们！我现在要走了！以后别的老师来了，你们要听他的话……孩子们，我们再见吧！"孩子们这才知道老师要走了，全都急得哭起来，小美儿跑到老师的面前，抱着女教员的腿哭道："老师你别走吧……我永远不愿意离开你！……"

女教员见了小美儿这种情形，更不忍心走，只是那个客人又在催促，女教员对着孩子说："时候到了！……我们再见吧！孩子们，好好地用你们的斧子呵。"说着勉强忍泪笑了一笑，便走出去了，孩子们好像失了保护的小羊，十分伤心地哭泣，女教员不忍细听，急急地走出书房。到祠堂外头，见许多同志都在那里等候，女教员便请他们到前面去等，自己回房去收拾行李。

这时管祠的老头儿递进一封信来，女教员拆看念道：

亲爱的姐姐：

前几天听说姐姐要回来了，母亲喜欢得东张西罗，东厢房现在已经收拾好了，铁床也安放好了，那新帐子，还是我和母亲亲手作起来的呢，姐姐呵！你可回来了，母亲那一天不念几遍呢！从上礼拜她老人家就天天数日历！

昨天二哥哥从天津回来，带回来许多吃的，母亲也都留着等你回来一块吃呢！姐姐到底什么时候回来？我们都到火车站去接你。

你的妹妹湘琴上

女教员把这封信翻来覆去看了好几遍，差不多都被眼泪浸烂了，想着母亲和妹妹倚闾盼望，不知道要如何的急切，但是自己不能回去！……咳！为了社会的罪恶，她不能不离开这些小学生，也不能回到融合的家庭里安慰白发的慈亲……她勉强忍住了伤心，匆匆忙忙写了一封回信道：

亲爱的妹妹！

你接到这封信必定要大大地失望！母亲必更加伤心，但希望妹妹多多安慰老人家！千万不要使她过分难受！

现在我已决定和同志们一齐到广东去了，至于甚么时候回来，自己也不能知道，总之"匈奴未灭，何以为家？"近几年来国运更是蜩螗，政治的腐败，权奸的专横，那一件不叫人发指？百姓们受的罪，稍有心肝的人，都终难缄默；按我的初志，本想从教育上去改革人心，谁知天不从人愿，现在的事情，竟越弄越糟，远水原救不得近火，这是我不得不决心去为人道牺牲，不得不忍心撇下家庭和那些可爱的孩子！

门口外都被他们站满了！用他们纯洁的真情，给我送行；我荣幸极了，这世界上除了他们还有更可贵的东西吗？但愿上帝保佑他们使他们永不受摧残吧！

　　现在时候已经很急了！我也不再说别的话，只是以后你们多留心些报纸好了，我恐怕事情很忙，或者不能常写信呢！

你的姐姐上

　　女教员写完这封信，匆匆拿了行李走出来，孩子们都拥上来牵着衣襟，露着十分依恋的神气！女教员一个个安慰了他们，才对那些来送行的村中男女道谢，这时车子已预备齐，女教员不得已上了车子。车子走动了，孩子们还在远远地喊着"老师！老师"呢！

　　车子离开村子已有一里多路了，女教员回转头来还能看见张家村房顶氤氲的炊烟，绕着树随风向自己这里吹来，仿佛是给她送行。女教员对着这三年相依的村庄，说不尽的留恋，但是不解事的马竟越走越快，顷刻已进了大官道，张家村是早已看不见了，女教员才叹了一口气，决意不再回顾了！